DES-
PERADO
BLUES
デスペラード ブルース
江波光則
ill.霜月えいと
JN229825

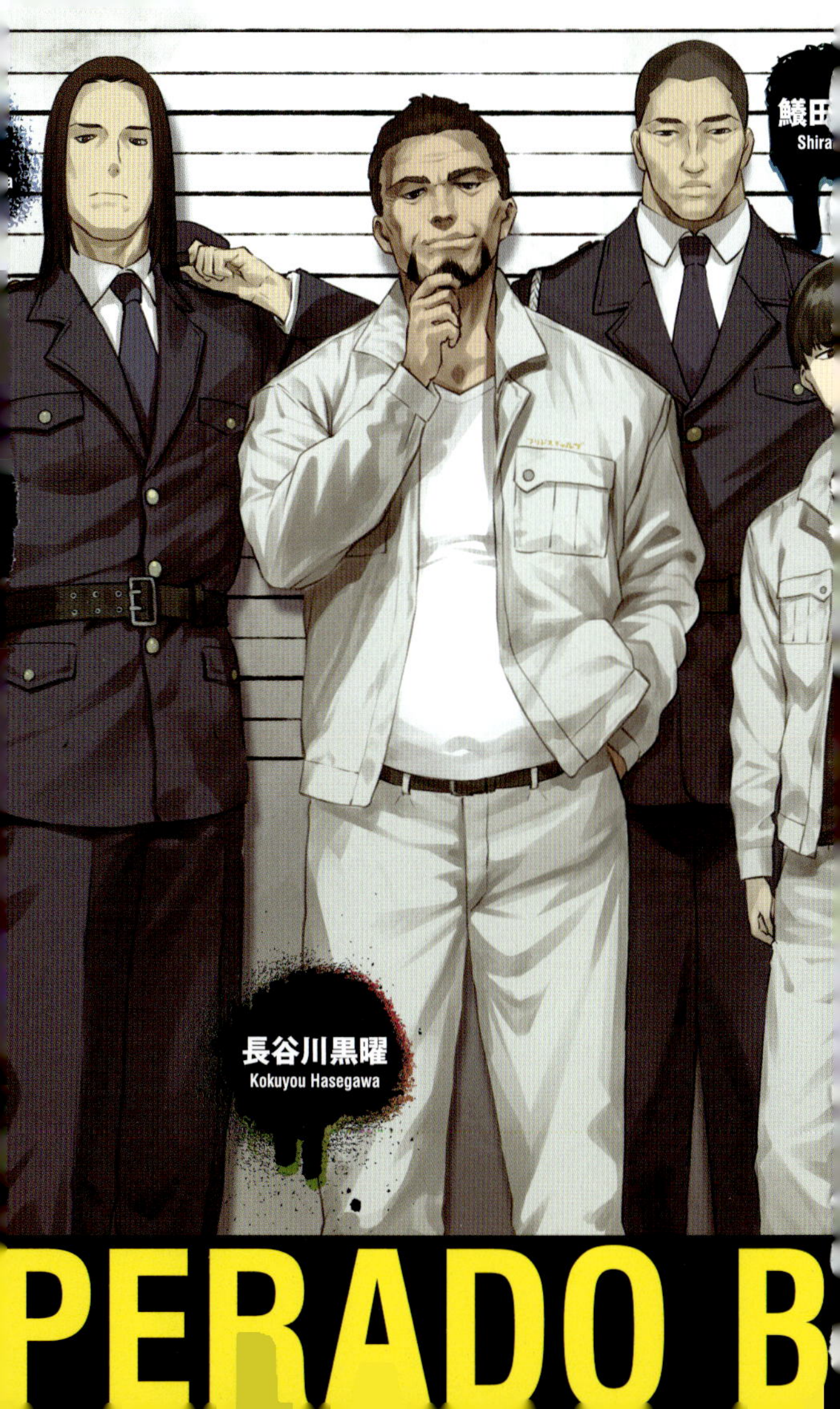

鱶田
Shira
長谷川黒曜
Kokuyou Hasegawa
PERADO B

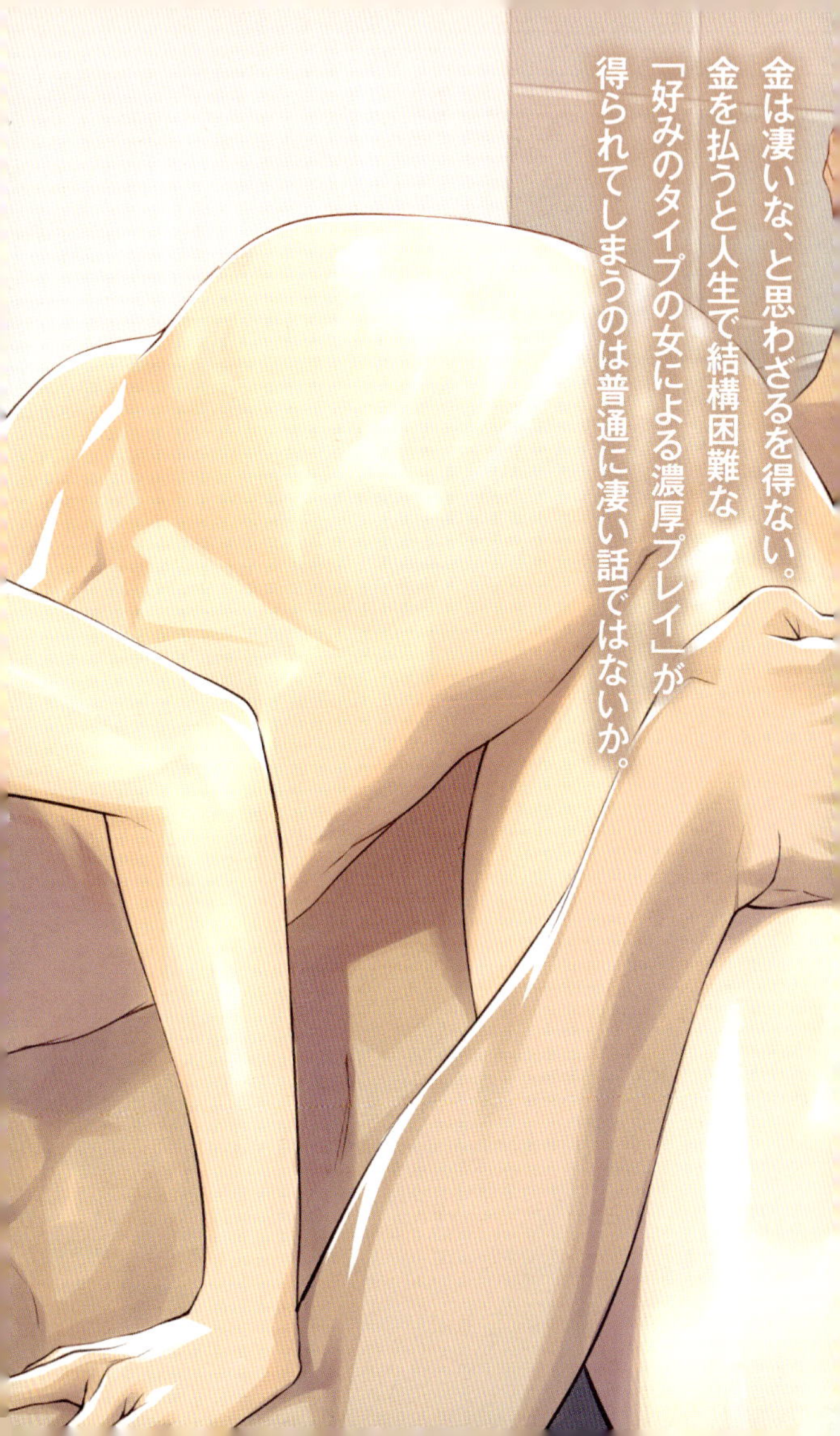
金は凄いな、と思わざるを得ない。
金を払うと人生で結構困難な
「好みのタイプの女による濃厚プレイ」が
得られてしまうのは普通に凄い話ではないか。

柏葉吐月
Totsuki Kashiwaba
鮫島元春
Motoharu Samejim
網代木 要
Kaname Ajirogi

DES

不知火
ui Fukada
筧 白夜
Byakuya Kakei
一河 紺
Kon Ichikawa
舞浜歌織
Kaori Maihama
LUES

DES-
PERADO
BLUES

AUTHOR:
MITSUNORI ENAMI
ILLUSTRATION:
EIGHT SHIMOTSUKI

CHARACTER

「筧 白夜」——建築現場で日銭を稼ぐ青年。家族を惨殺されている。

「長谷川黒曜」——白夜の働く現場の職長。毎夜「宝探し」をしている。

「舞浜歌織」——白夜たちが働く会社の社長が貢いでいる女。ソープ嬢。

「一河 紺」——暴力団のもとで仕事をしている青年。

「鱶田不知火」——白夜たちの現場の警備員。元陸自。

「鮫島元春」——白夜たちの現場の警備員。元機動隊。

「網代木 要」——黒曜とも面識があるらしい、謎の便利屋。

「柏葉吐月」——殺し屋。白夜の師匠に右足を壊されている。

CHAPTER.1
Black or White

一

東京は怖い街だ。

何せ槍が突き出されてきた。

夜の繁華街で、裏道で、スッと槍の矛先が突き出されてきた。

そういうイメージが湧いた。

実際はただの右ストレートだったが、槍を突き出されてきているというイメージが脳裏をよぎり、総毛立った。勿論それは槍ではなく、拳だ。払いのけられもするし、受けも出来る。何なら喰らったって別に死にはしない。

だが槍なら払いのけられない。受けたり喰らったりしたら、死ぬ。

そういうイメージの鋭さがその拳には乗っていた。

正直、呆気に取られていた。そういう不意打ちをいきなりされると、誰だってそうなる。道を歩いていていきなり殴りかかられるなど誰も考えない。しかも何か因縁をつけられたとかいうならともかく、闇夜の裏路地で、いきなりだ。

顎をきれいに打ち抜かれた衝撃で意識が飛んだ。

ぺたりと腰を路地に落とす。別に疲れていなかったというのに、一気に疲労感が押し寄せてくる。痛みはそんなにすぐには来ない。このまま蹲ってしまいたいという誘惑の方が強い。

実際、意識は飛んでいるのだ。そのまま気を失っていたかも知れない。東京は本当に怖い街だ。

相手は一人だった。顔にベタな目出し帽を被っていた。

だがすぐにぞろぞろと、闇から三人ほど湧いてくる気配がある。

いい、右ストレートだった。全身が痺れ、このまま何もしたくなくなる。実際、どうにでもなれという気分にはなっていた。

「……やるねえ、コンちゃん、相変わらず」

増えたうちの一人が軽口を放っていた。俺は身動きひとつせず、だが気を失いたいという衝動には必死に抗っていた。

「またやっちゃった、強い者イジメ？　金持ってるかな」

また違う誰か。そして笑い声。俺を一撃で倒したコンちゃんとやらは喋らない。

というか「強い者イジメ」とは？

「持ってるだろ。こういう日給タイプは銀行に預ける手間と手数料さえ惜しむから」

「どうせなら女がいいんだけどな、キャバ嬢とか金も持ってるだろうし、意識失わせりゃやりたい放題だし、金以外にも」

「そりゃ弱い者イジメになるからダメだ。女だから弱いとは限らないけどな」

「めんどーくせえルールだねえ、しかし」

何のルールの話をしているのやら。

「コンちゃん、レスラーとかこの前、一撃だったもんな」

「相手、酔ってたからな」

謙遜した風に言うが、酔っていなくても関係ない。

あの、槍のような右ストレート。的確に気を失わせるだけの一発。

あれを放てるのなら、不意打ちなら、まず相手を何が起きたのかすら分からない内に昏倒させられる。あとは、やりたい放題だ。

ノックアウト強盗。

要はそういう事なのだろう。有無を言わせず一撃で相手を落とす。そして色んな物を奪う。

滅茶苦茶な犯罪のように聞こえるが、一撃で意識を奪うのは、不意打ちで、相手が素人なら充分成り立つ。警察に届けてもなかなか捜査は進まないと聞いた。繁華街の裏路地で誰かに殴り倒されて気がついたら財布がなくなっていました、などと届け出ても、警察だって超能力者じゃないのだから捜しようがない。

せいぜい、何度も繰り返されるようなら巡回を強化していくという受け身の対応しか出来ない。下手したら被害者の側が「何が起きたのか分からない」とすらなりかねない。

俺は意識を保っている。反射的に、当たる場所をズラしていたが、一瞬だけ意識は持っていかれた。そのまま昏倒してしまうほどまともには喰らわなかっただけだ。何なら倒れず持ちこたえる事も出来たが、取りあえず本能に任せて倒れてみた。

相手は、コンちゃんとかいう実行犯を合わせて四人。俺の方は、金なら現金で三万ほどある。

三万円くれてやるかどうか。

俺の、だいたい三日分の給料。

「……意外と狙い目なんだよなあ、こういういかにも日雇いってのが呑みになんか来てるとよォ。こいつら金、銀行に入れねえんだよ、手数料ケチってよ。給料も手渡しだろうし浮かれて呑みになんか来てんだからケッコー持ってると思うぜ？」

「この前の、強そうだと思ったら強面なだけで美少女大好きオタクでしたみたいなの勘弁して欲しいんだよね、所持金数千円とかだったぞあいつ」

「ああいうの、現金そんなに持ち歩かねえからなァ。イベントとかあるなら別だけどよ、あいつらのイベントなんかいちいちチェックするのもアホらしいし」

「というか強そうな顔で歩くなっつうんだよな、紛らわしいから」

「でも格闘家とかオタク多いから、実際に強かったりする奴もいるんだよ。あと偏見あるじゃん、オタクはショッボイ格好で歩いてて喧嘩弱い、みたいな。その反動で結構、真面目に鍛えたりしてる奴いるんだよな」

「まあ、あいつは見た目が強そうなだけで中身は全然だったけどな」

また笑い声。癇に障る。

ケツポケットに入れている財布に手が伸びてくる。三万円。たかが三万円。三日分の労働。それをこいつらはものの五分で奪っていく。全部で四人いるから一人頭で割れば、単純に七千円強か。

俺はキツい労働をしてそれを稼ぐ。時給で言えば千円に満たない。その集大成を奪われる。これっぽっちかよとでも吐き捨てるだろう。納得がいかない。だが相手は四人いて、一人はかなりやる。さてどうするか。このまま三万円奪われて終わりにするか。それとも。

仮にだがここでこの四人全員に、やり返しても俺にファイトマネーは出ない。襲われましたからやり返しましたぐらいなら通るが、金を奪ってやりましたまでいくと通らない。下手を打てば加害者は俺だ。

スイッチを入れるか入れないか。

打算をそこに交えるかどうか。小賢(こざか)しい計算を含めるか。そうする場合、このままやられっぱなしでいた方が得だ。やられればやられるほど有利になる。喧嘩(けんか)で勝つ必要などない。被害者として恥を忍んでボッコボコにされておけばいい。

まあ、正直な所、打算で喧嘩が出来るほど俺は賢くない。

金も取られたくない。

被害者にもなりたくない。

立ち上がろうとしたが、こっそりととはいかなかった。相手に「俺は意識を失っていない」と悟らせるに充分な動きで立ち上がろうとしてしまった。

すかさず脳天に衝撃が来る。蹴り飛ばされたが、槍というより、ただ足で押された程度の衝撃。これは出鼻を挫くための打撃で、すぐに倒れたままの俺の胸板、心臓をまともに上から踏み抜いてくる。こっちが本命だ。

「……あれ、コンちゃんが一発でキメられねえの珍しいな」

外野の声。コンちゃんとやらの舌打ちも聞こえる。今の踏み下ろしは正直かなり効いた。意識を意図的に失ってしまいたいという誘惑に駆られる。だがそれでも俺はまだ耐えている。それをひとまず隠す。今度こそ昏倒したのだと演技をしつつ機を狙う。

こいつらは馴れている。常習犯で間違いない。常習犯は勝ち確定のノウハウとコンビネーションを確立している。今の追撃も、万が一に備えての計画的なものだ。

コンちゃんとやらが目出し帽の中から俺を見下ろしている。

俺の昏倒が演技かどうか見定めようとしている。

勿論、演技だ。コンちゃんとやらの打撃は的確だが軽い。俺に巧く通っていない。

だが地べたに仰向けで転がっている状態からの反撃はかなり機を窺う必要がある。

「……こいつの息の吐き方が気になる」

コンちゃんの声。

「どうもウソくせえ」

見抜けているような物言いだが語気に強さがない。何となくで疑っているのが分かった。それが付け入る隙(すき)かどうかの判断も、俺としては何となくだ。俺がコンちゃんなら、俺が立ち上がる前にこの完全有利な状態から滅多矢鱈(めったやたら)に蹴(け)り回すが、いささか派手になる。

こいつらはなるべくスマートに相手を昏倒(こんとう)させたい。

なんでこんな所で、ノックアウト強盗に出会(でくわ)すはめになっているのか。

東京は怖い街だ。地元でこんな目に遭った事はない。そういう事をしている連中がいるのは知っているが俺には仕掛けてこなかった。俺がそう弱くないというのもあるが、基本的に田舎の人間なんてのはこんな無茶を仕掛けてこない。

通りすがりの知らない相手、何の関わり合いもない相手だからやれる。

そりゃ勿論(もちろん)、過疎の村でもない限りそういう相手も田舎にいるが、辿(たど)られやすい。

東京の怖いところはそこに尽きる。おのぼりさんで溢(あふ)れていて、一軒隣どころかマンションやアパートの隣室同士ですら顔見知りという訳ではないという乱雑さ、油断していたら突然殴られて奪われるリスクの高さ。

みんながみんなそんな目に遭っている訳ではなかろうけれども、遭う確率は高い。

実際こうして俺は引き当てている。

ツイてない。全く、ツイてない。

どうせなら宝くじでも引き当てろというのだ。

くだらないおっさんらとの、付き合いの呑み会を適当に抜け出して、車で待っていようと思って路地裏に入ったらこのザマだ。ちなみに俺は運転手を買って出ることでアルコールの類いを摂取していない。

酔っていたら、意識が飛んでいたかも知れない。

財布は尻ポケットにあり、折りたたみ型だ。つまり俺の体を転がし、ポケットに指を入れて引きずり出さなければならない。時間もない。コンちゃんとやらの警戒をよそに、三人がかりでそうしてくる。手慣れたものだ。

堅いジーンズでも穿いていればまた違うのだが、作業着では財布を抜かれやすい。長財布じゃなくて助かった。時間がほんの少しかかり、相手の指も取れる。

俺を転がすためにかがんだ一人の横隔膜を下から打ち抜き、動きを止める。ポケットに入れられた指に指を絡めて、脱臼させる。一瞬でやった。この状態での不意打ちというリードがあるからやれる事だ。一瞬の無敵モード。

モードが続いているうちに一気にコンちゃんまでを詰めたかったが遠い。仕方がないから、手近な残り一人を打ち倒す。立ちあがりながら組み付いて、そのまま絡んで共に地面に蹲り、背後に回って首を、腕で絞め上げる。あっという間に相手の意識が飛ぶのが分かった。これは柔道やってる知り合いに教わったのだが、とても便利だ。

こちらに踏み込んでこようとするコンちゃんとやらに、その相手を人質のように体ごと向ける。蹴ろうとしていた足が、それで止まった。仲間を気遣ってというより、俺に当たらず盾にしている仲間に当たる事で隙が出来るのを嫌ったようにしか思えなかった。

それほど、場慣れしている。

構えてはいない。俺も、一人を抱え込んだままだからこっちからは仕掛けられない。横隔膜を打った方は悶絶している。指を外された方は、やはり低く呻いて前のめりに蹲り、戦意は感じられない。

目出し帽姿で、闇の中でも白く光っている目を睨み返す。

スカジャンにジーンズ。他の奴らも似たような姿。一見、小綺麗で、見た目だけで言えば金回りは俺みたいな作業着姿より良さそうだった。

「……仕切り直しで正面からもう一回やろうか、コンちゃんよ？」

無敵モードの不意打ちタイムは終わった訳で、仕切り直すしかない。こっちは別に、構わない。地元にいた頃を思い出して楽しくなってくる。やはり東京という知らない土地に、どうやら都会らしい街に出てきたという意識が俺を萎縮させていた部分がある。

「何だ、お前」

不満そうな声だった。怯えはない。

背丈は似たようなもので、体重は俺の方がやや上。そんな印象がある。そういう相手を瞬殺するストレートを持っているようには見えない。

「不意打ちで人、倒すのはホント簡単だな、おい。そのやり方なら相手が力士やレスラーでもイケそうだな」

「ちゃんとやりゃ、お前、俺に負けないとでも思ってんのか？」

「思ってんじゃなくて煽ってんだよ」

不満そうな視線。乗ってきてくれると助かる。俺がどれほどのものか、確認出来る。久しく組み手はやっていない。コンちゃんが応じるような動きをしてきたので、俺も首から両腕を緩めかけて、またギョッとした。

自転車駐輪禁止の看板がぶら下がった鉄柵を、軽々とこちらに放り投げてくる。やる事に躊躇いがない。そもそも見ず知らずの人間を不意打ちで気絶させるのを厭わない連中なのだと、まだ自分を納得させていなかった部分もある。甘いと言えば甘いんだろうけれど、普通の人間はそういう事をしないしされないという常識で生きている。

抱え込んでいた相手を離し後ろに素早く後ずさり、立ち上がりかけるが、そこで立たせてくれない。中途半端な姿勢の所に、コンちゃんがするりと滑り寄ってくる。上から容赦なく打ち下ろしてくる拳は今度は銛のようで、俺は自分が魚になった錯覚を覚えた。畳んだ腕で受けたが強烈で、もう一度、腰を落とすはめになる。

蹴りが来るのを受け止めながら、足を抱え込む。嫌がって引き戻そうとする力を利用して、立ち上がると同時に相手を押していく。強引に、裏路地の壁に追い込んだ。

俺が攻撃姿勢を取ったと見るやコンちゃんは両腕をすかさず防御姿勢に入れ、頭部を守る。腹は打たせる気だろう。腹筋に自信があるのかも知れない。

では打ってやろうと思った瞬間に飛びのいていた。体が勝手に後ろに跳ねた。

曲げて上げた両腕はガードではなかった。少なくとも右は投擲姿勢に入った槍のままだ。あのまま勢いに任せて突っ込んでいたらカウンターを取られていた。そしてそうしていたら、多分、ぶっ倒されていた。

どうもさっきからタイミングが合わない。

殴られたり蹴られたり、やられ放題だ。一発一発が軽いからダメージはないのだが、こちらのやりたい事がこうもズラされると苛立ってくる。

だがこれで仕切り直せる。

が、背後で気配。思わず舌打ちをした。指を外した方はまだ蹲っているが、横隔膜の方がやや復活してきている。鮮やかに決めすぎて自分が何をされたか分かっていないから、俺にもビビらず、ただ苛ついている。俺の方がよっぽど怒って然るべきだというのに、そいつからは理不尽なまでに巨大な怒りが伝わってきて、うっかり俺が悪かったのかななどと考えてしまう。

「……この野郎、適当にめちゃくちゃな暴れ方しやがって」

「適当になっちゃったんだよ、次はちゃんとする」

相手がきょとんとした。俺もきょとんとしてやる。

首を傾(かし)げながら無造作に近づいてやる。割りと簡単なやりかただが、会話で煽(あお)りに乗ってやらない。すると、隙(すき)だらけになる事が多い。

そこへつま先を下から腹にぶち込んで、前のめりになった所を、横隔膜をまた打ち上げた。容赦しなかったから、反吐(へど)を吐いて地に倒れる。それを見て確認するまでもなく振り返った。

「おい、コンちゃん、そのマスク取れ、やりにくいだろ、そんなもん着けてたら」

俺が一撃で正面から一人倒したのを見て躊躇(ためら)っているのが分かった。意識不明が二人。もう一人はたかが指一本外されただけなのに戦意を喪失している。何となく子供をイジメているような気分になってきた。さっきまでイジメられていたのは、俺なのだが。

「……お前もガキか、コンちゃんよ？」

「気安く呼んでんじゃねえよ、余裕カマしやがって」

苛立ちが高ぶり過ぎたのか、目出し帽を摑(つか)んで外して放り投げた。中から現れたのは俺と同い年か、それ以下としか思えないガキだ。俺は二十歳になっているので、俺より下なら未成年だ。つまりガキでいい。

「やってやるよ、クソ底辺のポンコツが」

「おうおう、差別意識満載じゃねえか、クソガキ」

そして俺は胸ポケットを指で差す。そこに刺繍（ししゅう）が入っている。

「俺は株式会社フリドスキャルブの筧白夜（かけいびゃくや）だ。領収書は前株でな」

「何だよお前、何、名乗り上げてくれちゃってんだよ」

「ん？　カッコイイかなと思って。んでお前は何処（どこ）の誰？」

「何処のモンでもねえよ、フザケんなこのクソが。俺は……」

名乗りを上げるのに躊躇（ためら）いがある。まあ、仕方ない。今は圧倒的一方的に俺は被害者だ。警察などが出しゃばってきた場合、俺が自動的オートメーション的に勝利する。

「オラどうした？　俺ァ思ったけどよ、こうやって堂々と名乗り上げて喧嘩（けんか）出来る機会なんぞそうそうねえぞ、俺は今スゲエ楽しい気分だぞ、お前も正式名称とか名乗っておけよ、コンちゃんよう？」

「ブッ殺すぞこの野郎」

「普通に生きてたら殺すの殺されるのとかよう、まずないんだわ」

「うるせえぞ、筧、この野郎。俺は一河（いちかわ）だ」

「一河？」

「一河紺（こん）だ舐（な）めてたら殺すぞ」

「……イチカワコンってお前」

「何だよ？」

「……いや何でもねえ。俺ァ映画とか金、勿体なくてあんま見ねえからな」

何となく記憶に引っかかってきたから、何となく突っ込んだ。

それだけだ。それより気になっている事がある。

「コンちゃんよう、強い者イジメって何？」

「その名前でもう一回呼んだら殺す。あと教えてやらねえ」

「コンちゃん、俺、強い者？　お前より？」

「うるせえぞブッ殺してやる」

「その勢いだ」

強い者イジメとは何なのか判明しないようだった。

殺してやると息巻いているが、果たしてコンちゃんに俺を殺せるだろうか。別に相手が俺でなくても、誰が相手でも。例えば、家族を殺されたりして、そういう恨みを抱いた相手であっても。

殺す事自体は、実は簡単だと繰り返し教わった。勝負した末に殺すなどと考えるから難しそうなのであって、いきなり街中で背後から、石で殴りかかり、後は死ぬまで叩き続ければ殺せる。これは誰が相手でもほぼ通用する。

ただ雑に過ぎる。捕まるだろうし、途中で邪魔が入るかも知れないし、何より用意した石でも相手の頭が砕けなかった場合はどうしよう？　なぞという話になり、ここで工夫が発生する。

コンちゃんのあの右ストレートは殺人に至る工夫の、一つの到達点だ。

まず気を失わせる。相手がレスラーだろうと、一発で昏倒させる。あとは楽な話だが、殺すとなると心理的な障壁があるだろう。

気を失わせる、ではダメなのだ。

更に上の技術があり、それは逡巡する暇もなく相手を絶命させるのだ。迷ったり悩んだりは殺してから好きなだけすればいい。そういう技術は、コンちゃんにはないだろう。あっても、使えないだろう。

猛ったふりをしながら突っ込んでくる。ふりだ。俺を誘おうとしている。

油断、もしくは慢心、そういうふりをしながら、無防備なようなテイで俺に仕掛けてくる。

こんなやりとりなら地元でたくさんやってきた。経験値の話だ。こっちは三手四手先までお見通しなのだ。

槍のようなストレートが来る。だが今回は不意打ちではない。打撃自体は軽い。ピンポイントで急所を打たれなければどうという事はない。

あと一歩半。その間合いを詰めた時、俺たち二人はどちらが強いのかを理解出来る。

ヒリヒリする。楽しい。とても楽しい。

居心地が、とてもいい。

互いに仕掛けるという最高の瞬間になって、突然背後から耳障りな甲高い音が鳴り響き、その異様な音に俺もコンちゃんも動きを止めてしまった。すっと全身からやる気が失せていく。高まった熱が引いて逃げていくのを惜しいと思った。

仲間も何も見捨てて、コンちゃんがさっと目出し帽だけを拾って走り去っていく。引き際が潔い。まだ意識のある一人も、それに付いていった。残っているのは、俺が気を失わせた二人だけだ。そいつらには構わず、音の発生源を見る。

やたらデカいおっさんが立っている。太ってはいるが、そもそも骨が太い。

俺と同じ作業着姿なのは、俺と同じ会社にいるからだ。胸にはフリドスキャルブの刺繍がある。

「……職長」

「何だ筧くん、喧嘩か？」

左手に握った携帯電話から耳障りな音がえんえんと流れている。

「いいだろこの音、人間の脳みそを直接かき回す為に作曲されたような音だろ？」

「なんなんすかそれ」

「んー？　パチンコとかやんないか？　最近の若いのは？　まあアレはもうねえよな、規制規制で何の爽快感もねえくせに、こんな音やら演出やらで気持ちだけは高めてきやがるもんな。これ大当たりした時の音だぜ？　たとえプラスが数千円出てるだけだとしてもよ、こんな音ギャンギャン鳴らされたらそりゃ達成感出てくるよな」

職長はそう言う。

長谷川さんが。下の名前は何だったか。そこまで覚えていない。俺は職場の連中と、なるべく親しくしないようにしてきた。名前も名字も、努めて覚えないようにしてきた。長谷川なんて分かりやすい名字ならまあいいかと覚えてしまっただけだ。

「今時、喧嘩なんて流行らないけどよ、なんで流行らないか教えてやろうか？」

「何でです？」

「ヤリ得かヤラレ得かしかねえからだよ。やってそのまま逃げちまう、もしくはやられっぱなしで警察に訴えてゼニせびる。そのどっちかだ。どっちがタイマンで素手で強いの弱いのよう、そんなもん世間じゃ通じねえんだよ、意味もねえ」

黒曜。

思い出した。

この長谷川のおっさんの、下の名前。黒曜だ。コクヨーとかいう変な名前だった。

「んな事ァどうでもいいんですよ、邪魔しねえでくれますか職長」

「ホンットお前って可愛げがねえのな、酒くれえ付き合えよ」

「運転役が酒飲んだらいかんでしょ」

「そういう冷静なとこがみんなに嫌われてんだぞ筧くんよ」

「いいですよ別に」

「んで、どうすんだ？　警察行くか？　こいつらの財布抜くか？」

「……そしたら俺も犯罪者でしょうが」

黒曜のおっさんは自慢げに携帯を掲げてみせる。

「一部始終、録画済みだ」

「見てたんすか」

「居酒屋の便所が空かないモンだから裏で立ちションでもすっかと思って来てみたら、面白い事になってたからな」

「いつからいました？」

「お前が暴れてた時から」

最初に俺がのされていたシーンがない動画では、俺が被害者になれるかどうか怪しい。だからって財布なんか抜いたら、こっちが犯罪者だ。

考えていたら、俺の答えなんか待たずに黒曜は倒れている二人の懐をまさぐり始めた。

「……職長、何してんですか」

「警察行っても大して金取れないぞ。ふんだくっておけよ。……おっ結構持ってるな」

二人から財布を抜き出し、中から現金を札だけ抜く。ついでに免許証なんかも抜いていた。

俺が倒した相手に、平然とハイエナみたいな行為をしている。やめろよと言うべきなんだろうが、それも言いにくい。

俺は後処理の事なんかどうでも良しに、あのコンちゃんと渡り合おうとしていて、それをこうやって水を差されて、正直、何をすべきか考えが纏まらない。そんな間にも黒曜は淡々と集金を開始している。

やがて間もなく、黒曜が俺に結構な札束を渡してくる。

「半分かよ」

「お前一人だったら抜かないだろ」

「犯罪じゃねえか」

「こいつらが訴え出ると思うか？　あと抜いたのは俺だ。訴えてきたら俺を差し出せ。お前はあくまで俺から金を受け取ったんだ」

「何でそんな事」

「俺はこいつらが訴え出ないと思っている。ついでに金も貰う。お前にやっても結構な稼ぎだ。何もしてねえのにな。お前はファイトマネーとしてでも受け取っておきゃあいい。俺のはリスク込みの手間賃だ」

「ピンハネだろ」

「商売の利ざやを何でもかんでもそう言うなよ」

俺たちの仕事は三次請けが当たり前で、時には四次請け五次請けなんてのもある。ピンハネという言葉にはダイレクトなネガティブイメージを感じる。たまに、派遣先に、料金をペロッと雑談で漏らされたりすると本当に損をした気分になってしまう。時には半額になっていたりするのだ。

　今のように。俺に手渡されたのは、多分十数万円。

「……免許証、何に使うんですか」

「ん？　まあこいつらマスクなんかしてるし常習犯かなと思ってよ」

「常習犯だったら、どうすると？」

「次の仕事に繋げるだけだ。お前にそこまで付き合って貰う気はないが」

　そう言って笑う。

　何となく、ぞっとするものがあった。ロボットのように無機質だと思っていた、割り切って付き合っていた相手が、不意に血肉を備えた人間としての体温を宿し、しかもそこにはまがまがしささえある。

　本当に、ついさっきの呑み会まではただのつまんないおっさんだったのだ。

　俺がこうして喧嘩などする。そこに顔を出した時、長谷川黒曜というおっさんは突然の存在感を放ってくる。

「お前の地元。新規入場者教育で見たよ」

「……それが何すか、というか人の書類見ないでくれます、気分悪いですから」

　俺がどこの田舎から上京してきた田舎モンだろうと何か関係があるのか？　という反発心は

無論あるが、それより個人情報を盗み見られたような感じになるのが、気分が悪い。俺の個人情報にどれほどの価値もないのは分かっている。そうではなくて教えたくないし知られたくもないという不快感だけだ。

　この会社は履歴書もなく入れるだけあって、現場もかなりゆるゆるで法的に問題がありそうな場所が多いが、たまにまともな現場に行けば、個人情報的な書類を書かされる。何かあった時の為（ため）だろうが、あいにく、何かあっても俺には緊急連絡先がない。普通は地元の親などの情報を書く。

　それが今、黒曜が言った「新規入場者教育」であり書類なのだが、俺は当然、適当な事を書く。あからさまに嘘（うそ）ではないが、例えばバカ正直に親がいませんなどと言っても仕方ない。いるテイで書く。何も問題が起きなければ、それでいい。体調の欄に、たとえ寝不足だろうと風邪気味だろうと、それを申告しない。申告してしまえば、働けなくなる。

　気遣われているという感じは全くない。

　こっちじゃ責任持たないからそっちが決めろよ、と責任の所在を丸投げされているような感覚になる。

　それらの私的流用が生じない程度には、大手ゼネコンはちゃんとしているし、そもそも利用価値もない個人情報の羅列とも言える。だからそれはいい。それらが意味を持つのは、日雇いで集められた、顔も名前も知らないという連中が横の連帯感を持とうとする時だ。

年が近いとか地元が近いとか、そんな連帯感。俺はいらない。

「……いや俺と地元同じだなと思ってよ、筧くん。俺もあそこの出身なんだ。町まで同じだぜ？　ご近所さんなら顔見知りでもおかしくねえのに、何回思い返しても分からない。流石に、年が離れすぎてるかね」

そう言いながら、黒曜のおっさんは、気絶している一人の方に、財布から抜いた金を戻している。悩んだようだったが、免許証まで戻した。もう一人の方から抜いた分はまるまる俺に渡しているのだから、取り分がゼロになる。せいぜい、ガキの免許証が一枚。

「地元はともかく何してんですか、長谷川さん」

「ん？　迷ったんだが、投資だ」

「投資って」

「二人、共に金も免許も奪われる。そりゃまあ仕方ない。こいつらはその程度のリスクなら受け入れる。腹を決められる。だけど片方だけ奪われて、片方だけ戻ってきていたらどうよ？　こいつらの連帯感なんぞ容易く砕ける、それで出てくる動きもある。要するに、煽りだな」

「煽ってどうすんですか」

「動きがありゃそれでいい。このまま静かになられたら、つまらない」

つまらないとは何だ。

何を期待して何を煽っているんだ、この人は。

何がどうなったら面白いのか判断が付かない。

「……神座市神座町」

俺の地元をそう口にする。

「俺の地元でもあるんだぜ、筧くん」

「だから、それが何か?」

「お前の顔は知らない。が、あの町で筧って名字の一家に何が起きたかくらいは、知ってる。何せ近所だからな」

いきなり心臓を鷲づかみにされた気分になる。

コンちゃんの右ストレートよりも威力の高い言葉が俺を貫いてくる。槍どころじゃない。きっと拳銃で撃たれたとしたらこんな感じなのだろう。そして息が詰まり、何の返事も出来なくなってしまう。

その話はやめてくれ、勘弁してくれとだけ喚きたくなってくる。

「……車で待機してますよ」

そう言って逃げた。はっきりと俺はその話題から逃走し背中を向けた。財布に突っ込んだ悪質な金が、黒曜から打ちこまれた呪いのような禍々しさを帯びてくる。本当に何も問題はないのかと、何度も確認したくなってくる。

何度確認したって、黒曜は笑顔で大丈夫だと肯定してくれるだろう。

そして俺は何度確認しても、この不安感は永久に消えないような気がしてきた。

襲われて、金を奪われそうになっていた被害者。撃退してもまだ被害者。そのラインを一気に破って加害者側の持つ罪悪感が押し寄せてくる。あの黒曜、長谷川のおっさんはと言えば、しっかり金は返している。

投資か煽りかは、それは分からないが、俺に嫌がらせでもしに来たのかと疑うレベルだ。

車は十人乗りだ。しっかりあと九人、乗りこむ。あの黒曜を含めた得体の知れない九人。人が必死になって切り抜けたピンチに平然と割り込んできて、横からかっさらうなら、まだ分かる。俺に渡すだけ渡して自分が取らない事がやたら気にかかる。

人を殴ったり蹴ったりにそんなに罪悪感はない。何なら金を奪ってもこんな気持ちにはならなかっただろう。キーを回して運転席に滑り込み、何度も深呼吸を繰り返す。動揺が、まるで収まろうとしない。

金を捨ててしまいたかった。

が、結構な額だけにそれも出来ない。そもそも相手はノックアウト強盗など仕掛けてきた悪党だ、こっちの財布に手をかけようとし、俺の金を奪おうとした。幾ら正当性を考えて自分に言い聞かせてみても、暗い混乱した気持ちが、収まらない。

早く、さっと帰って寝てしまいたかった。

寝て朝が来れば何もかも一区切りついてしまうのだと信じ込むしかなかった。

長谷川黒曜が、俺を不安定にさせる。今日の仕事終わりまで、どころかついさっきまでどうでもいいおっさんとして片付けていたというのに、いきなり、毒針を突き刺してきた。その毒はゆっくりと俺の中に沈殿していく。

殺すような毒ではないが、気分の悪くなる、長く続く毒だ。

長谷川。俺の田舎でもそれはよく見る名字で、そんなに印象は強くない。翻って寛は少なかった。ちょっと探せばあるかも知れない、程度に希だった。俺の親は、よそからあの町に移ってきた人間で、それは仕事の都合でもある。あの町に根を張って生きてきた人間ではない。そんな名字で、神座町とでも合わせて検索すれば、あっさりと容易くそれは携帯の画面に湧いてくる。

一家全員惨殺。そんなにショッキングな見出しで。

二年前の事だ。もう過去のニュースとして誰も見なくなっている。押し込み強盗らしいが、さっきのノックアウト強盗と大して違いはしない。俺はその日、道場にいて帰りが遅くなったから助かった。仮にいたとしても、撃退出来ていたかは分からない。

俺の両親と妹は、そうだと言われなければ、とてもそうは見えなかった。顔かたちも大して変化はないというのに、血が抜けただけで、息をしていないだけで、死んでいるだけで、こんなに印象が変わるものかと呆気にとられた。まるで現実感がなかった。

家中の、金目の物を掠われていた。例えばあれは父親の釣り道具、母親が気に入っていた絵、妹が貯めた金で初めて買ったネックレス、俺が先輩から貰うがままに積み上げていたＣＤもなくなっていて、そっちの方に喪失感を覚えたが、今にして思うと押し込み強盗がＣＤなんかわざわざ奪うだろうか。

代わりに、違うＣＤが父親の古くさいコンポに残されていた。

大音量でスピーカーが、全く知らない、やかましい曲を流していた。ボーカルが何を言っているのか全く聞き取れない、とにかくロック調というかメタル調というか、その手の派手な曲。完成度の低い、勢い重視のインディーズ感溢れるその曲は、俺も妹も、ましてや両親も、まず聞かない。

家中にやかましい音楽が流れ続ける中に、家族の死体は転がっていた。

そういう中で見る目の前の死体は、本当に、これは何だろう？　としか思わなかった。コンポの電源ごと落として、音を止めてみても、その薄い印象はさほど変化がなかった。

俺が薄情なのか考えが足りないのかは分からないが、とにかく、悲しいとかつらいとかはいきなり襲ってこなくて、何なんだろう？　という疑問ばかり湧いてきていた。

即座に何の遠慮もなく考えもなく悲しまなかった事は罪悪感となって後々、俺を憂鬱にさせた。俺が家族を襲う側に加担したような錯覚さえ、起こさせる。今も考えていたら自己嫌悪が溢れてきて仕方がない。

例えば目の前で殺されたとか、駆けつけたらまだ生きていたけれど腕の中で死んだとかなら別だったのかも知れない。俺が見たのは、血まみれで異臭を放つ、壊れたマリオネットみたいに手足をおかしな方向に投げ出してぴくりとも動かない人体で、見覚えがない、とすら言いそうになったくらいだ。

自己嫌悪が沸き上がってくる。

寝たい。強い酒でも呑んで寝てしまいたい。

明日になれば気にしてもいないような事だと信じたい。

警官の影に怯えながら、車内で過ごしていた。長谷川のおっさんらが帰ってきたのは、一時間ほど過ぎた頃で、俺はえんえんスマホでソシャゲーを無課金のまま繰り返していた。全く面白くないが、ただの暇潰しだ。暇を潰すことが目的であって、楽しむのは二の次だ。

黒曜は集団に交ざっていて、一時間前に起きた事を仄めかしてくる風でもない。あんな出来事がなかったら、ここにいる全員をどうでもいい連中と判断したまま今夜も過ぎていただろう。長谷川のおっさんは酔ったという風に、しれっと助手席に巨体を押し込んでいる。

俺には、何も言わない。目線さえよこさない。

共犯者、どころか首謀者と言っていい筈なのに、そんな感じは一つもしない。俺がただ一人もやついているだけだ。俺の怯懦ならそれでいい。単にビビっているだけなら、話は簡単だ。だがそうではなく、他人にそれを植え付けられた、仕向けられてしまったのだとしたら。

勘ぐってみたところで何らいい答えは浮かばないし、考えるだけ損なような気もする。勘ぐって考えるほどに俺にダメージが蓄積していくような気がする。何でもない事だったのだと自分を誤魔化した方が効率的だ。

「筧くん」

不意の、黒曜の酔った声での呼びかけ。

「安全運転でな。人、ハネんなよ」

「分かってますよ」

こんな一言にすら何か裏があるのではないかと勘ぐってしまう。

アクセルを過剰に踏み込む事を抑制しながら、俺は宿舎へとバンを走らせていく。

二

朝は四時に起きる。夜何時に寝ようとそれは癖になっている。

俺はかならず朝四時に起きる。

六畳間で同室の、長谷川のおっさんはまだ深く眠っている。畳一畳を挟んでベッドが二つ並び、もう一つあるベッドは随分前から、空いたままだ。

ジャージ姿で俺は寝る。起きた時に着替える手間が省ける。

そのままスニーカーを履いて部屋を出て、平屋造りの共用廊下を、なるべく音を立てずに歩いていく。打ちっぱなしの飾り気のない廊下は、靴底が擦れる音ぐらいしかしない。それすら極力、発しないようそっと歩いていく。

部屋の扉が並んでいる。

共用洗面所があり共用トイレがある。トイレは一つで、この平屋に女は一人もいない。

扉の向こうには二人、あるいは三人が寝泊まりしているが、全員が男だ。気兼ねしなくて済んで助かる。

引き戸を開けて外に出る。

早春の朝五時はまだ肌寒い。東京と言えどここは山の中だ。東京も二十三区が花の都で、都としての括りで言えば山奥や離れ島まである。俺は青梅とかいう仙人が住んでいてもおかしくないような景観の、山の中で世話になっている。

だから肌寒い。都心に下れば随分春めいているだろうがここは二月の上旬くらいだ。

問題ない。寒さに怯む体も体操とストレッチで体温を底上げしていけばすぐに気にならなくなる。充分ホットワークを終えたらランニングを三〇分行う。俺は走行記録になぞ興味はない。動くことが肝要だ。

それを毎日誰よりも早く起きて実行する。

帰ってくる頃には汗も掻いている。たった一つあるシャワールームは、朝は使われる事が少ない。みんなぎりぎりまで寝るからだ。着替えを持ってきて、汗を流す。そうまでしてみても昨日の罪悪感と不安感はまだうっすら残っていた。

起きた直後からそれは蘇ってきて、走っている内に薄まったというのにまただ。昨日、長谷川のおっさんに言われた事が思い出されてくる。

何というか、俺の家族が何者かに殺された事件など、知られても別に構わない。吹聴するような事でもないから言わないだけだ。

突然、今までろくに雑談もしなかったようなおっさんから、地元が同じだと距離を詰められ、俺の身辺情報を差し出される。地元じゃ、有名だろう。だから不思議でもないのだが、同郷という偶然の距離感と開示してくる掌に載っていた物が、何というかこれ以上なく不気味だった。

走っている時に首から提げていたハンドタオルで全身を拭く。水気を絞って、また首にかける。髪は、乾かさない。放っておく。そもそもドライヤーがない。部屋に戻って濡れたハンドタオルを洗濯箱に放り投げ、乾いた違うタオルで髪を擦って水滴が落ちない程度にする、そのくらいだ。

髪型など気にしていられない。どうせ仕事をすればヘルメットを被る。帰ってくる頃には汗まみれでぺちゃんこの髪型だ。

部屋に戻って髪をガサガサさせていると、長谷川のおっさんが起きてくる。

適度な時間帯だ。早起きして走っている俺が異常なのだ。

みんなシャワーも浴びずに、洗っていない作業着に着替える。洗うのはよっぽど汚れた時か、夏場でも二日に一度だ。替えもあるし、使い捨てが前提だ。

「今日も走ってきたのか、筧(かけい)くん」

「まあ、走らないと落ち着かないですから」

「これから肉体労働だってのによくやるね、毎日毎日」

確かに作業は体力を使うが、よく見ればいい年のおっさんどころか老人までいる。本当に体力を必要とする局面は限られていて、あとはコツを掴(つか)めば、そんなには疲れない。この仕事はむしろ精神面が疲れる。

各部屋から出てきた人間が、車にもたもたと集まって、二台のバンで都内に送り込まれていく。時間に余裕はあり、途中、コンビニにどかどかと入り込み、弁当やカップラーメンを買い、サービスで置かれているポットから中身の湯を空にする。

悪いことなど何もしていない。マナーも、気にかけてなどいないが、周囲から見て目に余るほど酷(ひど)くもない。ただ駐車場に停(と)めたバンの中でそれを食べ、煙草(たばこ)を吸う者は吸い、車の中は手狭だからと外であぐらを掻(か)いて食事をし、と小休憩をしている様子は、普通の客からしたらちょっと異様な感じだろう。見るからにタチの悪い若者たちが屯(たむろ)っているのとも、また別だ。

いい年をしてそんな所で食事をするなと言われても、他にないのだから仕方ない。特に迷惑をかけていないのだからいいだろう、と感覚はじわじわと世間からズレていく。

俺は煙草(たばこ)を吸わない。バンの中では何人か吸っているから、外に出て、コンビニのベンチに座り出発を待っている。

その俺の隣に黒曜(こくよう)が座る。気まずかった。

「……今日は、何やるんですか、職長」

「穴掘り。アッチは、家の解体」

違うバンを指さす。ここから行き先が違うようだった。黒曜は俺たちの職長で、まとめ役でもある。現場で上の人間から指示を受け、報告も連絡もやるから、ただ言われたことをこなしていればいい俺たちよりも忙しそうだった。

「汚れるぜ、相当」

「そろそろ服、洗おうと思ってたし、いいですよ」

「そうじゃなくてよ。気持ちの問題。いつの間にかおかしな人間になる」

「この仕事を続けていると?」

「作業の話じゃないし、職業の話でもない。同じ事を志なく繰り返していると人間の気持ちって絶対に高度が下がるんだ。何人も見てきた。……ま、こういう建築派遣なんてのは、あんまし良くない仕事に入るが、それでも仕事のせいじゃねえ」

黒曜はよく喋(しゃべ)った。いつもは他愛(たわい)もない事を事務的に、ちょっと陽気に言うだけのおっさんだった気がする。

「……まあホラ、例えば出来の悪いゴミみたいな奴とかでも職人になっちまったりすると、責任感もあるし現場や会社に愛着も湧く。それが一つのゴールだから、そこでじっくりとやろうって気分にもなってくる。ところがな、ここにいる連中はその場しのぎでしか、モノ考えない。現場もコロコロ変わるから愛着も湧かない。金を稼ぐのには効率的かも知れないが、それにしたってたかが知れてる」

「何の話です？」

「気持ちの高度の話だ」

「何ですか、朝から。酒残ってんですか？」

「説教に聞こえてたら申し訳ねえ」

出発の時間が来る。説教じゃないとしたら何なのか。そもそも俺に近寄ろうとしている気配があって、それが何となく息苦しい。危険な相手のようにしか、思えなかった。一般人が、道ばたで休憩している俺たちを無意識に避ける感覚に似ている。

とはいえ同室で、しかも職長だ。意図的に距離を取るのも難しい。今まで通りやるより他、なかった。

現場はそんなに大きくはなかった。基礎工事をしているらしく、ふきっさらしで何もなく、ただ穴だけが派手に掘ってあったし、水も出ていた。なるほど、汚れる訳だ。

穴掘りとは言うが、掘るのは専門の職人がやる。俺たちは小分けに袋詰めされているそれらをただ運び続けるだけだ。作業の流れが落ち着けば、黒曜も率先して参加する。いい年だろうに、動きは良かった。

意識の高度が下がる。

こういう繰り返しを言うんだろうか。言われた事をただ黙々と、個性も工夫もなく淡々とやり、そして帰るという仕事を続けているのは、そんなに悪い事だろうか。仕事の問題ではないと、黒曜も付け加えていたが。

「……やり甲斐もねえ、目的もねえ、そのくせ、金はそこそこ貯まる。割り切って浪費し始めても何とか持つ。何となくここに居座っちまうんだよな」

そんな話をされた。黒曜ももう十年、いるのだという。その前の仕事は何か、知らないし、興味もなかった。

「本当にやりたかった事の為に腰掛けで働いてたのに、そこに居座る。扱いが悪くても、馴れちまう。若いのはだいたい、それにはまるよ、この仕事。下から入ってきた奴は特に」

「下から？」

「人生まだ駆け上る前の奴だな。気付くんだよ、世の中、やりたい事がやれる奴なんてそうそういねえって事に」

何かやりたい事ないの？　というパターンまで入ってこないのが黒曜だった。だからこっちも、気にしていなかった。実際、昨日までは本当に気にしていなかったし、強盗に遭わなければ今日も印象は同じままだっただろう。

　ずっと判で押したような定型的な毎日の中では気付かないものも、あるのかも知れないし、あんな出来事があったから勝手に勘ぐっているだけなのかも知れない。少なくとも強盗に襲われるというのは、幾ら東京でもそうそうないのではないか。

　判で押したような毎日が、あっという間に一年過ぎた気がする。

　放っておいたら、また一年か。取りあえず今は、目の前の四時間だ。ヘルメット片手に詰め所の隅から這(は)い出て、足場伝いに下に降りようとしたら、メインゲート付近で騒ぎが起きていた。

　現場監督が何か怒鳴っている。叱(しか)っているどころか喧嘩(けんか)を売っているようにしか見えなかったが、喧嘩などそうそう起きない。この一年間、どんなハズレの現場でも、それはなかった。言い方がキツいだけで、あれは注意なのだ。

　監督は、警備員二人と揉(も)めていた。

　建築現場の警備員というのは、何となく蚊帳の外にいる。やる事が門の警備、警備と言ったって一般人が興味本位で入ってこないように見張っているぐらいで、あとは車の誘導だ。誘導が難しいような現場ならちょっと使える人間がいないと厳しいが、本来、余り必要じゃない。

　だからか、いるのも若いのは、そんなに見かけない。体力的にも負担が少ないから、おじいちゃんおばあちゃんが他に仕事がないからやっている、という印象があった。これが道路工事や施設警備なんてのになればまた違うらしいんだが、建築警備で元気がいいのは、そんなに見かけない。だがたまに元気が有り余ってるのも、いる。

「警備員差別か、この野郎」

こちらは喧嘩腰と言うより、揚げ足を取っているようなイタズラじみた声がある。相手にしている警備員はとにかくデカく、風体だけで監督を威圧できる。建築じゃ珍しい。というか空港警備や貴重品輸送に就いていた方が納得するような外見だ。

実はアレも、フリドスキャルブの別部門だ。警備部になる。そんな大袈裟なものじゃないとは思うが、特に体力もなさそうなおっさんが必死で力仕事などしているのを見ていると、いつも警備じゃなくこっちをやれよとは思う。

監督も少し引き下がっていた。

揉めている、というか強く出ている警備員は、鮫島元春という。若くはないが、若く見える三十代という印象がある。多分、警備員のくせに長髪だからだ。

「監督、お前に関係ないだろって物言いはちょっと傷つくぜ、差別じゃねえのか？　俺は基礎部分どこまでやるんですかって興味本位に訊いただけなんだがよ？」

見事に警備員には関係ない。

「言葉遣い、気ィつけろよ監督。そういうの今うるせえからよ」

ただのからかいだったようだ。相当悪意のあるからかい方だったが、あの監督はいつも怒鳴り散らしているから、現場は失笑を堪えるような空気になる。元春は立ち位置に戻り、ゲートを挟んだ反対側の立ち位置にいる相方に軽く親指を立てている。相手は無表情のまま、「何してんだ」とでもぼやきそうな、醒めた感じだった。ちなみにそいつもかなりゴツい。元春より分かりやすいパワータイプだ。

鱶田という。鱶田不知火。

「嫌がらせ好きだな、あいつ」

横で黒曜がやはり笑っている。フリドスキャルブの別部門とは言うが、俺らとは別行動が多く、現場がこうして被っているのも珍しい。

「筧くん、あいつらに勝てるか？　殴り合いで」

「赤色灯の他に、使い道もないのに警棒まで差しててあの図体ですよ？　何かやってんですかあいつら？」

「さあ。でもまあ、どっちがどっちか忘れたが、元陸自と元機動隊ってんだから、それなりにやるだろ」

強敵だ。

昨日のコンちゃんが不意打ちで右の槍を突き刺しても、昏倒しないかも知れない。警官だのもそうだが、あの辺の連中は基本的に相手が強く、そして路上で制圧する場合が多いから、むしろ不意打ちになど馴れている。

「……つかなんで機動隊だの自衛隊だの蹴ってここにいるんですか」

相場はよく知らないが、ここで働くより遥かに有意義で金も貰える。

「不思議だろ？　まあ何か問題起こして退職でもしたかね。……でもお前が聞いたら多分もっと不思議がる事があると思う」

「……何すか」

「あいつらの出身地も神座市なんだよ」

「はあ？」

そりゃ確かに不思議だった。こんな建築派遣の現場で、こうも出身地が市レベルで重なるとは。

「確かに不思議っすけど」

「が、これが実は別に不思議じゃなくてよくある。筧くんさ、フリドスキャルブの求人、何処で見た？」

「……求人誌で。地元の」

「そこよ。神座市のタウン誌での募集がメインなんだここ。そりゃ一般にも出すが埋もれちまうし、必然と『神座市から流れて来た連中』ってのが集まる」

そう言われてしまうと、謎に納得してしまう。何か引っかかるものは、あるが。

「何でそんな事」

「フリドスキャルブの親会社のまた親まで辿ると、神座建設だからかな」

「そんなの理由になるんすか」

「さあ。だが地方から流れていって東京で燻られるくらいなら、田舎に金、収めさせた方がまだマシってだけかもな」

　他にもあると言いたげだった。黒曜はすぐ何か一つ隠して、それを俺に探らせようとする。しかし今パッと閃かないだけでなく、あと三日三晩考えたって他の理由など浮かばなかったし、俺はまだ、残り四時間の作業を始めてもいなかった。

　作業が終わる五時になる頃には、警備員二人の事なんて俺は忘れている。

　警備員二人は時間が終わったらさっさと帰ってしまう。監督の印象はかなり悪いだろうから、もう来ないかも知れない。俺たちは、替えが幾らでも利くから監督には気を遣う。ムカつくけど使わなきゃならないという代物ではなく、気に入らないからという理由だけで、簡単に現場に呼ばれなくなる。

　何も殊更に気に入られる必要はないが、目立たないのが一番だ。

「暇か、筧くん？　暇なら俺の小銭稼ぎ手伝うか？」

　帰り支度をしている俺に、黒曜が持ちかけてくる。小銭稼ぎ。昨日の何かよからぬ事をまだ続けようとしているのか。俺はまだ、万札を銀行にも入れずに財布に押し込んだままだ。飲食チェーン店で貰った使うアテもない割引券を一枚挟んで、区別している。使ってはいけないような気がした。とは言え返すという気にもなれない。

小銭ならもう貰っている。俺にとっては、小銭とは言えないが。

しかしそれを言うなら、黒曜にだって小銭で片付けられるような金でもない筈だ。俺たちの日当にはそう大きな開きはない。千円かそこら、黒曜の方が多い。そのぐらいの話だ。道に落ちているのなら五百円玉だって有り難く拾う。

「……いやですよ」

「何だよ付き合い悪ぃーなって言いたいトコだが、いつもの事だな」

「いつもの事ですよ」

「まあ、お前はそういう奴だろうけどな、筧くん」

「……なんすか、強く当たってくるじゃねえですか、やたらと」

「そういう心算はねえんだがな、いつもの事だしよ。……まあいいわ、鮫島か鱶田、誘うわ、あいつらもここで今日は終わりっぽいし」

仲がいい、という風には見えなかった。あの二人は同列会社だが別行動だ。仕事のシフトも分かってないし、そもそも、共有する事でもない。それなのに黒曜はあっさりそんな事を言う。同郷のよしみという奴か。そして俺もその輪に加われと言っているんだろうか。

俺はひょっとしたら、随分前から、黒曜に絡まれていたのかも知れない。俺が気付かないほどさりげなくだ。それが昨日の椿事で一気にくっきりと噴出してきたような感覚がある。

だが何故だ。この顔見知りの少ない東京で群れを作りたがっているだけか。それだけなら、鬱陶しいで済む。

俺の素性を知っていた。家族を何者かに惨殺され、俺一人だけ生き残っていたという過去をずっと前から、知っていた。たまたまという感じでもない。それが何故なのかは、分からない。考えても、無駄な気がした。

詰め所から出ようとして、入り口近くに座っている老婆が目に入った。

いつもは、完全に無視している。役に立たないからだ。誰にでも出来そうな事すらやれない。誰にでも出来る仕事ですといって募集している以上、こういうのも省くわけにはいかないという会社の都合で、俺たち現場作業員にとっては厄ネタでしかない。この手の仕事は職人や管理ならともかく、女が働いているというのは希で、下手に若かったりすると何かと気苦労が多い。その点、ここまで性別を感じさせないほど年老いていれば気を使わずに済む。

有名だと思うので映画『ハリー・ポッター』シリーズを使って分かりやすく言うと、それにドビーというしもべ妖精、お世辞にも妖精という単語からはかけはなれた容姿をしているキャラクターが出てくる。やせこけていてしわくちゃで役立たず感が半端ないルックスのキャラクターなのだが、そいつに完全にうり二つなのだ。俺は腹の中でドビーと呼んでいるが、本名が飛井寿子なのでギリギリ、うっかり口にしてしまっても誤魔化せると思っている。

今日は気まぐれに話しかけてみた。

た。

「飛井さんって生まれ、何処っすか」

しばらくドビーはぼうっとしていた。ボケが入っているのかというほど、虚空を見据えていた。

「どうしたね、急に。関西の方だよ」

「いや、なんか俺の地元から来てるってのが多くて、飛井さんもかと思ったから」

「俺なんかただの流れモンだよ。死ぬまで生きてるだけ。生きていくのに金がいるから、ここにいるだけ」

一人称が「俺」の婆さんだ。そういうところは地方出身者っぽい。

関西の方、というがイントネーションに独特なものはない。かなり長く、地元を離れているんだろう。実際、この会社じゃ古株だ。十年以上、ここにいるという。十年間も、死ぬまで生きているだけ、その為だけに働いているというのは、俺には想像できない。ドビーが何を楽しみに生きているのかすら見当が付かなかった。

「……長谷川さんら辺りも、そんな感じなんですかね」

「知らんよ。ここから一山当てるってんなら、少なくともこの仕事やってちゃあり得ないよ。昇進もねえだろうしなァ」

ちょっとした手当なら付く。黒曜の職長手当みたいなものは。それにしたって小遣い程度だ。ここで短期間、集中的に働いてちょっとした金を稼ぐ学生たちも、やはりそれは小遣いとしての額だろう。

先が、ない。底辺は底辺のまま続いていく。そしてドビーみたいなのが流れ着く。

社会においてすら、この仕事は正式な職業名がないような仕事なのだ。派遣と称するのさえ法律上は憚られる。

みんなドビーを見てバカにしている。それで何となく、底辺なりの優越感を得ている。あいつは何の役にも立たない。何も出来ない。指示も理解出来ない。仕事の邪魔で、日当泥棒。自分の金で雇っているわけでもなければ、俺たちのやっている事など現場作業の進行に貢献など殆どしていないにもかかわらず「仕事がまともに出来ない老人」を下に見て安心する。

俺たちは底辺の中でもマシな方だと。

「……長谷川さんって、ここ来る前、何やってた人なんですか？」

「そら人に訊いちゃあかんよ、筧くん。気になるなら本人に訊くんだね」

「何かこう、得体が知れなくて」

「俺は得体が知れとるかね？」

そう言われると、困る。俺も心の何処かでドビーを下に見ているんだろう。訊けば何でもぺらぺらと喋るんだろうという程度に。だいたい、変なあだ名で呼んでいるくらいだし。

「誰でも働ける現場やしね。そら色んなのが来るわな。俺みたいなばばあとかじじいとか、筧くんみたいな若いのとか。……何ぞ長谷川さんに言われたかね？」

「そういうんじゃないですけど」

「詮索したかったら仲良くするこったね。筧くんは他人と距離を置きすぎとるよ」

別にそこまで本格的に探りたいわけではなかった。

俺と黒曜の間で、互いに関して持っている情報量が違いすぎて、少し癪だっただけだ。そして仲良く酒でも呑めば、そんな程度の情報はもう充分だというほど向こうから提示されてくるのかも知れない。

今日だって、黒曜の誘いに乗れば何かが摑めただろう。

それでも俺は、やはり一人でいたい。誰かと仲良くすると、きっと楽しくなる。気持ちが緩み緊張感がなくなり、何もかもこのままでいいと思ってしまいそうにならないかと心配になる。そうであってはならないから、俺は地元を離れて一人、ここにいる。

こんな汚れ仕事なんかで、という差別意識はない心算だった。仕事など、何でもいい。今は時間を金に換えて少しでも貯めていたかった。それならそれで、他に住み込みの仕事などたくさんあったのだが、それを知らなかった。ちまちまとネットで調べるのも億劫で、タウン誌に掲載されていたこの会社を選んだ。それにまあ、東京で住み込みというのに憧れがなかったと言えば、ウソになる。

もっとも、東京での思い出はどうでもいいような雑用仕事と、強盗に襲われた事ぐらいしかないのだが。

自分の顎に、小さく拳を当ててみる。俺がストンと倒されたポイントがここだった。

ここを打てるのか、とちょっと感心した。

ここを手際よく打つと、まず体格差など関係なく、倒せる。入れる力もそう強くなくていい。コツと言ってしまうには難易度が高いが、まあ、コツというか、技だ。傍目にはラッキーパンチが入ってたまたま倒れたように見える。実際、格闘技の試合なんかでもそれはあって、偶然入っただけの事が多い。

コンちゃんはノックアウト強盗の常連っぽかった。ここを抜くパンチを技として身に付けているに違いなかった。

人体には幾つかそういうポイントがある。ここを打たれると動けなくなる、倒れる、というポイントだ。経穴、という言葉で俺はそれを教わったが、そこを巧く打つというのがこれまた容易ではない。

ただ力任せに打っても意味が無いのだ。脱力加減がコンちゃんは巧い。

これは素人で、何ら格闘技という物を身に付けていない人間相手でもそうで、無意識に、本能的にその経穴を打たれまいとする。格闘技など習っているのならまず入らない。だから、試合なんかではラッキーな一撃として解釈されてしまう。

コンちゃんは不意打ちで狙っていた。あれはいい。相手に悟られないようにすれば入る可能性は高い。だが逆に言うと、経穴など狙わずとも強引に後頭部でも殴れば大抵の人間は堪ったものではない。

だがそれをすると事が大袈裟になってしまう。大怪我や、最悪殺してしまう事もある。経穴を巧く打ち抜くと、相手は何をされたのかすら分からない。ここが、あの強盗の売りみたいなもので、コンちゃんはその手際に絶大な自信があり、尚且つ、その上で油断もしなかった。そして手段も選ばなかった。

思い出すと、舌打ちしてしまう。

俺だってやれる、と考えてしまう。

攻撃的な敵意というよりは、競争心に近い。何の役にも立たない技術、それが喧嘩の強さだ。力仕事にすら、人間を一撃で昏倒させる経穴打ちの技術など必要ない。強盗に使って悪用するか、俺は強いんだぞと周囲に喧伝して威張り散らすか。どっちも俺は、やりたくない。

よく漫画なんかに「殺し屋」なんてのが出てくるのを見る。そんな職業が成り立つのかというほど、誰かを殺して金を得る個人営業。凄腕で報酬は破格。そういうのを見たり読んだりすると途端に、俺は萎える。お前の人生はそんな事でいいのかと思わず怒鳴りつけてしまいたくなる。人を殺したかったら、大きめの石か何かで何回か頭を力一杯ぶっ叩けばいいだけの話で、華麗な技とか巧みな仕掛けとかそういう芸術点は必要ない。人の命を何だと思っているのだ。

俺にはそれに関して講釈を垂れる権利がある。

ガキの頃から俺が何を習っていたかというと、格闘技ではない。

殺人術だ。殺人空手だ。どうだ、ばかばかしいだろう。ここは笑うところだ。まともな格闘技でも習っていれば、プロの格闘家になるだの何だのまだ道は開けていただろうに、何が殺人空手だ。アホか。俺は人なんか殺したくない。

とは言え、くそがきの頃、そうは思っていなかった。殺したいと思っていたという訳ではなく、「なんかカッコイイ」「ただの格闘技習うより特別感がある」とかそういう理由だ。そしてそういう感覚で、漫画なんかに平然と職業・殺し屋なんてのがてらいなく出てきてしまうんだろう。

俺は相手が世界ランクの格闘家でも、素手で殺せる自信がある。それはそいつより強いという意味ではなく、強い弱い関係なしに「殺せる」のだ。そういうやり方を身に付けてきたのだ。

それが何だという話だ。それが俺のこれからの人生に、何の役に立つというのだ。

俺は人を殺す技術を持っているが、殺し屋ではない。それしか他人より優れていると思えるものを持ち合わせていない。

単に平均よりは頑丈で力がある、それだけだ。

考えてみたって仕方がない。コンちゃんとやらをぶちのめせば気が晴れるのだろうか。殴られた事は悔しいが、そこまでモチベーションは高まらない。黒曜の誘いに乗るべきだったかなという気持ちも、湧いてこない。

ジムに行こう。筋トレをしよう。夜中に帰って寝て、朝起きたら走ろう。

何の役にも立たなくたって、俺にはそれしかない。使いっ走りのような仕事で燻（くすぶ）り続ける事に文句はないが、せめて持っているものを失わないよう維持したいし、それくらいしか今の所「やりたい事」は見つからない。

やれる事で言えば人を殺せるのだから殺し屋だろうが、俺は多分、殺し屋にはなれない。いいとこ予備役でしか、ないと思う。

三

黒曜に指摘された俺の過去について、また何となく、考えていた。

いつもの早朝ランニングの最中だった。走っている時に考え事は、あまり、しない。風景を眺めながらぼんやりといつも走っていて、時間になったら折り返す。そういう日々を過ごしていた。

俺の産まれ育った神座（かむくら）市はそれなりに大きい。山裾（やますそ）の広い土地に栄えている街で、海もあるし大きな港もあり、何より活気があった。東京に出てきてそれは実感した。何しろ、店舗数や公共サービスというものに遜色（そんしょく）がない上に、東京のようにごみごみと密集していないから町並みにも余裕があり、生活するには東京よりも環境はいいかも知れない。

商業があり農業があり工業があり、余裕ある生活もある。

何というか、平和な街だ。

だから一家惨殺事件などは、イヤでも目立つし話題になる。唯一の生き残りである俺が注目されてしまうのも仕方ない。あそこを出て東京に来たのは、それも理由の一つになる。俺にはそれだけの、動機がある。

殺害理由は金目当てか怨恨か、よく分かっていない。あのやかましい音楽も、何なのか分からない。警察は物音を消す為ではないかというが、逆に目立つというのだ。俺が帰宅したとき、家が震えるような大音量で音楽が、角を曲がる前から聞こえてきていたし、周囲の人たちも何事かと、何人か様子を見に外に出てきていたくらいだ。

捜査は続いているんだろうが、特に進展がないのか、直後は鬱陶しいほどにあった警察からの問い合わせ連絡も、ここ半年くらいは全くない。

親父、お袋、そして妹。全員が即死。凶器は刃物で急所を一撃。

そんなものだ。俺が長年続けてきたアホみたいな殺人空手など、刃物一つ持てば誰だって同じ事を簡単に行えてしまう。そういう虚しさの前に嫌悪感が強かった。俺が夢中になって身に付けていた技術は詰まるところ、ああいう光景を産み落とすだけのものだという嫌悪感だった。

嫌悪感の次に襲ってきた虚しさと、家族を失った喪失感は、多分、それほどでもなかったんだと今にして思う。俺は何も考えられなくなっていたし、体一つ動かすのにも苦労するやるせなさに押し潰されそうになっていた。

家族があんな目に遭ったから、という同情の声が癪に障った。違うのだ。なかなか進展しない捜査は、俺の家族にあらぬ疑いまで持たせ、何かそうされるような事をしたのではないかという悪態まで聞こえたが、そっちは更にどうでも良かった。

あの当時は混乱していて自分でも何がどうなっているのか分からなかった。

今ならはっきり言える。

悔しさだけだ。シンプルにそれだけだ。悔しくてどうしようもなかった。それでも家族を守れなかったとか、一緒に死んでやれなかったとかいう悔しさは僅かなもので、本当に本当の所は浅ましい自己顕示欲がくっついている悔しさだ。

千載一遇、人生に一度たりとも起こらないであろうその機会を逃した。

俺の習っていた技術は、ふわふわとした形の、何というか、あまり格闘技という感じがしない稽古がメインだった。公園で老人相手に、体操代わりに教える太極拳辺りと変わりがない。速度よりも、より正確な動きを重視していて、どんなにスローでもいいから型をなぞらせる。お陰で、門下生は俺を除けば老人ばかりだった。

師匠は俺にだけは実際に当てたりする立ち合い稽古を付けてくれた。俺が、そうしてくれと頼んだからだったが、それで強くなった気はしなかった。

喧嘩は、何度かやったが、筋力と勘とハッタリだけで勝っていた。筋力は毎日の自主稽古で、勘は師匠との組み手で養って、その上での余裕が威圧感を相手に与えるからハッタリが通る、と考えると無駄ではなかったのかも知れないが、それなら別にこの流派でなくていい。

「喧嘩で勝ちたいとか、舐められたくないとかなら、ここで習う必要はないよ」

俺の師匠はそう言った。

随分な年だろうけれど、俺は一度も組み手で勝った事がない。勝たせて貰った事なら、何度もある。

「キックでも空手でも、何でも習えばいい。そっちの方が分かりやすい」

「……俺はキックやってるとか空手やってるって奴を路上でぶちのめしたよ」

「試合ならどうだか分からんぞ、白夜。というか負けていたと思う。ウチの流派は本来、全然強くない。多分、太極拳やら酔拳やらより弱いと思うよ、俺は。何せグローブ着けろって言われた時点で終わりだもんな」

そういう訳の分からない事を言う。

弱いのに、殺人空手なのだ。それは習い始めた頃に聞いた。それを聞いたから、習い始めたのだ。

「空手というのは、単に手に何も持っていない、という事を指す。グローブすらだ。武器術を組み入れた空手だってあるし、何々派空手、と称するのは『空手道』の一部だという意味がある。うちは、空手というより、無手に近いし看板も掲げておらん」

「……殺人空手だから？」

「お前がしつこくそう言うから、そう言われればそうだな、と思って頷いただけだ」

俺が勝手に煽ったらしい。というか俺が勝手にそう呼んだだけで、師匠はそんなアホみたいな名称は名乗っていないし掲げてもいない。看板すらない。何となく昔から、運動不足の人たちに動きを教えてやっていて、体が軽くなるという評判でぽちぽち参加者が増え暮らしていけている、というだけの道場だし、基本、道場などなくて公園でやっている。

「無明拳という」

その時、初めてそう教わった。

「目の見えぬ者が開祖でそう称したらしい。目が見えぬ者が相手を倒す。これはもう、殺さねば安心できないし、技や力のやりとりなどしている暇はない。余裕もない。源流は中国大陸で、宋の時代に生まれたと言うが、俺も詳しくは知らん」

一応、継承者だろうに、そんな適当な事を言う。

「……師匠は、人を殺したことは？　この技で？」

「俺を殺人容疑で逮捕させたいのか？」

「いや、そんなんじゃないけど」

「俺がガキの頃は戦争に行ってたってのが大勢いた。手柄を語る奴ほど弱かったし、もう二度と戦争になど行きたくないと怖がっていた奴ほど、強かった。だからまあ、俺を弱い奴に分類させるな、白夜」

殺したことがあると言っているようなものではないかと思ったが、言わなかった。

俺も誰かを殺したいなんて思っていなかった。

家族を皆殺しにされるまでは。

その場に居合わせなかったという悔しさだけが膨らんで俺を破裂させてしまいそうになっていた時までは。

捜査もさっぱり進展せず三か月ばかり過ぎたときに、俺は師匠を訪ねてこう言った。

「警察より先に犯人見つけ出して殺していいですか?」

「何故(なぜ)俺に訊(き)く?」

「それは……筋として……俺は師匠に習った技で本当に人を殺す訳ですし……」

微(かす)かな笑い声が聞こえた。

「無理だよ」

「やっぱり殺人空手ってのはハッタリですか」

「そうじゃないよ、どうやって警察も見つけられない相手を捜すんだ?」

「いや、それは……見つけた後の話って事で……」

また笑い声。

「まあお前が何かの偶然か、おかしな名探偵でも見つけてきて捜し出したとしよう。それでもお前には無理だよ」

「何でですか？」

「俺の言葉を必要としているからだ。俺が止めろと言っても、やっていいと言っても、お前は何でもいいと思っている。俺に一応相談した、それがないと一人じゃ決めきれない。そんな奴に人殺しなんてとても無理だな」

　何か反論しようとして、口ごもった。反論が浮かんでこなかった。

「前にも言ったが、お前に教え込んだのは無明拳という殺人術で、開祖は盲目だった。盲目の人間が、他人の言葉だけに頼って何かに抗えると思うか？　何も見えなくても自分で決めなきゃならんし、悪意のある人間に、そっちは安全だと言われてのこのこ従って、先が崖だったらどうする？　目が見えていれば簡単に分かるウソにすら気をつけなきゃならん人間が編み出したのが無明拳だ」

　俺の目は見えている。視力はいい。だがそういう事じゃない。

　見える物すら見えなくなって、他人の言葉を欲しがっていた。実際、師匠の言う通り、大前提である犯人捜しが至難の業なのだ。それをまず俺は見ようとしていない。それは目が見えていないのと、同じ事だ。

「その気になれば人を殺せる。それはそうだが、無明拳なぞ身に付けんでも出来る。お前の体格なら、まあヤケクソにでもなっちまえば大概の相手は殺せるよ。俺の許可なんぞ必要ないんだ」

必要だったのは、鬱憤晴らしだったのかも知れない。俺の殺意は燻り続けていたが、師匠とそんな会話をしただけで、偽物の熱に思えてくる。しかしそうなると、俺はどうしていいのか、分からなくなってしまう。この煩悶で心がささくれてきて耐えられなくなる。

「神座の土地を一度離れるんだな。何年か、或いはずっと」

「そんなもんで収まりますか?」

「俺は人を殺してから、そうやってここに流れ着いたんだよ」

殺したという事をあっさりとそう言ってのけた。

俺はさっきまで誰かを殺すと決めていたのに、そう簡単に言われると呆気にとられてしまうしかなかった。

「いいか、白夜。手順通り、教えられたとおりに経穴を撃つ、それが無明拳だ。目で追ったんじゃ間に合わない一瞬の隙を突く。目がたとえ見えなくともそれが分かる。そういう技だ。無明拳で人を殺すと、殺した実感がない。恐ろしくあっさり、死ぬよ」

「それを後悔して土地を離れたんですか」

「いや、何というか、本当にあっけなくてな。人一人を殺したというのに実感がないというのは、厄介なものだぞ。後悔すら湧いてこない。あんなに憎かった相手が、勝手に死んだような気さえしてくる。そのまま住んでいても、俺に捜査の手が伸びてきたか怪しいどころか、自首しても狂言と言われかねない有様になったから、いたたまれなくなった。考える時間も欲しかったしな。お前に必要なのは考える時間だと思うし、ここにいたんじゃそれどころでもなかろう」

　高校はもうじき卒業という時期だった。考える時間とやらを何年か設けてもいいのかも知れないと、そう思った。

　それから何やかんやで、俺は東京の山奥で早朝からランニングする生活を続けている。

　肉体労働で消耗しているうちは、余計な事を考えずに済むというか考えている余裕もないのだが、それがいい事かどうか、分からない。ただ、誰かを、俺の家族を殺した誰かを殺してやるという意欲はかなり薄まった。

　それは考えた結果ではなく、単に仕事に忙殺された結果だった。

　そして薄まったその殺意をいっそ捨ててしまおうとも、割り切れない。そこはやはり、家族への情、という部分があるからだと信じたい。家族を殺された事を口実に誰かを殺すのを正当化するというのは、やはり少々、浅ましい。

　何をしたらいいのかどころか、何をしたいのかさえ曖昧になっている。

　殺意は、楽だった。俺にはそれを実行できる技があるのだから、尚の事だ。

　考えたって答えが出よう筈もない問題を、埒もなく考えていたら、走りすぎて戻ってくる時間がやや遅れた。シャワーを浴びている時間がなくなり、汗だくになった下着だけを取り替えに慌てて部屋に戻った。どうせ汗まみれになるのだが、移動中に体が冷えるし、第一、不快だ。

疲れはない。むしろ体は、よく動くようになる。大雨や大雪なんかで走れない日の方が仕事に差し障りがある。

車に乗りこむと、二人がけシートの隣は黒曜だった。

しばらく黙って車に揺られていたが、どうにも気になったので俺から訊いた。

「……例のアレどうなったんですか？」

あれから二日経っている。

黒曜は小さく笑った。

「まだ釣れてねえな。鮫島と鱶田に酒奢ってやってるから損ばっかりだよ」

「釣りですか」

「釣りだよ。撒き餌は充分やったんだが、まだ食いついてこない。だがまあ必ず引っかかってくるよあれは。結構、効くんだぜ、『みんなの中でなんで俺一人だけ』って被害者妄想。てめえらが加害者だった事も忘れてな」

それは、何となく分かる。俺だって「なんで俺一人だけ」という感覚は充分に味わった。被害者にならなかったにもかかわらずだ。例えばあいつらの中で、一人だけ金も免許証も取られずに済み他のみんなは取られてしまった、となったら居心地の悪さは尋常じゃないだろう。

そして落ち着かなくなると、何かをせずにはいられなくなる。それが悪手だと薄々分かっていながらも足掻きたくなる。何かをすれば、前へ進めているのだという錯覚を得られる。その先が崖でも、見えなくなってしまう。盲目になり幻想を追う。

　ガキ一人をそんな風に追い込んで、黒曜は何がしたいのか。

　金なら、この前、掠め取ってしまえばよかっただけの話だ。わざわざ財布に戻してやっている。俺には、ファイトマネーだとか何だとか言って握らせてきたが。

「……何、企んでんですか長谷川さん？」

「ん？　参加するか？」

「話聞かなきゃ、はいともいいえとも言えませんよ」

「返事先に聞かなきゃアーともスーとも言えないね」

　黒曜が俺をどれだけ必要としているのかは知らないし、俺も絡もうとは思っていない。ただ好奇心が疼く。何がどうなっているのかが気にかかる。あの時、黒曜は一人にだけ金を返した事でガキを揺さぶっていて、そして俺に金を渡した事で、俺をも揺さぶっている。何故そんな事をしているのかが、気になる。

　関わらなければ、教えられない。

　教えて貰いたいほど、関わりたくもない。

　黒曜から直接、話を聞き取るのを保留したのは、何となく操られているようで癇に障ったからだった。

　見ようとしている物が見えない。黒曜の腹の底が分からない。だが本気で見ようと思ってもいない。目を逸らしているから見えないのか、見えているのに、分からないのか、本当に見えていないのか。

昔、師匠との組み手を暗闇の中でやった。目張りを施した一室で、小さな電球が一つあるだけの部屋で、それを消されてしまうと本当に何も見えない。そういう時に相手を探ろうとするのも、相手の見えない攻撃から逃げようとするのも、巧くはいかない。運が良ければ、というだけの話になってしまう。

組み手なら、それにも馴れている。

人間関係となると、話は別だ。それとも、同じ事なのか。俺がきれいに応用できていないというだけの話なのか。

お互いが見えない条件というのはまだフェアな方だ。稽古では最終的に俺だけが目隠しをしていた。当然、勝てた例しがない。師匠は何故か俺の動きを、目隠ししたまま躱してのけていたが、出来なくて当たり前だと笑っていた。本気で、俺に全てを伝えようとしていたのではないのかも知れない。

あの気味の悪さ、居心地の悪さに、今この環境が似ている。

黒曜にも他人の思考や判断を読み取ることなど、出来ないに決まっているのに、完全に摑まれているような錯覚を覚える。

そこでこの話は、それで終わりにした。忘れることにしたって良かった。

勝手に、何だって、やればいい。俺が関わらなければ済む話だ。

何度も言うが、俺たちの仕事は、代わりが幾らでもいる。アルバイトとしか呼びようがない仕事だが、それでも十年やったら職業になってしまうという。

実際に十年、この会社にいる先輩の凛汰という人がそう言っていた。瀬川凛汰はもう三十で、二十歳からここにいるという古株の一人だ。この仕事は三勤務交代制なのだが、ほぼ全て勤務を通し、寝る時間はその隙間というハードな生き様を晒している。

そこまでやると給料もいっぱしの職人と変わらなくなる。そうなると、この仕事自体は悪くないと凛汰は言う。

新入りや若い人間の扱い方も馴れたもので、この差別された感丸出しの空気でふて腐れている連中の士気を上げさせたら、巧い。職人の手伝いなどしながら技術を盗んでいったりしている。器用な人だなと思う。何せ殆ど寝ていないに違いないのに、陽気で前向きで疲れた顔をしない。稼ぎもなかなかある。俺が一年で二百万貯めたくらいだから、働きずくめでいる凛汰はかなりの額だろう。夢は新車でポルシェを買う事だと言っていた。ちなみに、神座市の出身ではない。

そうやって、所謂、底辺の作業員であるこの職に適応してしまう人もいる。

ここに居場所を見つけてしまう人だ。流されてあぶれて仕方なくやっているドビーのような婆さんもいれば、凛汰のような喜んでこの仕事をやる人間もいる。

黒曜はどうなのだろうとふと思う。いい年で、この仕事で、リストラされたとか言っていた気がするから、きっとドビーの婆さんと同じパターンなんだろうが、何か違うという気がする。昼休みに弁当を食べ終えて、そんな益体もない事を詰め所で考えてしまう。

動いていても、休んでいても、考えてしまう。

財布に入っている結構な大金が、俺を考える人にしてしまう。周囲では短い時間で熟睡している凛汰や、えんえんお菓子を少しずつ食べているドビーの婆さんがいて、他にも会社の人間が数人固まっていて、和気藹々とした職人等の集団とは一線を引かれている。これでもまだ詰め所に居場所があるからいい。臨時で呼ばれた時など、居場所すらない。

俺は多分、凛汰のようにはなれない。

ドビーの婆さんや黒曜のようになれるかどうかは人生を重ねてからでないと分からない。

その黒曜は、俺がダメなら鮫島元春と鱶田不知火を使うと言っていた。警備員の二人。俺たちとはまた別の括りにある二人だ。

俺の何かが必要なのか。別に、不知火と元春で代用が利くものなのか。

詰め所から出て、小さな扉を潜って外に出る。

元春と不知火が少し距離を取って立哨している。出口から左右均等の距離にいる。警備員は休憩の取り方も独特で、ますます中にいる作業員らと馴染みにくくなっている部分があるが、昼だからと言って一緒に休憩していたら警備にならない。

どちらにしようか迷ったが、たまたま元春と目が合ったからそっちにした。鮫島元春。髪が長い方。体格は二人ともかなりいかつい。鍛えている俺から見ても、ちょっと圧倒されるものがあるし、何より背が高い。

俺がただ昼休みで外に出て来たのではなく、明らかに元春に用があって歩いてくると気付いて、怪訝そうな顔をしていた。

ヘルメットに誘導灯、蛍光ベストに紺の上下制服という警備員にしか見えない格好なのに、特攻服か何かのように思えてくる。ついでに、腰に差している特殊警棒は通常、必要ない物だが、この二人は警備と名が付けば施設から雑踏、貴重品でも何でもこのスタイルで警備する。

「……鮫島さん」

「何だ？　立哨中に話しかけてくんな」

俺と私語を交わしている、というテイに見られないようにか、突っ立ったまま空中を睨んで視線を合わせてこない。

「最近、長谷川さんとツルんでどっか行ってるでしょ、夜勤前とかに」

「行ってねえよ」

「本人から聞いたもんで」

舌打ちが聞こえた。そういえば酒を呑ませている等と言っていた気がする。酔って夜勤に行っているのかも知れない。それはそれで問題ではある。二日酔いで現れるとかでさえ厄介なのが肉体労働だ。他人に迷惑な上に本人が危ない。警備員とあっては尚のことだ。

「……あの親父、てめえの都合で人呼んでおいて、そういう事ポンポン他人に喋りやがって。んで、だったら何だ？　注意でもしに来たのかよ？」

「ポンポン喋ってくれねえ事もあるんですよ、これが」

「俺が何でもポンポン喋るとでも思ってんのか？　いいから貴重な昼休み満喫しとけよ」

「何してんのかだけ教えてくださいよ。きっかけは俺なんですし」

元春は漸く俺の方を見た。俺の全身を見下ろして品定めするような目つき。顔つきの方はますます怪訝そうだった。

「きっかけがお前……って、んな訳あるかバカ」

「いや、俺が強盗に遭って、それで」

「筧くんよ、お前が強盗に遭おうと辻斬りに遭おうと関係ねえんだよ、きっかけなんかお前と何の関係があるんだ？　あのおっさんはずーっとあそこで宝探ししてんだよ。バカ」

「は？　宝探しって、何の？」

「知るか。俺と鱶田はタダ酒飲めるからここんとこ付き合ってただけだ。もう何年もあの界隈フラフラしちゃあ宝探しがどうのこうのっていつも言ってんの、あいつは！　有名だろうが、部署が違う俺等まで知ってんだからよ！」

初耳というより、何を言われているのかが掴めなかった。

宝探し？

「……金とかそういうのですか？」

「だから知らねえっつの。変わってんだよあいつは。まあ単に飲み仲間が欲しいから適当な能書き言ってんのかも知れねえけど、とにかく有名だぞ、宝探しが口癖の長谷川黒曜（はせがわこくよう）っつったら、変人として」

全く聞いた事がない。というか俺は他人と呑（の）みに行ったりしないし、会話もろくにしない。だから知らないだけで、結構有名なんだろうか、その、宝探しとかいうのは。

宝。少なくとも金ではない。金なら、俺にくれたり、あいつらに返したりしない。

もう何年も前からあの近辺をうろついているという。宝を探して？

俺が襲われたのは、呑み会を先に抜けて車に向かおうとする路地裏でだった。確かに呑み会真っ最中という人間が偶然居合わせるというのは出来すぎている。が、呑み会なんてどうでもよくて、あの近辺をただ定期的に巡回しているのだとしたら鉢合わせしてもおかしくない。

何かを仕込んで、俺を誘った。その、宝探しとやらに。

俺はきっかけではなく手段なのかも知れない。宝を掘り起こすスコップだ。

それは俺でなくて、目の前にいる元春と、多分後方でこちらを窺（うかが）っている不知火（しらぬい）の二人でも黒曜には構わない。俺と、黒曜、それに元春と不知火。この四人に共通しているのは別部署とは言え同じ会社の人間であるという事。

そして出身地がみんな同じ神座市だという事ぐらいしか、俺には思い浮かばなかった。

四

呑みの席で、必ず黒曜は席を立つという。

宝探しに行ってくる、と言って小一時間ほど帰ってこなくなる。俺たちが呑むのは現場にもよるが、だいたい、都心なら新宿や池袋、上野だ。渋谷や新橋は南に過ぎる。帰ってきやすく、何ならそのまま自力で何とかするというなら、立川辺りか。

黒曜は新宿、池袋、上野で頻繁に席を立つ。知らなかったし、どうでも良かった。

本当に何も見ていなかったし、聞き流していた。

黒曜の「宝探し」は寮内でも知らないというのは俺一人で、先月入ったような奴ですら知っていた。みんなが当たり前のように知っていて気にしていなかった事を俺は知らなくて、そして気にしてしまっている。

一か月ほどかけて、普段は参加しないか、してもさっさといなくなって車に引きこもっていた呑み会に顔を出し、何度か確認した。黒曜の「宝探し」はまだ続いていて、そのたびに元春と不知火を連れ歩いている様子だった。

そのままいなくなる事もある。どこぞに泊まっているのか、翌朝、現場に直行して合流する。

その程度の自由なら容認される信用は、会社からも得ている様子だった。

俺が襲われた事は、何か関係があるんだろうか。

偶然だったとしても、その後の仕込みは偶然じゃない。撒き餌だとも言っていた。

その夜の呑み会は池袋で、俺が襲われた街だった。細くて狭い路地が入り組んでいて、人通りが極端に偏っていて一本外れただけで誰もいないような寂れた道になる。

席を立った黒曜を見て、自然を演じて追いかけて、この宴会から離れていく。

雑居ビルの階段に出ただけで、何となく解放された気がしてしまう。エレベーターが動き始めていたから、黒曜が乗っているんだろうと階段を降りた。五階だが駆け下りていけば充分に先回りできる。

実際、そう急がずに下に降りてもエレベーターは到着していなかった。酔客で満員電車の各駅止まりだろうから、階段の方が早いに決まっている。

出てくる黒曜を見つけて、声をかけるか、後を尾けるか迷った。後を尾けた方が、多分、楽だ。正面切って何かを訊いてもまたはぐらかされそうだ。とはいえ後を尾けたからと言って何か分かる確証もない。

尾行は得意だ。無明拳で得た動きは、意識して行えば気配を消せる。たまに無意識にやっていて、突然話しかけたみたいになって相手に驚かれる事もあるほど、至近距離でも気付かれない自信がある。

これは気配を消すというより、気付かれない隙に入り込むというのが正しい。

誰しも常に気を張って三百六十度を監視し見渡している訳ではない。例えばイヤホンで音楽を聴いている人間に後ろから声をかけたら、驚かれる事が多い筈だが、それと同じ事で、相手が気を向けている方向や対象より目立たなく振る舞えばいい。身のこなしと言うより観察術と言った方がいい。勿論、それにプラスする事の、体術でもあるが。雑踏の中であっても、何か目的を持って歩いている人間というのは目立つ。

見ていないようで見ている。違う建物を見たりしていても、視界の端に黒曜を必ず置き時には自然に目を逸らす。

追いかけていないようで、追いかけている。まっすぐに尾いていかずに、寄り道したりする。勿論、そんな事をしていたら見失う可能性は高いが、それをさせないのが技術というものだ。

簡単そうで難しい。理屈ではなくコツに近い。

すぐに、黒曜は元春・不知火コンビと合流した。黒曜も俺も薄汚い作業着姿のままで、二人は流石に、共に着替えている。もっとも作業服と大して変わらないような、無頓着な服装ではあったが。

三人揃っても、仕事帰りの肉体労働者がつるんで呑みに行くという感じにしかなっていない。元春と不知火の二人が並んでいるとやや威圧感が強くなるが、服が地味なだけにチンピラという感じにはならなかった。

後ろから歩き姿など見ていると、やはり元春も不知火もしゃんとしている。チンタラと酔って散歩をしているただのおっさんでしかない黒曜より、元自衛官だとか元機動隊だとか言われても納得する。

見ようによっては、二人が黒曜を警護しているボディガードにも見える。

三人は大きい通りから、小さな路地までぐるりと回る。

落ち着かせない為に一人からだけ奪った金、というのを撒き餌と考えると、落ち着かなくなった奴が暴発してまた通行人からノックアウト強盗をやらかす、というのが黒曜の考えに思えてくる。警官に見つかった訳ではないから、河岸を変えるよりは馴れている場所でやるだろう。

大きく駅を迂回しながら散策のように一周し、だいたい、小一時間だ。北口に戻ってきている。元春の方がいい加減何処か店に入ろうとボヤいている。不知火は無口で、仕事中も必要な事は機械のように淡々と喋るが、こういう仕事外の時でも全く喋る様子がない。かといってふて腐れている様子でもない。

人通りが極端に減ってきていたから、かなり距離を開けた。ここらに来ると道が細く入り乱れているが、それでも行き先の予想は付く。何なら先回りして前方から尾行するというやり方でもいい。動いている人間が少ないのだから、却って想像しやすい。それは相手も同じで、偶然気付いてしまう事も、やはり多い。

山の中や街中で、まるで鬼ごっこのように師匠とこういう事をやった。距離を相当、離して相手を見失わないという鍛錬。街中より、山の中の方が、俺はずっとやりやすかった。いったん敢えて見失っても構わない。もう一度捜し出せばいい。

四六時中、見張れというのではないのだ。

俺の年でこれが出来るというのは、凄い事らしいが、師匠に言わせると何かに秀ですぎているというのは、何かが劣っているという事になるらしい。特に年若いうちに何かを発揮しすぎると、短所を補う事を忘れてしまいがちになり、不本意なしくじりから人生を間違うこともあるという。

自分の事など、今はどうでもいいが、そもそも黒曜を尾行して何かしらの目的が分かったかと何だというのも、ある。俺にこんな真似をさせているのは、やはりあの十数万の金だ。あれで、縫い止められてしまった。今もまだ財布の中にある。

金額の話ではなかったが、やはり一度に十数万というのはそれなりにインパクトがある。

ラブホテル街に入り、人気はますます少なくなる。

ラブホテルの照明が強すぎて却って暗がりが強くなり、いかにも、強盗に狙われそうな路地になってしまう。

黒曜は自分を襲わせようとしているのかという疑問は大分前に却下した。それなら一人でうろつく。その上、あのおっさんが若者多数に囲まれて立ち回れるほどの猛者とも思えない。仮にそうであったとしても、金が欲しいなら、前回返したりしない。

同行者が必要で、俺がダメなら、元春(もとはる)と不知火(しらぬい)。単純に考えれば暴力というか、それから身を守る為(ため)だが、俺はともかくあの二人では幾ら地味な服装にしたってまず襲おうという相手に選んだりしない。何も起きない可能性の方が高い。

全員が同じ神座市(かむくら)出身。

暴力などよりそっちが気にかかる。はっきりと言葉にならないが、俺が離れた土地が、何故(なぜ)か東京で関わってきている。そもそも会社が神座市の繋(つな)がりだから珍しくもないし、短期バイトの学生も、神座市の連中が多い。

そいつらではダメなのか。それはやはり暴力沙汰(ざた)が絡むからか。

背後で自動販売機が缶を吐き出す音がする。やたら耳に響く。

二度音がした。場所が場所だ。カップルが多いだろうから二本買ってもおかしくない。

開封音。一度きり。

振り返りもせずに俺は身を翻した。動きながら振り返った。中身をまき散らしながらコーヒー缶が回転して飛んでくるのを躱(かわ)す。多少、服に中身がかかったが、どうでもいい。下手に寸前で躱すとか受け止めるなどしていたら、中身が目にかかっていた高さだ。

同時に背後から襲いかかろうとしていたそいつは、もう一本、右手にコーヒー缶を握りしめて俺に叩(たた)き付けようとしている所だった。小さいが、中身の入ったスチールの缶で殴られたら堪(たま)ったものじゃない。

二重の不意打ちを躱されて動揺していた。動きに躊躇いがある。

暗さを増した路地の陰に見えるのは、この前、金を奪われた方のチンピラだ。攻撃をいなされた動揺を押し隠し、縮めていた俺との距離を離す。遠くで、ブン投げられた缶がころころと転がる音がする。

そいつは右手で缶を握りしめたまま、俺と向かい合っていた。

飛び道具にもなり、打撃武器にもなり、握ったまま殴れば厄介なパンチにもなる。

馴れている風だった。

「てめえこの野郎、金、返すくらいじゃ今日は済まさねえからな」

「何だ、一人か？　コンちゃんどうした？」

一人だった。てっきりまた集団でやっているのかと思ったが、一人だ。

「暢気にこんなとこ男一人でほっつき歩きやがって、見つけた時ゃあ都合良く人気のない方に歩いていくもんだから驚いたぜ。舐めてんのか」

何と俺も尾行されていた。

つまりこういう事だ。黒曜らが他に注意を向けていたから俺に気付かなかったように、俺もこいつに気付かなかった。俺の場合、考え事までしていたから、尚更だ。奇襲を躱せたのは、前回、不意打ちを受けた事を体が覚えていて警戒を解いてなかったんだろう。

悪い予感がしたとか気配を感じたとか、脳が処理していたという感覚はなかった。

金なら返してもいい。一円も使っていないし、財布の中にあるし、第一気味が悪い。とは言えこいつは、金を返しただけでは許さないとも言っている。金で許してくれるのなら、そうしたいのだが。

　このままでは黒曜らを見失ってしまう。

　相手は距離を詰めてくる。缶コーヒーでも何でも自分の拳より硬い物を握っていると、自分から詰めるという気になってくるのは、分かる。缶コーヒーの底を振り下ろし、叩き付けてくる。その辺りも中々動きが鋭い。

　ただ叩きのめすのなら、確かに一人でもやれそうだった。コンちゃんに求められていたのは、あの相手を一瞬で昏倒させる右ストレートだ。

　何度か躱してみた。相手の息が上がる気配はない。もう少し引き込んでみようと、防戦一方にしてみた。乗ってきている。何せ、一撃当てればかなり勝率は高くなる。武器を持っていると、つい、一発当てればいいという気楽さから全力で来る。

　棒か何か、もっとリーチの長い物なら俺も読み違えが怖いからもう少し前に出るが、素手の相手と大して変わらない。投げつけてくる気配もない。躱し続けるのは、そう難しくもない。何せ俺は、目が見えない中で相手の攻撃を躱すという鍛錬を繰り返していたのだ。

　逆に相手は当てにくい。光源が偏っている夜の中では、当て勘が鈍る。

　夜というだけで俺に有利なのだ。

三分は動かせた。流石に相手の息が上がり始める。俺の体温はいい感じになっていて、動きが軽く感じられてきていた。相手は勝負を急ぎすぎてペース配分を考えてもいないし、まさかここまで当たらないとも思っていなかっただろう。

強く当てるぞと思って繰り出す一撃をあっさりスカされると、気持ちが疲弊する。

逆に躱せた方は、気分がいい。そして俺は一切攻撃していない。当てたどころか、躱せた、受けたという達成感さえ与えられないまま三分引っ張れば、そりゃ、疲れる。

そろそろかと思って、肩辺りで受ける準備をする。手汗と握力の弱まりが缶をすっぽ抜けさせる。そう思っていたら不意に攻撃が弱まった。一拍ほど溜めが出来たような感覚は受けっぱなしだから気がついた。

開封音と共に中身がぶちまけられる。缶が飛ぶ。

そして相手は全身で抱きついてくる。タックルの前動作に合わせて開封と投擲、そして組み付き。相当、こういう喧嘩になれている。場数を踏んでいるんだろう。踏む機会がたくさんあったんだろう。

東京は怖い街だ。

中身も缶もタックルも、全部すり抜けるようにして移動する。あっという間に背後に回る。

俺を見失って蹈鞴を踏んだ相手の背中が見える。

拳を作る。中指だけが仲間はずれのように曲がったまま押し出されている中高一本拳。

この形を寸鉄と呼ぶ。

ただの拳じゃ面が広すぎる。経穴を撃つには最適の拳だ。殺す拳でもある。殺す気はない。

二分撃ちで背面の経穴を撃った。これを波撃（なみうち）という。二分、というのは、波の広がり方であって二割の力、というのとはまた、違う。そっと撃っても五分や八分撃ちになる事もある。全撃ちじゃなきゃ気を失わない相手もいる。その辺りは、俺の判断に左右される。

単純に体格が大きい相手なら、八分や全撃ちという事になるが、加減を間違えると逆に通用しなかったり、殺してしまったりする。何も考えずに全撃ちでいいというものでもなく、こっちの力加減というより相手の体格体質、そういうものに結果が左右される危うい打撃だ。

殺す気なら違うやり方がある。それをこんな名前も知らないしょうもない奴（やつ）相手に、使いたくなかったし、殺したい相手でもない。

二分撃ちでも、相手は弓なりに一瞬痙攣（けいれん）して反り返り、呼吸を途絶えさせ、自分でぶちまけたコーヒーの中にぶっ倒れた。

呆気（あっけ）ない。無明拳（むめいけん）の技は、全て呆気なく、やってやったという感覚がない。

さてどうしたものかと他人事みたいに俺は考えている。多分、こいつも、目覚めたらなんで俺は倒れていたんだろうと不思議がるはずだ。

経穴の位置と撃ち方を覚えれば似たような事は出来る。コンちゃんはたまたま、顎（あご）の経穴を撃つやり方だけを覚えてしまったんだろう。寸鉄ではなく拳で撃っているからかなり独創的だが、まさか無明拳の技とは本人は知りもしない筈だ。

道の端に引きずっていって、財布を取り出す。俺の財布から、十数万円を取り出して、そっくり元に戻す。目が覚めたらお金が増えていたという有様になれば、こいつも俺をつけ回したりはしなくなるだろう、多分。

自販機にもたれ掛からせて、酔い潰れたみたいに演出する。二分撃ちでの失神なら、気絶も浅い。すぐに目を覚ます筈だ。

そんな事より、黒曜を、と気を改めて、見失った黒曜らの今の位置を考える。五分足らずのやりとりとは言え感覚が鈍る。もう時間からしても、呑み会の席に戻ろうとしているか、もしくはまたそのまま何処かで夜を明かすのか。俺はそこまでは付き合えない。何しろ運転手の役目がある。

背筋がぞくりとした。

誰か歩いてくる。

コンちゃんかと思ったら、違った。てっきり、助っ人にでも来るのならコンちゃん一択だろうと思っていたが、俺はこいつらの背後関係を何一つ知らないのだから、何が現れたっておかしくない。

スーツ姿の男が立っていた。右手に、杖を突いている。右足が利かないという仕草で歩いてくる。年は俺より上だろうと確信させる、大人びた雰囲気があり、何より佇まいが違う。

俺等みたいなのが幾ら上等なスーツを着たってヤクザ者かいいとこホスト風にしか見えない。この男は、完全に俺たちの真逆にいる。こんな裏通りを不自由な片足で、自分で歩いているのが不思議なぐらいだ。いつも他人の運転する車のバックシートに乗っているような、そんな男。

そういう男に、俺は背筋の毛が逆立った。

「本当はこういう話に首を突っ込むべきじゃないんだがね、いい年をして。それでも、わざわざ来た甲斐があった、そこの倒れてるナントカってのに、ウチの者が頼られたそうで。何でも一河くんが乗り気になってくれんとか」

「……何だお前？」

「チンピラのバックで凌ぐ悪党の切れっ端だ」

「どっかの会社の役職持ちにしか見えねえけどな」

「よく言われるよ。まあどっかの会社の役職持ちには違いないんだがね」

「その役職持ちが何の用事だよ？」

「金を奪ったそうじゃないか」

「見てなかったのか、ちゃんと返したよ」

「そうか。だがよ、俺はそいつから二十万貰うって約束でここにいる」

「……何言ってんだあんた。そんなの知るかよ」

「二十万寄越せば勘弁してやってもいいぞ。そいつの財布からもう一度抜き取って、俺に渡して頭を下げろ。さもねえと依頼通りにお前をグシャグシャにしてから、そうする」

何を言われているのか分からなかった。

取りあえず金額だが、間違いなく二十万はなかった。こいつの財布の中身を足したって届かない。だがその支払いはそっちで勝手にやればいい。俺の関わる話ではない。それは何かの勘違いだろう。

応援をコンちゃんに断られたので、こいつはやくざもんに頼んで金を払う約束をした。その取引自体は本当にどうでもいい。いい年をしていると自分で言う、この男が喧嘩(けんか)の助太刀なんてもんに顔を出したのも俺と関係はあまりなさそうだ。

本当に何の話をされているのだろう。

「……の、割りにはコイツ一人で向かってきたけど、あんた駆けつけるの遅くねえか？」

「金を払えば何でもすると思われても困るからな、とにかく一人でやれっつったんだ。勝ったら十万やるとも言った」

「じゃあ俺にくれよ、十万」

「お前とは別に約束していない」

「あっ、だったら十万値引いてくれよ。そしたらこいつの財布ん中にあるし」

「ガタガタうるせえぞ、この野郎。俺は喧嘩売ってんだ馬鹿(ばか)野郎」

呆然(ぼうぜん)として、頰(ほお)を掻(か)いてしまった。何と言い返していいか、分からない。

そして相手の右足を指さした。

「あの……あんた足、悪いんだよね？」

「それがどうした？　手足の不自由な奴（やつ）ァ喧嘩しちゃいけねえのか？　差別か？」

そういう意図ではなく気遣いなのだが、伝わらなかったようだ。まああまり過度な親切は却（かえ）って相手の神経を逆なでするとは聞いた事があるが、幾ら何でも杖（つえ）を突いた相手に喧嘩をしようと言われて、はいそうですかとも話に乗り切れない。

「盲目になっても戦えるのが無明拳（むめいけん）だろう？　片足がなくても戦える奴が俺じゃ悪いか？」

「……よくこんなマイナーな拳法、知ってんなあんた」

「偶然で背中の経穴に、寸鉄をああも見事に二分で撃ち込めるかよ。何処（どこ）で習った？」

「神座（かむくら）市だよ」

「じゃああの爺様（じいさま）はまだ生きてるんだな？　司時貞（つかさときさだ）はよ？」

「俺の師匠だよ」

「俺の右足を潰（つぶ）しやがった爺様だ、俺が殺しに行くまでくたばって貰（もら）っちゃ困る」

そんな真似（まね）を師匠がしていたとは、知らなかった。右足を潰すという戦い方が出来る。無明拳ならば殺すか気を失わせて、終わりだ。違う技を隠していたのか、それとも使えなかったからそういう成り行きになったのか。

男がステッキを肩に担いだ。

やる気十分に見える。右足がまともに動かなくなっても喧嘩で勝つ気でいる。

「お前が寸鉄で仕留めてるの見てなかったら、ゼニで見逃してやっても良かったんだが、あの爺様の弟子ってんじゃ仕方ねえ。後始末が面倒くせえが、殺してやる」

面倒だが殺せるらしい。しかも殺す事より後始末の話だ。

俺は面倒どころか大変な事になる上に、殺したくない。

師匠も、殺したくなかったから足を潰したのかも知れない。どんなやり方かは知らないが、また会う事があれば、訊いてみよう。ここで殺されなければだが。右足を不自由にされたとなると、師匠どころか俺まで憎くなるだろう。

俺が強いか男が強いかという話ではない。手加減の二分撃ちなどでは済まない相手だったであろう事は想像できる。

だが今はどうなのか。右足が使えないというのは、右腕が使えないよりもハンデとして大きいと俺は思う。やはり足は大事だ。腕なら多少何とでもなる。足だとフットワークが使えないどころか、片足立ちにならざるを得ない。

実際に空手やキックをやっている奴に聞くと、ローキックが実は一番大事だと言っていた。相手が素人なら地味にローだけ蹴ってやれば二〜三発でおとなしくなる。痛いとか何とかではなく、足が動かせなくなるというのはどうしようもない。

それでもこの男はやる気でいる。

　正直、興味はある。片足でどうやって戦うのか見てみたい。他人事なら大歓迎なのだが、俺は当事者そのものだ。どう立ち合ってどうケリを付けるか。俺は相手の手順を知らないが、相手は無明拳を知っている。

　距離は、遠間。二〜三歩の踏み込みを要する距離だが、相手にはステッキがある。アレで一歩半か二歩を稼げる。近間にいると考えるべきだ。

　だがもう少し離れればどうだ？

　無手の俺には攻め手がなくなるが、相手にもなくなる。

　というか回れ右して全力疾走で逃げれば、潰れた右足では追いついてこられない。やるかやらないかの選択権はこちらにある。無明拳に縁があり師匠に恨みがあるというなら、弟子の俺が相手をしてやるに吝かでもない。

　コンちゃんを煽った時もそうだが、俺たちみたいなのが才能と呼んで構わないような自負を発揮できる機会などそうそうないのだ。俺が、家族を殺された時に、たまたま居合わせていなかったように機会を損失する。

「……あんた名前と所属は？」

「言う必要があるのか？」

「名乗りを上げてやり合わなきゃ面白くないだろ」

「俺はお前を殺して、司の爺様にそれを言う方が面白いよ。それに言う必要はない。相手の名前も所属も知りたくないからな」

話が合わない。コンちゃんは乗ってきたというのに。

では方向性の違いという事で、帰るだけだ。その足で追える訳がない。背を向けかけてやはり背筋がまた、ぞっとした。逃げに入るテンポが一瞬、遅れた。

その時に俺の背後から楽しげな声が聞こえてくる。三人組の登場に、男も面食らったのか、喧嘩をするぞ、殺すぞと言う気迫が薄れた。

黒曜と元春と不知火。

「……やあっと釣れたぜ、小魚一匹だがな。タイを釣るには充分なエビだ」

「長谷川さん?」

俺がそう呼ぶと、男が動揺した気配を見せる。逃げたがっているようにさえ見える。

さっきまで俺を殺すと息巻いていた男が、黒曜に困惑している。

「筧くん、撒き餌の役目、ご苦労」

そう黒曜に言われた。俺が黒曜を尾行していたのではなく、巧いこと乗せられて、引っ張り回されていたのが理解出来た。

「ちなみにそいつの名前は柏葉吐月。特定危険指定暴力団所属の役職付き」

「黒曜か、お前」

呻くような声。俺と喧嘩をするよりも勝機が足りていない。

「ちと太っちまったが、俺だよ。どう絡もうかと思っていたが、こっちか。まあ何でもいいや
な、鮫島、鱶田、仕事だぜ」

「おう」

返事をしたのは、元春だけで、不知火は無言のまま。二人が揃って前に出て、俺に近づく。
それは俺ではなく、吐月とかいうこの男に近づいているという事だ。吐月は明らかに進退を迷
っていた。

「なるべくケガさせせんなよ、捕縛術ならお手のものだろ、陸自に機動隊」

そう言って笑っている黒曜を見る。

これが、お宝か？　この不気味な男が。いや更なる撒き餌にする心算か。しかし今回は捕縛
しろと言っている。何かを仕込むというより、お目当ての物に繋がるヒモを摑んだというよう
な感覚。

俺は黒曜を見ている。黒曜も俺を見た。

「参加する気になってくれて嬉しいよ、筧くん」

「そういう心算じゃねえんですけど」

「お前がベストだった。あいつら二人、鮫島と鱶田じゃちと弱い。お前を動かすのが肝要だっ
た」

「まんまと釣られたのが、まず俺ですか」

仕込みと撒き餌。俺に渡してきた十数万が本当はそれだったんじゃないのか？

やはり、何となく不快な落ち着かないものがあり、利用されたという悔しさがある。

「そう睨むなよ、筧くん。こいつはな、巧くやりゃ俺にもお前にも得がある話なんだ。少しは積極的に動いてみろよ。因縁めいたものだってあるんだぜ？」

「因縁ってなんですか？」

「お前は家族を皆殺しにされた」

さらっとそう言うが、やはり他人に言われると不躾に思える。

だが黒曜はそれをチャラにする言葉を続けていた。

「俺も、一人息子を殺されているんだ。当然、神座市でな」

「じゃ、宝探しってのは……」

「んなもん決まってるだろ」

そして恐ろしくストレートな単語が飛び出してきた。

「仇討ちだよ」

五

元春と不知火の動きは決して速いものではなかったが、片足が不自由という吐月に対しては余裕すら感じられた。一人がきちんと後ろに回ろうとする役目をし、一人がじわりと圧力をかけていく。

不知火が後衛、元春が前衛だ。

囲み切れてはいないが、逃げ道と逃げ方が絞られてしまっている。充分に二人で捕獲可能なポジション。吐月は担いでいたステッキを地面について佇立し、動かない。

待ち構えるのが、吐月の戦い方なのかとは思った。足が不自由なら、自然、そういう戦い方になる。だがそれは、相手にやる気があって押してきてくれなければ話にならない。実際に俺は逃げてしまおうとした。幸い、と俺が言っていいのか分からないが少なくとも吐月にとっては、今の状況は有り難いだろう。

捕まえろと言われているのだから、近づかなければならない。

じわじわと元春が詰めていく。満面の笑みだ。相手に圧力をかけるのが性に合っているという笑顔。打って変わって不知火の方は、無表情で事務的で、まだ現職の機動隊か自衛官という印象を受けた。

俺は黒曜と並んで、それを見ている。

「……長谷川さん、あの吐月ってのは？」

「ん？　人殺し」

「いややくざの役職付きとかなんとか」

「何の仕事してどんなにパリッとした格好してても、足が不自由でも、人殺しは人殺しなんだな、筧くん」

「そんなもん捕まえてどうするんですか」

「え？　警察に突き出すとか。市民の義務だしな」

「それが長谷川さんのお宝に繫がるんですか？」

「ずっと探ってたからなあ。特定危険指定暴力団なんて、悪い仕事は枝の使い捨てにやらせてばっかりでボロを出さない。そのくせ、上前までハネてんだからいい気なもんだ。極道なんて、今や伝統芸能みてえなもんだよ、流石に特定危険指定まで受けてんなら」

　暴力団への締め付けが、人権侵害ギリギリのキッさになっているのは知っている。

　上位団体ほど危険視され監視され微罪でも逮捕される昨今だ。そういう団体の役職持ちに、黒曜が言い切るほどの「人殺し」など据えるだろうか。リスクしかない。ただでさえ犯罪者集団ではないと表向きは取り繕わなければならないのが今の暴力団なのだ。

「……んじゃなんでそんなのが、役職付きなんですか」

「アイツの親父が幹部だからな。ボンボンが道楽で人殺して、役職付きでいい顔して下の連中コキ使って、金まで転がり込んでくる始末だ」

　そう聞くととんでもない奴ではある。

「要するに喧嘩好きよ。喧嘩なんかゼニにならねえから普通みんなやめちまうんだが、後ろにデッケエ親がいりゃあいつまでも暢気にやってられる。意味の分かんない絵とか描いてる芸術家と同じだな。あっちは何かの拍子で大金を生んだりするけど、人殺しが得意ですなんての金目当てで続けられるか？」

「当たりが強いですけど、嫌いなんですか？」

「個人的にゃどうでもいいし因縁も何もねえし、金持ちの息子に生まれたってだけで最初から宝くじ当たってるようなもんなんだから好きにすりゃいいが、幾ら好きにしろったって非生産的にも程があるだろ、もっと楽しい趣味持てっつうんだよ、どいつもこいつも」

要するに黒曜は、吐月の持っている立場、何なら無職のままでも生きていられるような恵まれた出自の使い方が気に入らないらしい。

俺と黒曜の暢気な会話が、鋭い破裂音で中断された。

間を詰めていった元春が、吐月に杖の一撃を受けている。更にもう一撃。更に素早く振り回し、その全てが当たる。元春も防戦一方でガードを固めている訳ではなかった。前に出ている。振り下ろされ、空を薙ぐステッキの一撃を、握りしめている右手近くで止めている。本来ならそこでステッキの動きは止まり、元春はステッキを奪い取るかそのまま組み伏せるかするだろう。

止めているのに当たる。撓るのだ、ステッキが。まるで鞭だ。

柔らかい素材では、体重を預けるステッキには向かない。かといって堅ければ、元春には止められる。吐月は一歩も動かないまま、近づいてこようとする相手を寄せ付けない。元春の顔は苦痛よりも苛立ちが増した鬼気迫る表情になっていたが、あの撓って当たる一撃が効くのか、その度に足を止めてしまって近寄れない。あと一歩半近づけば強引にやれそうだったが、その一歩半が詰められない。

足を中心に狙っている様子だった。とにかく一歩も動かない吐月を中心に、球体でもあるかのように、ステッキが縦横無尽に撓りながら叩き付けられ続けている。元春も距離を取ればいいものを、前へ進もうとするのを、やめない。

あれが吐月の戦い方か。片足を失った男の考えた戦い方か。

逃げるならともかく、やり合おうとするならあのステッキが織りなす半球の中には容易く潜り込めそうにない。

不知火が背後から思い切り、石を投げつける。それも簡単に打ち落とされ、その上で元春の接近も許さない。

石が打ち落とされた時の音からして、金属製のステッキではなさそうだった。

痛みを嫌ったのか、元春が一度後退する。吐月が追う様子はないが、あのタイミングで追えば元春を沈められるか、打ち勝てそうな印象があった。追わないのが、吐月の戦い方なのか。

右足が利かないから動かない。

右足が利かないから杖という「武器」を堂々と持ち歩ける。

合理的と言えば、合理的だ。些か賢しすぎるという気にもなるが。泥臭さがないというか、簡単に過ぎる。護身術だというならそれでもいいだろうが、人を何人も殺しているという積極性が感じられない。

ステッキを止めて先端を路面に戻し、体重を預け、吐月の動きが静まる。

後ろに下がった元春の顔があちこち腫れ、裂けている。服の下はもっと酷い有様だろう。

「……痛ってえな、この野郎」

愚痴るように言う。そう、痛いだろうが、それだけなのだ。あれで殺そうとするならよっぽど打ち所が悪いか何十回何百回と叩き続けなければならない。喉や心臓を強く突く、というやり方も考えられるが、片足の踏ん張りがなければ「突く」という動きに致命に至る勢いを今ひとつ乗せきれない気がする。あのステッキが仕込み杖か何かで刃物が隠されているというならともかく、見た限りでは杖そのものだ。

無明拳ならステッキで経穴を撃てるが、経穴を撃つというのは場所を覚えたから撃てる、というものでもない。それともコンちゃんのように、偶然、撃てる場所と撃ち方を覚えたのか。

運、だけでは心許ない。何かもっとやりようを考えていると俺は思う。

「二人がかりか、何なら四人全員で襲いかかって来てもいいんだぞ、長谷川」

吐月は相対している元春や距離を置いている不知火、そして俺を、黒曜の配下か何かと思っているような口ぶりだった。他の二人はともかく、俺は長谷川のおっさんの下についた心算はない。やれと言われたって、従う義理はなかった。

「俺は歩いてここを去るぞ、長谷川。俺を誘き出すのに成功しても、逃がしたんじゃ逆効果だろう。俺もお前を見た事になるんだ」

「そうなるよな。だから鮫島と鱶田じゃ今ひとつだったんだ」

「確かにそこのガキ一人なら乗っていたな」

「だろ？」

「だがその後どうする心算だったんだ？　俺がそのガキを殺した後は？　お前も殺されたかったのか？」

俺を殺す自信が吐月には充分にあるらしい。確かに、俺には殺せない。心理的にもそうだが、技術的にもだ。今の杖術を見る限り「近寄らせない」事を主眼にしている。直接打撃を当てなければ、無明拳は使えないし、そもそも俺の師匠が気絶も殺害も諦めて足を潰す事を選択した相手だ。

しゃきん、と鋭い金属音がした。

元春の手に特殊警棒が握られている。伸縮式で、十センチほどのものが一振りで三十センチちかくに伸びる。吐月のステッキは、一メートル前後というところか。

リーチの差はさほど詰まってはいない。

「本気出しちゃうぞ、この野郎」

元春のやる気に比べて、不知火(しらぬい)は静観の構えの様子だった。俺が加わってもいいが躊躇(ためら)うのは、この二人と息が合うかどうか、邪魔する結果にならないかという不安と、もう少し吐月の動きを把握したいという打算がある。

まだ元春はここからが本気だという。

「頑張れよ、元陸自の力見せてみろ」

黒曜(こくよう)のからかうような煽(あお)り。ちらりと元春がこちらを見る。

「俺ァ自衛隊じゃねえ、機動隊だ」

「おうそいつは良かった。暴れている凶悪犯がいるんだ、さっさと制圧しろ」

長谷川の言葉が終わらないうちに元春は飛び込んでいた。

上段、中断、下段のきれいな三段打ち。全て防がれたが、さっきまでのようにステッキが元春の体まで届かない。勿論(もちろん)、元春の警棒も届いていないが拮抗(きっこう)状態にまで戻した。あれほど打ちのめされたというのに、元春の動きは悪くないどころか勢いを増している。

吐月のステッキ捌(さば)き、杖術は片手で力押しに叩(たた)き付けるものではなく、時には一瞬で左手に移り逆からの攻撃も可能にし、両手で両端を持ち中央を持ち、受け、そして牽制(けんせい)するように回転する。

どれだけ見事に元春が打ちこもうとステッキが捌く。が、しつこく元春は攻撃を繰り返す。剣道の動きではなく、相手を威嚇(いかく)する為(ため)の、片手で半身になっての独特の動き。踏み込み、三度打ってすっと下がる。それを何度も繰り返す。フェンシングの動きに似ていたが、突きは使えない。元からステッキの方が遥かに長い上に、伸縮式の特殊警棒では突いても衝撃で縮まってしまい威力が半減する。

「……長谷川さん」

二人の対峙を見ながら、呟く。

「あんたの息子殺したのって、あの吐月って奴？」

「違うよ。ちなみに言うがお前の家族を殺した奴でもない。が、あいつはそこに繋がっているかなり太い縄だ。手繰り寄せるのを待ってたんだが、いつまで経っても掴めなくて、イライラしていた。筧くん、お前さんのトラブルがとても都合が良かったんだ」

宝探しのスコップ。だが分け前もある。

吐月を確保することで、警察があれだけ捜査しても毛ほども情報の入らなかった、殺人犯の手がかりが得られる。いや殺人犯までいかなくても、あの事件の手がかりぐらいは得られるかも知れない。動機が全く分からないのだ。確かにちょっとした金目の物は盗まれていたが、とってつけたような動機作りに見えた。

ステッキと特殊警棒が打ち合わされ続ける。意外にも、というか当たり前なのだが、元春の方が堅固で丁寧な型を感じさせるのに対して、吐月のはめちゃくちゃに振り回しているようにしか見えない。外見から察するイメージとは、真逆だ。

ともあれどちらも知らない動きで、呼吸がまだ掴めない。下手に割って入っても邪魔になるだけだろう。

「興味が湧いたか、筧くん？」

「まあ、少しは」

「鮫島と代わるか？」

代わってもいい、とは思い始めている。家族の仇云々とは別でだ。吐月が犯人だというなら、もっと腹も据わってくるのだろうが、黒曜にいいように煽られているという感覚がどうしても拭えない。

元春と吐月は拮抗を続けている。元春が足を使い始めたが、吐月には届かない。吐月のステッキも、元春に届かないという消耗戦だ。

俺が感心するのは、二人とも、手を打たれていない事だ。剣道で言えば、小手か。双方、片手持ちの棒を打ち合っているのだから、まず小手を狙って武器を落とさせるか、操作を不自由にさせると思うのだが、入っていない。多分狙ってはいるんだろう。入れさせないのだ、二人とも。

「嫌なら戻って、会社の連中を送って車で帰れ。明日からもずっと、こんなんでいいのかなって思いながら適当に金貯めて、適当に働いたり辞めたりして時間を潰していりゃあいい。もしくはお前に何か人生設計みたいなものがあって、それに反しているってんなら、無理にとは言わない」

　仕事を続ける日常に帰る。言われてみれば当たり前の助言だ。俺だって、そういう毎日に安穏と居座っていられれば、どんなに楽か。今やっている仕事に将来性や楽しみを覚えないのなら、転職して人生設計という奴（やつ）を描き直せばいい。

　それは何というか、先の話なのだ。

　今、俺が、何処（どこ）にいようと何をしていようと居心地が悪い、この感覚。

　一年と少し故郷を離れて働いてみた。

　それで、家族を皆殺しにされた、殺人空手の遣い手である高校生というふざけた非日常から回帰する事が出来た。その場に居合わせなかったという悔しさが薄まった。だが居心地はずっと悪いままだ。先のことなど、考えられない。

「お前の日常はずっと変わらない。ずっとな。仕事を変えて貯金が増えて、女が出来て子供が出来て老いて死ぬ。普通の人間はみんなそうだ。そんな中で適当に居場所を見つけて楽しみを作って巧（うま）くやる。お前には、出来ない事だ」

「出来なくはないと思いますけど」

「出来てないだろ、実際？　時間が解決してくれるとでも思うか？」

　時間以外に何に頼って縋（すが）ればいいのか分からない。前に歩こうと思っても、前がどっちかすら分からないし、一歩踏み出す事さえ、躊躇（ためら）われる。また間違ってしまうのではないかと不安になる。

「……お前がなんで居心地悪くて、そのくせ、そこから動けなくなってるか教えてやろうか、筧くん？」

「何でです？」

「主役になり損ねたからだよ。逃した機会に未練たらしく縋り付いて、その割りには終わった話だとも分かってる。別れた女が忘れられなくて新しい彼女が作れないのと一緒だな」

「別に、そんな、俺は」

　俺の浅ましさを見抜かれていたような気がして、動揺した。

　そして他人に言われると、違う、とつい反発してしまう。自分で思い悩む限りは、どれだけ自分を責めても納得してしまうというのに。

「別に悪く言う気はねえよ。世の中、主役になれる瞬間を逃す事ほど、ガッカリする事はねえからな。俺ァ、喧嘩とか自信ねえからはっきりとは言えないが、悪の組織とかテロリストが学校のクラスを占拠して……いや占拠する意味は知らんが、とにかくそういう事があったとして、だ。そいつらと戦っても勝ち目があってみんなを救えたかも知れないぐらい腕っ節に自信がある奴が、だ。その日は学校休んでましたなんて話になったら、俺なら我慢ならないけどな」

「なんちゅう喩えだよ」

「古くさかったか？　幼稚園のバスでも良かったんだが」

「新しいも古いもねえけどよ、まあ言いたい事は分かったわ」

俺のこの、何とも言えない居心地の悪さが、少しばかり分かった気がした。

俺がいたら家族を救えたかも知れないのに、なんて後悔ではなかった。認めるのはキツいものがあるが、俺はきっと、もっとくだらない勝手な理屈を抱え込んでいたのかも知れない。

俺は主役を張れるチャンスを逃してふて腐れていただけだ。

「俺だって、一回ぐらい主役になりてえ。少なくとも人生の負債分くらいはチャラにしてえ。だからお前の為（ため）の花道って訳じゃないんだ、筧（かけい）くんよ。それでも俺たちは似たような思いをして、似たような場所に行こうとしていて、その点に関してだけは、お前より俺の方が先にいる。だから手を引っ張ってやってもいい。俺とお前で行く花道だ」

お前を見ていると息子を思い出す。

そのぐらいは言うかと思ったが、言わなかった。そこまで言ったらバカでも気付く。

言わない分だけ、信用できる。

人生の黒白というものが決まる、そういう境目があるとして、俺は黒を引いた。もう一度やって白を引けるかは分からないが、このまま生きていたって引く機会すらありはしない。空振り三振だろうが場外ホームランだろうが、バッターボックスに立ってからの話であって、そこに立てなかった事が俺をいつまでも悔やませる。

「……鮫島（さめじま）さんを下げてくれ、長谷川（はせがわ）さん」

そして前に出る。黒と出るか白と出るかは見当も付かないが、引ける。

「俺がやる」

そう呟いた途端、俺は自分が少しはしゃいでいる事を自覚していた。


もう少し拘るかと思ったら、元春は案外素直に引き下がった。

引き下がる元春に、吐月は追撃をしない。またステッキを突いて立ち尽くしている。元春が何か呻きながらよろよろと自動販売機に向かい、飲み物を買おうとして、そばに気絶している奴に気がついた。財布を抜き取っているがもう俺には関係ない。

自販機が飲み物を吐き出す音がする。

俺は吐月に近寄っていく。元春が先にやられ放題だったというのはあるが、それでもあの互いの猛攻を凌ぎ合っていたのだから、吐月もそれなりに疲れてはいる筈だ。表からこそ窺えないが、絶対に疲れている。

そこだけは俺に有利だ。

「選手交代か？」

「余裕じゃないか、おっさん。俺が疲れたらまた鮫島さんに変わるだけだぜ？」

同時に襲うより、交代で相手にした方がいい。呼吸が合わない者同士で連携するより、相手を休ませずにこちらは休息を取る。都合のいい事に、相手は足が悪いからしつこくつきまとう分には幾らでもしてやれる。

「長谷川のおっさんにいいように煽られてる、そういう自覚は一応ある」

「それを後悔する暇もなく殺してやるよ、無明拳」

そのシンプルな目標は羨ましいという気がした。分かりやすく、そして何をすべきかも明確で、どう生きていけばいいかすら導き出せる。

「おっさんも主役になり損ねたクチか？」

「何だって？」

「いや、何でもねえ。というかバッターボックスには立ったんだよな、おっさんは」

そこには俺との、雲泥の差がある。

挑み、試し、そして敗北という一つの結果を出した相手と、参加すら出来なかった俺とでは何もかもが違う。勝利なら尚のこと良かっただろうが、それは仕方ない。勝ち負けなど何度でも繰り返せる。殺されたら、生き返れない。生死だけは繰り返せない。

だから、人を殺し続けているのかも知れないというのは、勝手な解釈に過ぎるが。

ひゅん、と風斬り音を立ててステッキの先端が俺に向けられる。

「近づけるか、無明拳？　俺に寸鉄を撃ち込めるか？」

それが課題であり答えでもある。

極端な話、体当たりで突っ込んで強引にねじ伏せて地面に転がせば、あとはどうとでも出来る。ステッキを突いて右足が不自由な相手だというなら、尚のことだ。突っ込まなくても、右足にローキックでも入れたら簡単に転ぶ筈だ。

あのステッキがそうはさせない。動かないから必然、こちらから仕掛けるしかない訳で、タックルなど仕掛けた日には迎撃のいい的だ。それに元春の強引な押しにも耐え抜いている。疲れているはずだという可能性を入れても、強引に突っ込むのは様子を見たい。

間合に踏み込むとステッキが繰り出されてくる。躱しても躱しても、隙がない。

鉄じゃない。鉄の棒はパイプですら重い。力ずくで強引に、しかも片手で振り回すなら、これほど蹈鞴を踏むことなく動けない。絶対にブレるし泳ぐ。そしてジュラルミンの特殊警棒と打ち合っていたから、特殊警棒の中が空洞という事を考えたって、木製でもないだろう。ステッキには歪みもへこみも見当たらない。

鉄より軽く、鉄ほど硬い、何か。素材はどうでもいい。要するに「ステッキをキャッチしてへし折る」という選択肢はまず捨てる。下手にそんな真似をしたら、それこそこちらの隙になる。

元春ほど前へ踏み込もうとしないから、俺は躱せている。このまま打ち疲れを待つのもいいが、完璧に躱してしまうとやや踏み込みが浅くなり、その瞬間に吐月はきっちり呼吸を入れちょっとした休息を取っている。むしろ猪突猛進で襲いかかってきた元春の時の方が疲れた筈だ。俺は攻め手が少ないから、吐月も最小限の仕掛けで済んでいる。

師匠は吐月を無明拳(むめいけん)で仕留めていない。

その頃の吐月もステッキで戦っていただろうか。ステッキではなかったとすれば、何か別の技を持っている。無明拳で仕留めきれない、何か。基本的に、師匠が何度も俺に言った通り無明拳は暗殺術であって、正面から戦って他の拳法や格闘技よりも優位になる代物ではない。

吐月が例えば空手など使うとしよう。今となっては、アテに出来ない技が多い。右足が潰(つぶ)れているのだから当たり前だ。それがムエタイだろうと相撲だろうと、右足を潰されてステッキが必要な体になっているというのは、何を以前に身に付けていようと不利に働く。それでも尚、吐月が隠し技で持つとしたら。

それはその一手で相手を殺し得る技だ。吐月は人を殺してきたのだから。

右足が潰れていても相手を殺し得る技。

半歩退(さ)がれば済む所を一歩退がり、一歩踏み込まなくてはならない場面で半歩しか踏み込まない。手数も減る。結果として吐月を休ませているのは分かっているが、俺は考える時間が欲しい
ステッキに仕込み。あれだけ荒っぽく使っていて本体の剛性を考えると、それはない。

ステッキを強く振る事による刺突、或(あ)いは殴打による殺しも強引すぎる。それにさっきの元春とのやりとりを見ている限り、それはない。あるならとっくに使っている。あくまでステッ

キは護身の範囲に留まっている。

半歩で凌(しの)げたところを二歩下がった。誘いもあるが考える余裕が欲しかった。

見えない物を見ようとする。そこにある物を探り当てる。経穴とて印を付けられてここをこう撃てと教えられたってそうそう撃てるものではないが、盲目の人間であっても相手を一撃で殺せる。

闇(やみ)の中にぽつんと光る一点を求める。

それは確かに、そこにあって、光り輝いている。輝いていないと決め付けているから、見える物も見えなくなる。

吐月(とつき)が僅(わず)かに重心を変えた。右半身に体重をのせたのが分かった。

動かない潰(つぶ)れた方の足を、軸に。二歩退(さ)がってそれが見えた。ステッキは地を突いてはいない。完全に潰れた右足に重心が乗っているのが見えた瞬間、吐月の姿が掻(か)き消えた。恐ろしく低い地を這(は)うような高速タックルでの仕掛け。

背中の経穴を狙(ねら)っている暇など勿論(もちろん)ない。

考えていた分だけつけ込まれた。答えが出た時にはもう時間が迫っていた。足を掬(すく)われて打ち倒されたのは俺の方だった。仰向(あおむ)けに倒れると、リュックを背負ったまま寝そべったような感覚があった。

背後を取られ寝かされている。

腰に巻き付いている吐月の両足、その右足は膝から下が義足だったが、板バネを曲げたような形をしている。パラリンピックスプリンターの装着するようなその義足は、踏みつけも踏み止まりも出来ないが、一瞬の踏み込みだけなら十年鍛えた足による初速をも凌駕する。

義足は目的を絞れば絞るほど、性能が上がる。吐月は低い姿勢から、短い距離で相手の足下に飛び込む事だけに特化した義足を装着していた。そしてステッキを使って足を掬い上げて崩し、相手の背後に回りながら倒し、胴を腿で絞め上げ、またステッキを使って首筋を絞める。

ステッキが俺の首にギリギリと音を立てて食い込んでいる。両手を使って全力で食い込ませている。腹が両腿によってねじ上げられる。だが落とす、気絶させるという攻め方ではない。窒息死か頸椎破壊を狙った完全な殺しの技。

経穴を撃つどころではなかった。あっという間に死に直面していたのは俺の方だ。

絞め技、までは分かった。距離を詰める方法が分からなかった。そして腕や指で絞められるよりもステッキを使った絞め技は入ってしまえば抵抗の余地がない。例えば腹に肘を入れるだの、絞めてくる腕や指を攻めるだの、相手が多少痛がって緩める事を期待するような対応をしても、ステッキを絞るだけの動きは止められない。

「死ね、無明拳」

耳元で告げられた数瞬後には意識が飛び、頸骨を折られるだろうことが分かった。

元春や黒曜が助けに入るのも間に合わない。何が起きたのかすら、見ていて分からなかったような数秒の攻防だ。そして入ったとしても何も出来ない。

容赦ない処刑の技が不意に止まった。

缶ジュースのプルタブを開けるような音。俺の頭の近くでアスファルトが小さく爆ぜた。黒曜の右手に握られた黒い塊、大型の自動拳銃が、消音器の先端から硝煙を棚引かせている。足元に金色の薬莢が転がっていた。

「俺はお前等みたいに喧嘩強くねえからな。こうやって文明の利器を使う」

咄嗟に吐月が動きを変えてきたのが伝わって来る。俺を殺してしまうのではなく盾に利用しようとしている。

「……筧くんは盾にならねえぞ、柏葉。その子に価値がねえとかそういう失礼な意味じゃなくてな。この距離で四十五口径の弾が当たったら、密着しているお前等二人ぐらいは貫通するよ」

「当てられるか、長谷川？」

「昔、金が有り余ってた時に海外でバカスカ撃ったからな」

また小さな射出音。遠くで、転がっていた空き缶が甲高い音を立てて裂け、大きく跳ね飛ばされている。腕は確かだと教えて、威嚇に説得力を与えている。

「質問を変えるか。俺を殺したら何の意味もないぞ？」

「いや殺さねえよバカ。こういうのが命中したら手足が簡単に吹っ飛ぶんだよ、お前、今度はステッキじゃなく車椅子で戦う方法考えたいのか？」

そしてそういう当て方をする自信も腕も黒曜には備わっている。俺に当たらないように撃つ事すら出来るかも知れなかった。そういう相手と対峙している時に俺を抱え込んでいるのは、盾どころか邪魔でしかない。

それを思い知った吐月が戦略の転換を迫られる。その分、俺も抵抗する余地が生まれた。

完全に、助けられた。

俺は間違いなく殺されていた。

バッターボックスに立った矢先に空振り三振を決めていた。吐月が右足を失ってもまだ諦めない執念の根拠が少しだけ分かるような気がする。気分がいいのだ。あのまま殺されていたらそのまま終わりで良かったが、助けられた。

命が残ってしまった。

で、あれば次の打順に挽回したい。次の打順が欲しい。

首筋に押しつけられていたステッキの緩みに指を突っ込んで引き剝がす。意外に容易く外れたのは、吐月が外したからだ。そこから巻き返しを図り、俺の背にいる吐月ともみ合いながら路面を這った。

這ってしまうと吐月に不利に間違いなかった。立ち上がるのに義足が邪魔をする。体勢を立て直すには、ステッキを武器として使う訳にはいかない。俺はあっさりと吐月の上を取る事が出来た。立ち上がって体勢を整えるのを諦めた吐月の、ステッキによる下からの一閃を容易く躱す。

無明拳。

「殺すなよ」

黒曜の呟きが聞こえる。分かっているし元から殺意はない。五分撃ちで経穴に寸鉄を放つと、吐月が簡単に沈黙し、動かなくなる。無念の恨み節すら漏らす暇がなかったほどだ。

元春が缶コーヒー片手に近づいてくる。傷だらけの顔をしていたが足取りに不安定なものは感じさせない。倒れている吐月を上から覗き込んでくる。それから俺を見た。

「人間スタンガンだな、お前」

「まあ、簡単に言えばそんな感じです」

言い得て妙と言うか、本当に簡単に言えばそんなものだ。元春はそれだけ告げてきょろきょろと辺りを見渡して、それから黒曜を見る。黒曜の手からは、自動拳銃はもう搔き消えていて、何処かに隠してしまったらしい。

「……不知火は？」

「手筈通りだよ」

「じゃあ手伝いに行くか。くっそ、やっぱこっちの方が貧乏くじだよ、ジャンケン負けちまったし仕方ねえけど。……まあボーナス入ったからいいか」

くしゃくしゃにした十数枚の万札を見下ろして満足げにしながら、元春は何処かへ歩いていく。

　俺と、倒れたままの吐月と、黒曜が残された。

「死ぬところでしたよ、さっさと出せば良かったじゃないですか、拳銃なんかあるんなら」

「最初から出してどうするんだよ、柏葉が見たら真っ先に俺を狙いに来る」

　その理屈は分からないでもない。黒曜が拳銃を持っていると知っていたら、吐月は俺と元春を無視しただろう。惜しげもなくあの義足を使ったタックルで、黒曜を潰しに来ていた筈で、そうなった時、俺と元春では拳銃以上の切り札にはなり得ない。あくまで最後衛に配置して初めて意味がある。

「……じゃあ俺も、鮫島さんも、囮だったって事ですか」

「いやお前等で片付けばそれで良かったんだよ。柏葉がやたら粘って、筧くんを殺すところだったから仕方なく出したんだ」

　何だか俺が失敗しただけのように言われている気がする。

　主役になるぞと目論んで、勇んで前へ出てみればあっという間に、殺されるところだった。端役もいいところだ。煽られて出てみたものの、花道の主役は完全に黒曜だったし、そうなるよう仕組まれてもいた。

　黒を引いた。幸先が悪いが、仕方ない。

　先もまだある。

「……んで、鮫島さんと鱶田さんは？」

「柏葉の足、押さえにいってる」

「足って？　そいつの？」

「いやそんな変な義足貰ったって仕方ねえだろ。大組織の幹部やってる奴の息子で、役職付きで、ただでさえ足が不自由な奴が電車でのここんな所に来るかよ。そこにノビてるガキが、筧くんを見つけましたって一報入れて、それからだろ。どうせそこいらまで車で来てるよ、誰かに運転させてな」

　それを押さえにいった。不知火は消極的な後衛で退路を塞ぐというより、機を見て足そのもの、つまり移動手段を潰しにいった。ステッキを突かなければならない吐月は、俺たちを全滅でもさせない限り、悠々とは帰れない。

　立場からしても何処かに移動手段を用意させている筈だった。

　しばらくも待たずに二人は帰ってきた。些か上機嫌で、元春など鼻歌交じりだ。黒曜がいうには、財布の中身は現金なら取っていいと言ってあるらしい。タダ酒よりもそっちがメインでくっついていたのかも知れない。警備員という職業柄、それはどうなんだと思わないでもないが。

「鮫島、コイツ車何乗ってた？　ベンツ？」

「いやレクサス」

「そりゃ捌きやすくて助かる」

不知火は何も言わない。俺を見て、変わった生き物を見るような目つきをしていたが、素直に驚いているという感じがして嫌ではなかった。そのまま俺から目線を外し、倒れたままの吐月を担ぎ上げる。

軽々と、担いだ。やはり警備員という感じではない。

黒曜が俺を向く。

「……取りあえず筧くんは呑み会戻れや。あいつら置いてけぼりにする訳にもいかねえ。明日の現場に支障が出るのは職長としてちょっとな」

「いや待てよ、ここまで来て仲間はずれか？」

「んな訳じゃねえよ。ここからだ。取りあえず今夜は別行動って事でよ。俺の誘いに乗ってくれた以上、今更降りるったって離さねえさ。それにどうせ、俺たちだってこのまま寮に帰るんだ」

「車に、そいつを乗せたまま？　帰るって、あの寮に？」

「監禁するなら適切この上ないぜ、あんな山の中」

そりゃあそうだろうが、あの寮は俺たちの本拠地でもある。そんな所にこんな危険人物を連れて行っていいのだろうかという気もするし、連れて行って何をするんだという疑問もある。

「拷問したり殺したりするんですか」

「いや優しくやるし殺したらそれはそれで面倒だ」

「でも長谷川さんがこんな真似したってバレてもヤバいんですよね？」

「だから拷問じゃねえよ、取引すんの。圧倒的にこっちに有利な条件で、決済は今夜中だな、朝には釈放してやる予定だ。大組織の役職付きが一晩経っても音信不通じゃそれはそれで厄介になる」

「それに俺は参加させて、貰えない？」

「明日、徹夜で現場行く気があるんなら傍にいてもいい。まあ帰ってから決めろ」

そう言い残して黒曜はさっさと、元春と不知火の後を追って歩いていった。

ほんの少し前まで、ただの気さくな現場の職長だと思っていたおっさんが、段取りを立ててやくざもんを襲い、何やらごつい自動拳銃を消音器付きでもっていて、今、この場を全て纏めて悠然と去っていく。俺は意気込んで出てきておいて敗北して殺されかけた。

何だか、自分がとんでもない間抜け野郎に思えてきた。

それでも、この一年、いや家族が殺されてからの間、何も出来なかったし、これからも何をしていいのか分からなかったという霞のかかったような思考は、ほんの少しだけ晴れた気がする。

錯覚かも知れないし、欺されているのかも知れない。

それでも俺はバッターボックスにまた立てている。

CHAPTER.2
LIBERIAN GIRL

一

二か月が過ぎた。

俺は毎朝、相変わらず走っているし、俺でなくても構わない仕事を毎日続けている。

あの夜、俺も尋問に付き合おうと思ったが、あまり核心には迫れなかった。元々、俺が訊(き)きたい事など、俺の家族を殺した奴(やつ)と、その動機くらいだ。黒曜(こくよう)も一人息子を殺されたというからにはそれを訊くのかと思っていたら、そんな話には一切触れなかった。

何となく強く前に出て主導権を握っていいという空気でもない。俺が仕留めたというならともかく、全部、黒曜の仕切りだからまずはやらせよう、と思っていたが、黒曜の質問はこの会社、フリドスキャルブの経営に関してばかりで、吐月(とつき)もそんな事なら幾らでも喋(しゃべ)ってやるという風に見えた。

どうでもいい所謂(いわゆる)『人工出し(にんくだ)』の会社についてだ。吐月にとっても、そうだろう。

そんな話を夜通しされて、肝心の仇(あだ)討ちについては、何も触れない。

拷問でもするのかと思えば、普通に話をしている。もっとも黒曜に言わせれば、この会話をする為(ため)だけでも、殴って掠(さら)ってという過程が必要らしい。つまりこちらが完全に有利な状況でこの質疑応答は成り立つ。普通に聞きに行っても、吐月に答える義理はない。

経営状況と取引先、社長の組織内での立ちまわり、そんな質問ばかり続いた。

確かに寮生活をしていてはあまり手に入らない情報だった。が、必要か？　という疑問も当然湧いてくる。話を聞くとかなり阿漕な儲けを出していた、つまり俺たちに払っている給料が安かったぐらいは分かるが、一人頭でせいぜい、余所より数千円ばかり抜いている程度で、言われなければ気にしないという感じだ。

もっとも、その金を、社長は自分の懐に入れている。小遣いとしてはそこそこという額で、それもそんなに大金ではない。

弱みと言えば弱みだし横領と言えば横領なのだが、こんな小さな会社の経理など俺はどうでも良かった。

そういう分野で俺は主役になれない。

まだ黒曜のターン。

話が纏まりつつあると、どうも吐月を、あのレクサスで帰らせるという話になってきた。尋問じゃない、と気付いたのは、なんとこの後、何となくで、俺は自分がどれだけボンヤリしていたのかと思い知らされた。

「いいの、それで？」

「いいよ。話し合いをするために些か強引な形になったが、結果として纏まった」

尋問ではなく、交渉や情報交換、そういう代物だ。普通に訊いたって答えてくれないだろうから、まず叩きのめした。それは吐月という男の性格を考えて、この方がより効率的だと判断したからだろう。

何事もきっかけ作りは大切だ。いきなりじゃ相手も乗ってこない。相手が、乗り気になるやり方という意味では、吐月に喧嘩をふっかける、しかも遺恨のある相手の直弟子である俺が、というやり方はまんまと利用された感じがする。

それもあとから気付いた話だ。

「……いや纏まったじゃなくて、仇討ちは？」

「俺の息子と柏葉は全然関係ないからな」

「何だそれ、じゃあ俺の方はよ？」

「知るか。自分で訊いて見ろ。俺はもう寝る。気が済んだら解放しろ」

訳が分からない。元春と不知火などはとうの昔に帰ってしまっている。

山奥の寮にある資材倉庫で、俺は特に知り合いでもない義足のやくざもんと二人きりになってしまっている。吐月が、蹲ったまま俺を見上げている。

交渉ごとなど苦手云々よりやった例しがない。

脅したり賺したり宥めたり、そういう事をどう仕掛けたらいいか分からない。拘束を外して、タイマンだ、とかその方が俺には完全に分かりやすいが、まあ、訊いて済む話なら訊いてみるのも手ではある。吐月だって俺個人には恨みもつらみもなかろうし。

「……二年くらい前、神座町で一家皆殺しの強盗事件があった」

　吐月は黙って聞いている。俺も仕方ないから、続ける。

「犯人は捕まっていない。盗られた物と言えばちょっとした現金や金目の物、そうだな、親父の時計とか、そんなもんぐらいだ」

「それがどうした？」

「いや、犯人に心当たりはねえかと思ってよ」

「強盗殺人なんぞにやくざが関わるかよ、そういうのはヨゴレの仕事だ。関わっていたとしてもいちいち覚えてられるか。俺が神座にいたのはそう長い期間じゃねえからな。つうか、警察に訊け」

「そうなるよな。警察の捜査も全く進展しないから、まあお前ならひょっとしてって試しに訊いてみただけだ」

　我ながら何の芸もない。吐月が何か知っていても聞き出せるとはとても思えない。

　何かある筈だ。相手に喋らせる方法が。例えば師匠との因縁を訊くとか、なんで立場がきちんとあるのにガキの喧嘩に首を突っ込んでくるのかとか。足が利かなくなる前は何を学んでいて、どんな技で師匠に挑んだのかとか、そんな話のとっかかりが、幾らでも。

　その全部が俺には嘘に思えてきて、白々しくて口に出来ない。

　俺が訊きたいのは家族に起きた事件の事であって、世間話じゃない。

「……筧って言ったっけか、お前はその時どうしてた？」

「外にいたよ。無明拳の道場……というか公園だけど」

「どう思う？　お前が居合わせたら、家族を守れたように思うか？」

「さあな。でも、俺はいなかった。もしいたら、なんて事は百万回も考えたね」

「相手が複数でも？　その道のプロでも？」

「……例えば、柏葉さん。あんたが三人か四人で襲ってきたなら、俺もあっさりやられてる。俺はあんたに負けていたし殺されていた。あっさりと。あんたに勝ったのは長谷川のおっさんであって、俺じゃない」

　相手がどんな奴なのか、奴「ら」なのかも分からない。

俺がいようといまいと、家族は殺されていて、三体の死体に俺のが一つ加わっていただけかも知れない。

　そんな事は、分かっている。

「人を殺したことは勿論ないよな、小僧？」

「ある方がおかしいんだよ」

「だから、まあ、『人を殺したことがある』というのはそれなりに普通じゃない。お前の知っている無明拳はそういう風に使う。二分撃ちや五分撃ちなんて言ってないで、あっさり殺す為に使う。喧嘩が強いぐらいじゃ使いこなせないし、不要な技術ですらある」

「俺に人を殺せってのか？」

「じゃあ犯人が分かったらどうするんだ？　殺すんだろ？」

「……それは、どうだか」

「無理だね、お前には。ぼんやりした動機で本物の相手に立ち向かうとどうなるか、俺とやり合って分かっただろ？」

　本物の相手を自称するのは少しおかしな気がしたが、確かに吐月は本物には違いなかったし、俺はあっという間に敗北した。義足の仕込みには勿論、不意を突かれたが、結局の所、吐月は相手を殺す事に躊躇いがない。俺はある。

「会ってどうすんだ、その、家族の仇と？」

「さあ。ムカついたら殴るだろうし、殺すかも知れない」

「相手は容赦なく殺しに来るのに悠長だな。お前の気分に相手は合わせてくれねえぞ」

「そんな事ァもっと具体的になったら詰めりゃいいと思ってる。雲を摑むみてえな話で何もかも朧気で、俺はそういう人生が続いていっちまいそうで怖いんだ。目標、って言ったら変だけどな」

　何だかおかしな感じになっていたので、溜息を吐いた。

「……何で俺ァあんたに人生相談してるみたいになってんだ？」

「お前、壊滅的に尋問ヘタだな」

「そんなもん得意な奴の方がおかしい。まあ、あんたは色々とおかしいんだろうけど。だいたい、あんたが何か知ってるって確証も何もねえ。俺の都合じゃなく、長谷川のおっさんの都合で拉致された訳だしな、あんた」

呆れたような溜息を返された。

「お前は、普通すぎる。無明拳なんて使うガラじゃない。なんで習った？」

流石にカッコイイからだとは言わなかった。それじゃ完全にバカだ。

こういう事は巡り合わせもあると思う。無明拳を習っているのは別に俺だけじゃないし、他のみんなはエクササイズ代わりになると思っている。実際、形ばかりのボクササイズなんかよりも評判はいい。

俺だってその程度に留まる人生が良かった。

何だって、そうだろう。剣道の有段者が人を日本刀で斬り殺したり、空手の黒帯が試合でもなく遺恨のある相手を突然殴り殺したりするかと言えば、しないし、それは可能か不可能かという話でもない。

結局、大した事も聞き出せず、吐月は解放した。

黒曜の計画に乗ったものの、初手はそんなザマで、自力で車を運転して帰る吐月を見送ったりしていて、何なんだろうなあと虚しくなった。そして挙げ句、それから二か月ばかり何の音沙汰も変化もない。

何かが起きるとばかり思っていた。それとも、俺が下手を打ったから何も起こらないのか。考えてみたって何も分からないし、俺は毎日、同じような仕事を繰り返すし、同じように毎朝走っている。

立ち合って殺されかけた。

実銃を見た。発砲された。

他人を拉致した。

並べてみると結構な有様なのだが、どれも今ひとつ、ぴんと来ない。俺の人生には取りあえずまだ、何の変化もない。これが例えば、家族を殺された事などになると、いつもは平気でもたまに思い出して煩悶する。トラウマという感じになるが、あれらの出来事は何となく他人事だった。

吐月が去り際に、機会があったら師匠との再戦を段取れと言ってきた。義足の事は隠さなくていいのかと言ったら「こんな仕掛けが通じる相手じゃない」と断言した。そんな仕掛けが通じてしまった俺の立場がない。

「段取りやれるんなら、神座の人間に訊いてやってもいい、お前の家族のことを」

そんな情けまでかけられてしまった。

やくざの情報網がどれだけのものか知らないが、仕事でやる警察よりも、取引でやるやくざもんの言葉の方が何となく頼りがいがあるのも事実だったから、つい相手の方が情けをかけるようなしょうもない尋問も、無駄ではなかったかも知れない。

周囲が何となく俺に情けをかけて気を使って貰(もら)っている。

立ち合いまでやり俺を殺しかけた男にまでそうされるのは、もう利用されているというより気遣いとしか感じられなかった。俺が考えの回らない小僧だからだ。そう考えていると本当に、癪(しゃく)だった。

今日は祝日だ。現場もない。あるにはあるが、よっぽど金がないか、働きたいという意欲がある人間向けだ。俺は休むときはきちんと休みたい。めりはりがなくなって今日が何曜日かも分からなくなってしまうからで、体力的な問題じゃなかった。

取りあえず、型をまたやる事にする。

この二か月、吐月(とつき)を仮想相手に型をやっている。何となくやるより、張り合いがあった。型一つにしても、ただ技術で押し勝とうというのではなく、どういう局面でどう使うか、何ならきれいに勝てなくても構わないから石でも何でも使って周囲の状況を利用してでも競り勝つ、という想定でやっている。

無明拳(むめいけん)の型は具体的に言えば、どうやって殴るか、というシンプルなものに過ぎない。撃ち方があり撃つべき経穴があるというだけの事だ。若干、独りよがりなふしすらある。

撃つべき経穴は手足にはなく、頭部と体幹のみで表裏合わせて十四穴。

そこを寸鉄で撃つ。打投極などという言葉があるが、無明拳は打だけで投げもしなければ極(き)

めもしない。例えば相手の手首を巧い事摑み、ひねり上げる事が出来たとしよう。相手はそれで体をひねる。ひねって、背中の経穴を晒してしまう。そこを撃つ。

組んだり、崩したりは一応あるのだが、それらは最終的に打撃に繋げる為の技だ。

そのまま投げたり折ったりしてしまえばいいのにと思うが、それは無明拳の使い方ではない。

捌いて撃ち、崩してやはり撃つ。組み討ちも、その攻防の中で、やはり撃つ。

単純に殴るだけなら、他の格闘技より利点はない。というか経穴だけを撃つから打撃力は弱い。蹴り技もあるが、素足でなければ経穴を撃つには大きすぎるし、これもつま先のみであるから多彩な蹴りという訳にはいかない。

少なくとも攻めの面ではそうだ。

ただ相手との距離を常に取るような歩法や、捌き、受けと言ったものはそれなりに使える。使えるが、これも馴れやセンスの問題で、やらないのなら逃げてしまえばいいというのは何を習っていたって共通の事実だ。

そう考えると黒曜のように拳銃でも持っていた方が、威嚇に使える分だけまだマシだ。あっちは当然、所持は違法で、こっちは習得しているだけなら合法という利点はあるが。

そう考えると、やはり殺人術であり暗殺術だ。不意打ちで一方的に息の根を止める。道具を持たずに素手で相手を仕留めるための技。

きちんとした立ち合い、試合などでは、ほぼ利点がない。正面からの戦いはなるべく避けるべきだし、相手が戦いに心得があるというなら、尚更だ。どうやって師匠は、吐月の右足を潰したのだろうと今更気になっているし、それを吐月に訊かなかった事をここ二か月ずっと後悔している。

黒曜は俺を誘ったが、俺は何か役に立つのだろうか。

俺じゃなくても良かったのではないか。それこそ、今やっている仕事のように、人手はいるが、それが誰であっても取りあえず構わないという役割。そこは、何度か訊いたが、余りきちんと答えて貰った事はない。

自分が何の役に立つのかなど、他人に保証して貰う事ではない。

それだけを何度か言われた気がする。

何を言いたいのかは、分からない。はぐらかされただけのような気もする。

山道に逸れて型をやり、木を相手に一人稽古を始めると、考えや悩みが消える。体を動かすことに熱中してしまう。もう暑い時期だが、この辺りは空気が冷たく、澄んでいる。その中で汗だくになるまで動く。

岩やコンクリート壁、サンドバッグといった物は基本使わない。無明拳は人間を撃つ為の技だ。では練習はどうするか、という話になる。型稽古では身につかない、叩いた実感というものを得る為には。

師匠は何度か俺を撃って気を失わせたが、それは経験というだけの事で、技術の向上には繋がらない。こんな感じになるぞ、と覚えさせてくれただけで、尚且つ、俺は他人をそうする側になる。

経穴を撃つ感覚は、井戸で覚えた。

それは井戸だと思っていたが、しばらくして、井戸でも何でもないのに気付いた。気付いたが、俺は井戸と呼び続けていた。地面の下に潜っている深さは、三十センチもなかったと思う。直径は一メートルほどで、丁度、人間二人が手を繋いで輪を作ったら囲めるような小さな井戸。なみなみと、水面が縁まで競り上がっていたが、雨水と、足りない分は師匠がマメに注いでいただけだった。

煉瓦のような、陶器のような、変な質感の立方体を組み合わせ、漆喰で固めたような、そういう井戸だった。

「……無明拳の技がもたらす結果は、失神か殺人だ。そうそう試す訳にもいかねえってんで、ご先祖様は色々考えた。そのうちの一つが、これだ」

師匠はそう言って、井戸を指さしていた。

指さした手が寸鉄を作り、鋭く井戸に叩き込まれた。井戸の高さは、腹ぐらいになる。

「何かを置いてくる。そんな感じで撃て。あと余り強く撃つと、これ壊れるぞ」

「脆いんですか、それ？」

「わざわざ煉瓦みたいに積んでるのは、交換がやりやすいからだよ。俺が焼いてる、陶器だ。

結構面倒くさいから、出来れば割るな」

煉瓦みたいに、とは言うが、面はともかく、厚みは数センチもない。確かに思い切りやったら割れそうだった。

「これが割れたら、強く打ちすぎだ。割れないように今みたいにそっと撃つ」

師匠の動きは鋭かったが、確かに当てた様子は激しいものではなく、寸止めで止めてしまったような印象があった。井戸の中の水面が、波を立てて、反対側に届いている。

「これが、波撃。波が何処まで届くかで、三分だの五分だのが決まる。勿論、思い切り殴ったり蹴ったり、体当たりしたりすりゃ、別に固定してある訳じゃねえんだから波なんか簡単に立つ。今の撃ち方で、波を立てるのが重要だ、なんてのは、分かるな？」

どう波が立つか。これは練習としては、撃ち込みやすい代物だった。人間を相手にするとどうしても、やりにくい。サンドバッグを思い切り殴れても、人間を思いきりは殴れない。無明拳で使うサンドバッグが、この井戸だった。

「ちなみに言うと、この積み石が割れたら、人間の骨を折った感覚と同じだ。つまり、強すぎって事だな。骨を殴り折る感覚を知りたいってんなら、何回か割ったっていいぞ」

「あざっす」

「で、殺す時は、こう」

ひゅん、という風斬り音は、金属が舞ったような甲高い音色だった。

井戸を寸鉄で撃ったが、波は立たない。だが中央で突然、滴が音を立てて飛び出し、そして落ち、波は中央から縁に向かってそっと、波紋として広がっていく。

「滴撃だ。今ので、死んだ」

「……どうやったらあんな事やれんですか」

「感覚。だから何か置いてくる感じだよ。それが勢い付いて放り投げちゃった、みたいな。こういうの分かりやすく伝えきれないいんだよな。奥義の伝授は口伝って相場が決まってるの、別に勿体ぶってる訳じゃなくて、文章じゃ伝えきれないからじゃねえかな」

「文才とかありそうですけどね、達人とか」

「あるとホラ、今度は変に修飾してゴチャっとした、何が言いたいんだよみたいな文章になりがちだしな。まあ、何というか、こんなもんはやれる奴はペロッとやれちゃうし、他が全部完璧に出来てる奴でも、どうしても出来なかったりするんだよ。教科書みてえに文章で的確に説明出来てたら、もっと有名になってるんじゃねえか、この殺人空手」

　適当にいなされたという感じがしたが、まあ、やってみる事にした。

　やってみると分かるのだが、例えばこれをこの角度でこの勢いで、などと言われても却ってやりにくいとは思う。本当に、感覚だ。強く殴るでもなく、手加減するでもなく。初めて波が出来た時はかなり達成感があったが、どうして出来たんだと言われると、説明出来ないし、そもそも何で説明しなきゃならねえんだという理不尽な思いになる。

井戸のような物を叩く。たまに割る。それもまた、人の骨を折るのはこんな感じかと覚えていく。特殊な練り方をした焼き物らしく、人体の強度を再現しているらしい。たまに割っておくのもいいような気がした。

敢えて言うなら、押す感じだ。そっと押す。ただし、押すまでの速度は殴る速度。何かを置いてくる。自分を、置いてくると想像すると、何となく巧くいく。

一分撃ちから全撃ちまで、コツを飲み込むまで結構かかった。日頃の型稽古も、要するに「置いてくる」為の動作なのだと理解してからは早かった気がする。そして滴撃もやれるようになった。

人を殺せるように、なった。

何の実感も湧かなかった。家で、洗濯物でいっぱいの、水の溜まった洗濯機相手に試したりして、妹にバカを見る目で見られたのは覚えている。

洗濯機など殴っても仕方ないが、滴は中央で跳ねた。

俺が井戸を壊してしまった時は、師匠が直すまで、木でも殴ってろといわれた。

師匠は、木が一番だと言っていた。

経穴を強く打つ感覚は、樹木を強く叩く感覚に似ている。石やコンクリートでは堅すぎる。かといって、樹木を全力で打っても大丈夫なほどには鍛えなくていい。何となく当てる程度。ちょっと痛い程度で殴ったり蹴ったりの感覚でいいのだ。

鍛え抜いておかしな形になった拳や指先になってしまっては、見る者が見れば強いと分かってしまうのだから暗殺術の意味がない。

極端な話、柔らかくて細い女の指や、幼い子供の拙い手先、そういった物でも経穴は撃てる。ただ、撃った後にヘタをすると脱臼したりはするだろうが、その程度だ。

つまりいかにもという手足は必要ない。石やコンクリートを砕ける拳では、いかにもやる、という形になってしまう。そういう物はむしろ余計なのだ。最低限、馴れる程度に鍛錬すればいい。そういう意味ではサンドバッグなど良さそうだが、あれも柔らかすぎてただ打撃の練習をするだけになってしまい勘が養えないという。

樹木を相手に打突の練習をするというのは、俺は井戸よりも好きだった。壊すことも、波も水滴も気にせずやれるし、何よりカッコイイからだ。子供の頃にそう思った感覚だけは、それが実際どういう技かを知った上でも、まだ明確に残っている。

何の役に立つのだろう、と言ってしまえば、無明拳もそうだった。

全てのものは、その疑問を抱いてしまうと、どうでもよくなる気がする。それは学歴や資格、経歴、経験、どんなものだってそうだ。ただ無明拳という「暗殺術」は流石に、どうしたものかと思う。他とは訳が違う。

やはり俺は、家族が襲撃された夜に、あそこにいなければならなかったのだ。

妹に、お前がバカにしていた技術はこんなに役に立つと言ってやらねばならなかった。

でも、俺はいなかった。そして使い損ねたからと言って錆び付かせてしまえば、本当に無駄になる。

ここに井戸はない。俺には焼き方も練り方も分からない。

だから山の中で、樹木を相手に技を磨く。素足になって、つま先も鍛える。師匠は足に関してはあまり重要視していなかった。靴があるし、そもそも足で経穴を撃つのはかなりイレギュラーな事態だという。

蹴り技ではないのだ。威力もそんなになくていい。正確に鋭く、というならやはり手の方が勝手がいい。だが一応、四肢は全て使えた方がいい程度の話だった気がする。

無明拳の足技はむしろ、歩法や、相手の姿勢を崩すのに引っかけるなど、寸鉄を入れる為に使われる型が多い。足音を立てずに歩けるようになった時は、割りと感動した。意識するのは型だけで、それだけですんなり足音が消える。気配まで消える。人の後ろに回り込んで脅かすとか、そんないたずらによく使っていた。

付き合っていた女相手に。

不意に思い出して寸鉄の距離感が乱れ、樹木に深く撃ってしまった。人間が相手なら骨を折っているところだが、木の幹はこんな事で折れたり枯れたりはしない。

どうもまだ未練がある。

元々、嫌いになったとかではなく、事件があったせいで距離を置きたくなっただけだ。その時はストイックな気持ちもあって、そうしたような気がする。恋愛とかそういう気分じゃないとかよりも、俺も自粛します、という謎の遠慮で別れた。

そうする事が正しいような気がした。

何というか、正直に言うと、別れるまでしなくてもいいだろうとは今になって思う。せめて喪が明けるまで会うのを止めようとか、その程度で良かったのではないかと後悔するぐらいには、未練がある。お陰でたまに寸鉄を強く打ってしまったり、頭を掻きむしって蹲りたくなってしまう。

神座を出る時も挨拶すらしなかった。会ったら未練の塊になる気がした。

最近は大分マシだ。少なくともこの程度の自己分析が可能な程度には冷静になった。とはいえ後の祭りなのだが。

気持ちが落ちること、この上ない。

下着を替えてジャージに着替え、やるべき事を終えてしまっても、まだ朝の八時だ。

いつもならここから仕事だが、休みとなると時間を持て余す。

何もすることがない。

それが俺の休日だった。疲れた体を休める日と割り切ってもいいが、別に疲れていない。だからいつもの朝が終わると、特に何もない時間がやってきて、何もしないまま一日が終わり、夕方頃には早く明日が来てくれとだけ願っている。

無趣味そのもので、だから貯金が貯まるんだろう。この寮住まいの仕事なら尚更だ。かといって貯めた金の使い道もないのだが。

ベンチでぼけっと座っていたら、起き出してきたらしい凛汰が玄関から出てきた。俺と目が合い、陽気な挨拶をしてくる。俺は事務的に挨拶をする。そこから打ち解けた会話をしたりする事は殆どないし、あったとしても、俺が打ち解けているように頑張って演技するだけだ。

「朝飯食いに行くけど、お前も来る、筧くん？」

休みの前日、仕事帰りに今日の分の食事は大体買っておく。電子レンジも一台だけだが備わっている。自炊出来るようなキッチンはないから、食材を溜め込むのは無意味だ。

俺は買っていない。前日の夜に、明日の朝食を確保するのは気が進まない。何を食べたくなるか分からないからだ。昨日はこれでいいかと思ったけど今朝になってみたら特に食べたくないが他にないから仕方なく、というのは、何というか、食というイベントを一つ台無しにしたような気持ちになる。

寮の敷地、やたら広い何もない空間の片隅に目を向ける。

会社の車ではなく、凛汰の個人的な車が停められていた。

ビートという軽自動車だ。二人乗りで、軽の割りにはよく走るスポーツ寄りのモデルだというが、俺はそんなのは全部訊いた話で半分も理解しちゃいない。赤い塗装は日焼けで薄れ、どう小綺麗にしても経年劣化からくる古ぼけた感じは否めないが、趣味性の塊みたいな自動車は、実用一辺倒の、この寂れた寮の敷地内ではいかにも目立つし浮いている。

　それなりに古い、もう廃版だというその車は、凛汰の車だった。金を貯めていつかポルシェを新車で買うと言っている人間の愛車にしては、ぱっと見、妥協感が半端ない。ひとつもポルシェっぽくは見えなかったし第一、軽だ。

　あの黄色ナンバーはどうも安っぽく見える。実用性はともかくとして、何というか、小物感が出るし、ポルシェなんてのと比較してしまえば尚更だった。

　ともあれ腹は減っている。小さな車体の助手席に乗せて貰う事にした。

　こんな風に、凛汰は誰でも気軽に誘う。新人が来ても、すぐ友達みたいになるので教育係みたいなところもあった。ただ、本当にどうしようもないのも来るのがこの仕事で、尚且つ教わらなくてもバカでなければすぐ覚える。むしろ滑らかな人間関係というのを構築しないとチームプレーが成り立たないが、何せ、「こんな仕事」だ。個人主義というより対人関係に問題がある奴が多い。凛汰はその架け橋になって隙間を埋める。

　実際、俺だって仕事はちゃんとやるが何となく心を許していない風な振る舞いになっているのは自覚している。話しかけてくるのは凛汰以外は、黒曜ぐらいなものだった。

「何食う？　何かこのまま遠出しちゃう？」

「遠出してまで食いたいもんなんか、そんなにありませんけど」

「予定ある？　評判のラーメン屋あるんだけど」

「いや別にないっす。そこでいいですよ」

朝の八時過ぎからやっているラーメン屋が旨いのかどうか怪しかったが、適当に返事をしておいた。二十四時間営業の店などよく都心で見るが、スープなどどういうサイクルで煮込んで提供しているのかいつも気になっていた。

ビートは全体的にコンパクトで、二人乗りだ。シートも狭いとあって何となく凛汰と距離が近くなってしまう。カップルなどには向いているのかも知れない。が、俺たちはカップルではない。

山を下りて市内に入る。俺はぼんやりと、山道から街中へと変わっていく景色を眺めていた。こんな辺りは東京と言っても、俺の地元と変わらない。グラデーションは、俺の地元の方が強い印象はある。神座市は、東京から西東京市辺りをごっそりひっこ抜いて、青梅と二十三区が直結しているような感じだ。

「そういえば聞いてる筧くん、給料の話？」

不意に話しかけられた。ただの世間話かと思ったのだが、給料という生々しい単語を出されると、振り向かざるを得ない。何だかんだ言っても、俺も給料が上がったり下がったりみたいな話には敏感になってしまっている。

「まさか下がるんすか」

「これ以上下げたら役所に怒られるよ、ただでさえ色々ギリギリなのに。上がるんだって」

「へー、なんか理由あるんですか？　何か唐突っすよね」

「いや事情はよく分かんないんだけど、長谷川さんがそんな事言っててみんなその気になってるから」

「……あの人、なんかデマこいてんじゃないんですか？」

「んー、でも嘘吐く理由、なくない？　噂によると一現場で一万円超えるとか」

「……じゃあ全部ぶっ通したら、三万？」

「いや夜勤分はもっと増えるから、もっと行くね」

一日ぶっ通してやれば三万以上の日当とはまた凄まじい賃上げだ。三割から五割増しくらいになる。

「そもそも中抜き酷かったから、真っ当な額になるっちゃなるんだけどね」

「給料だけ真っ当にしても、働き方とか変わらないと思うんですけどね」

誰にでも出来る簡単な作業。だから、誰でもいい。貰う日当が少ないのにも訳はあるし、妥当だとは思っていた。かといって「やれる人だけ給与を上げる」というのも実は難しい。当日にならないと何をするか分からないし、特に資格やら何やら、分かりやすい賃上げ要素がない。だから給料が低い。最も能力が低い人間に合わせて支払われるからだ。

なので、にわかには信用しにくい。

黒曜が言っている事だから、という口ぶりで、凛太はかなり期待してしまっているようだった。そのぐらい、あのおっさんの言う言葉には説得力がある。俺も、まんまと踏み込んで踊らされて、挙げ句、放置されている。

あの一件がなかったら、俺も素直に信じたかも知れない。

何にせよ給料が上がるというのは「信じたい」事には違いないのだが、どうも黒曜が言っているという部分が、多分みんなとは逆に、信じがたい。これといって根拠はないのだが、何かある、という猜疑心が湧いてしまう。

「そんなに給料上がったらポルシェ買えるんじゃねえですか？」

「んー、近づくくらいはするけど、もうちょっとなあ」

「ちなみにお幾ら万円するんですか、ポルシェ？」

「俺が欲しいのは二千万円くらい」

あっさりととんでもない額を言う。俺の地元なら一軒家が買える額だ。それを、車一台に。

俺は勿論、車の事なんか分からないが、とにかく意味が分からない大金なのは間違いなかった。

このビートでいいんじゃないか、という気さえする。これだって、乗せて貰っている限り、ポンコツという感じはしないしよく走っている。見た目はパッとしないが、乗っている分には外見など分からない。

「……なんかポルシェに拘る理由とかあるんですか？　スピードとか」

「スピードはあるね。速い車はいいよ。速く走るほど安定するから、二百キロくらいで高速道路走った時の安定感とか気持ちいい。しかももうこんなとこまで来たの？　って驚きもあるし」

「いや、スピード違反でしょ、それ」

「そーなんだよね。ポルシェなんか三百キロオーバーで走るような車だからさ。かといって年中、そんな速度出してたら絶対にいつか捕まるし。てか速いだけなら別に国産で四分の一くらい出せば、買えるんだよね」

「じゃあ何でまたポルシェ？」

凜汰は考え込んでいる。どう説明したらいいかという、困った顔。

「……まー何とでも理屈は述べられるんだけどさ、シンプルに言うと、カッコイイから」

本当にシンプルな答えが返ってきた。

「カッコイイからで、二千万の車、買うんすか……」

「買えるかどうかも分からないけど、金があったらまず買うね」

幾ら給料が上がるといっても限度があるし、その範囲内で二千万を貯めるとして、どれぐらいかかるのか。俺は一年で二百万貯めたが、単に無駄遣いをしなかったというだけの話だ。遊興費もほとんどない。一人でいるし、走ったり鍛えたりに金はかからない。

だが普通の人間は、そうはいかない。何かしらの趣味があるし、たまには無駄遣いもする。凜汰の場合、既にこのビートを買ってしまっているし、その整備も維持費も、保険もかかる。

だがビートなら身の丈に合っているという気もする。

高額の高級車には、たしか十年ローンとかがある。十年で買える物。それがギリギリ、身の丈なのではないだろうか。この仕事を十年続けて倹約に倹約を重ねれば、買えるかも知れない。今の俺の、特に娯楽もない、人付き合いもないだけの生活を十年。凛太(りんた)の場合はもっとかかってしまう。

それで手に入るのが、車一台。理由は、カッコイイから。

悪いが、見栄っ張りなだけという気がした。それこそ年収が一千万も二千万もあるというなら買ってもいいと思うけれど、何十年もかけるというのはやりすぎなんじゃないだろうかとしか思えない。

「……俺のこと見栄っ張りのバカだと思ってる?」

「んなこと、ないですけど、ちょっと高すぎですよね、車にしちゃ」

「だよなあ、俺、このビートでいいと思ってるし。もうちょい高めで新しいの狙(ねら)っても全然買えるし。でもポルシェ欲しいんだよな、どうしても。必ず買うって決めちゃって生きてきたから今更引っ込みつかねえってのもあるけどね」

「いや、まだ買ってないんだから、引っ込みも何も」

「他に目標みてえなもん、ないからね、俺。苦労するの分かってるし苦労してるけど、毎日じわじわ近づいてるのは楽しいよ」

何がそんなに、というのは勿論(もちろん)、俺には分からない。ポルシェにも色々あるんだろうけれど、それすら区別が付かない。そういう物に人生をかけてしまう凛汰の価値観は、やはり理解出来ない。

「……鳥とかさ、タマゴから生まれて最初に見たもん親だと思うって言うじゃん」

「刷り込みとかそんなんでしたっけ？」

「そう、それ。俺の場合はポルシェなの。ガキの頃に見てカッケエって思って。そこから欲しいと思っても、まあ、そうそう手に入らない。俺ァバカだから出世して高い年収得られるようになりそうもない。でも欲しい。普通は諦めるよね？」

「まあ、諦めますね、普通は」

「そこで理屈並べ始める訳よ。買わない理由。買えない理由。そういうの。なんかそれが嫌で仕方なかったんだよな。だったら一生かけてでも「カッケエ」って最初に理屈抜きで思ったもん買ったれと思って、貯金に向いてるこの仕事してる。……そういうのないの、筧くんには。最初にカッケエって理屈抜きで思ったもの」

　ある。

　つい黙ってしまったが、ある。そして間の悪いことに、俺はそれを手に入れている。

　無明拳だ。

　理屈抜きで格好いいと思った暗殺術。響きだけで習い始めた、何の役にも立ちそうにない体術。それを、凛汰に言いたくなかった。少なくともポルシェなら、乗って走れる分だけ役には立つ。何というか、使える、というか。

無明拳(むめいけん)には使い道がない。速度超過も殺人も犯罪には違いないだろう。三百キロで走れる車も、あっさり人を殺せる体術も、日常生活に必要ないどころかやってしまったら法に触れるのだ。

そして今、俺は、無明拳をそれほど、理屈抜きに、格好いいとは思っていない。凛太(りんた)もポルシェを実際に買ってしまったら、所有欲より、使い道のない高速走行性能や税金、保管場所なんかにボヤいたりしてしまうのだろうか。

俺も、無明拳を体得するのに十年はかかった。

凛太もガキの頃からというなら、二十年はかけているのかも知れないが、まだ手に入れていない。手に入っているのはこの軽自動車だけで、身の丈というか、分相応という印象がある。

車は移動手段だ。あって悪いものでもないしみんな乗っている。利用している。

格闘技は何の役に立つんだろうかとまた思ってしまう。ましてや殺人術など。

価値で言えば二千万もするポルシェにも及ばない。

「……このビートじゃダメなんですか？」

「ダメってことないよ。気に入ってるし。ただたまに、凄(すご)いいいタイミングってのがあるんだよ。あっここでアクセル踏めるって時とか。あとロケーション。遠乗りとかしてさ、いい感じのとこに車停めて写真撮ったりした時に、ポルシェだったらな〜って時はあるね。今なんで俺はポルシェに乗ってないんだよって気持ちになる瞬間。そういうのも含めて何が欲しいかとか何が目標かって言ったら、ポルシェ。寄り道はすると思うけど、最後はポルシェ。多分変わらないね」

そう言われると、何となく思うところはある。

多分に感覚的なもので、素直に置き換えは出来ないが、分かる。例えばどうしても腕力でなければ解決出来ないような時に、格闘技を習っていてそこその腕前になっていたとしたら、習っていて本当に良かったと実感するだろう。家族を皆殺しにしようとする相手に立ち向かえていたらという俺の気持ちと全く同じものだ。

しかしながら、だ。

中古車の軽で特に困っていないのと同じように、別に腕力だけが解決方法でもないだろう、という思いもある。堂々巡りだ。無明拳を身に付けていなかったとしたらどうか、とも思うが、警察に任せよう、というしょうもない答えしか導き出せない気がする。

少なくとも俺は今、凛汰にとってのポルシェみたいな物は持っている。

だが、それをどう生かせばいいのか、分かっていない。分からないから、黒曜の誘いなんかにも乗ってしまって、特に何も得られてはいない。今の所は。

などとまた考え込んでいたら、高速道路に乗っていた。

いい加減腹が減ってきたと思っていたところなのに、ここから高速とは何事か。

「……あの、ラーメン屋って何処行くんですか、瀬川さん」

「千葉の山奥にメッチャ旨い店がある。どうせ暇でしょ？」

ことなげにそう言われたのだが、凛汰は多分、単純に高速道路を走りたいだけだ。

俺は単純に何か食いたかっただけなのだが、そこから二時間ほど空腹のまま、ビートの助手席に縛り付けられる羽目になっていたし、着いたら着いたで並んでいたから完全に朝飯抜きの昼飯になっていた。

二

朝飯抜きで昼飯を食べるために東京湾アクアラインを往復するはめになり、交通費やガソリン代を含めるとかなり高く付いた一食なのだが、凛汰は気にしてなさそうだった。俺は食事代以外、一切払っていない。凛汰に言わせると車は走らせてなんぼなので必要経費だから気にするなとの事だったが、そりゃあ貯金も貯まらない筈だと思った。

寮に帰ってきたのはもうじき夕方という時刻で、朝からドライブに付き合わされてちょっと疲れたという気分になったが、ラーメンは旨かった。気苦労から来る錯覚かも知れなかったが。

こうして一人でいると、ほっとする。それは確かだ。

地元にいた時はそうじゃなかった。家族を亡くした後、というより、東京に来てからこんな風になった。地元にいたときは一人でぽつんといると物寂しいと思ったものだが、今ではほっとする。

東京は怖い街だ。背景も生き方も分からない連中と、さっと仲良くしなきゃならない。

正直それだけでも疲れ切ってしまう。凛汰は、疲れないのだろうか。それともいずれ馴れていくものなのだろうか。相手がどんな人間かも分からないし推測も出来ないというのに、みんな手を差し出して、握手を求めてくる。

摑んでみれば、何か面倒な話にあっという間に巻き込まれたりもする。

世の中には、あの経験を、殺されるところだったんだぞと怒る人間もいるだろう。というか間違いなくそっちの人間の方が多い。煽られて前に出てみたら、ステッキで頸骨を折られるところだったのだ。

そういう怒りは湧いてこないし恨みにも思わない。

いい経験をしたとさえ思っている。

明らかに異常な側の人間だ。凛汰とドライブに行ってラーメンなど食べていい側の人間ではない。かといって腹は減るし、時間を持て余す事だってある。そういう自分をどう扱っていいものやら、分からない。

正常な側にはいつだって戻れる。地元に帰って、家族の菩提を弔って、就職すればいい。たったそれだけの事だ。犯人は警察が捜し、法で裁かれる。警察が捜せないなら俺にも捜せない。

それを受け入れるだけでいい。

無明拳を体得しておいて、普通の暮らしを？

家族を皆殺しにされて事件の真相も分からないのに？

俺は凛汰でいうところのポルシェを既に有している状態なのだ。法定速度で走りたいならポルシェはただの見栄にしかならない。だが三百キロオーバーで走らせる機会もそうそうない。

「……っていうか、俺はポルシェじゃねえし」

独り言を口に出して当たり前のことを言ってみた。考えが、それで止まる。馬鹿馬鹿しくなってくる。

外に出ると日が暮れかけていた。休日なのか何なのか分かりゃしない。

どうしようかと迷っていたら、敷地内に見馴れないライトバンが滑り込んでくる。

ベンチに座って晩飯をどうするか暢気に考えていた俺の前に横付けされた。運転席に、元春がいる。

「……ひまか、筧くん？」

「ひまっちゃ、ひまですけど」

「長谷川の親父が、お前がひまで尚且つ仕事を手伝う心算があるなら乗せてこいとよ」

「今からですか」

「今からだよ。新宿まで出る」

「明日仕事なんですけど時間かかります？　てか何させる気ですか」

「知らん。職長に言えよ、直接」

　元春も知ってて言わないのか本当に知らないのか測りかねる部分はある。とはいえこの二か月、放置されていた事もあって、食いつきたいのとゴネたいのとが綯い交ぜになった複雑な心境だった。

　とはいえ結局、大してゴネもせず助手席に乗ってしまうのだが。

「……鱶田さんいないんですか？」

「別に俺等は四六時中一緒にいる訳じゃねえ」

　それはそうだろうが、俺は現場でしか元春を見かけないし、そうなると必然的に不知火もいる。二人しか警備員がいないという訳じゃないいんだろうけど、だいたい、元春と不知火はワンセットだ。単独で動いているのは珍しい。

　ライトバンが走り始める。新宿までこの時間から行くとなると渋滞は避けられない。千葉の山奥に行くより、時間がかかる恐れがある。それから何をさせられるのかは知らないけど何かをこなし、そして明日は、朝から仕事。

　何をさせられるものやら知らないけれど、少しは俺に関係のある事であって欲しい。吐月の件もまるっきり無関係ではなかったのだけれど、もうちょっと具体的かつストレートな関わり方をしたい。

西東京市辺りまでは、上りはそこそこ流れていたが、やはり区内に入ると渋滞していた。

運転している元春も退屈そうだ。かといって、俺に話を盛り上げられる術もない。凛汰なら、こういう困った空気や沈黙もあっという間に一掃してしまうんだろうが、俺にはとても無理だ。渋滞と言っても完全に詰まっている訳ではなく、流れてはいる。元春は僅かな隙間を見つけては器用にライトバンをすり抜けさせて前へと走らせていた。途中、明らかにポルシェらしき車を抜いた。自信はないがあのフォルムはポルシェでいいと思う。

「……ポルシェも渋滞ハマっちゃ意味ないっすね」

自然に独り言として呟いていた。

「あ？　ポルシェが何だって？　お前欲しいの？」

「いや俺はあんな家みたいな金額の車、欲しくないですけど」

「じゃあ何なんだよ？」

「いや渋滞にハマっちゃうとどんな車もノロノロ走って前進むしかねえんだなって」

「そりゃそうだろ。何、当たり前の事したり顔で言ってんだよ」

そう言われればそうだが、何となく呟いた事を拾われても困る。ポエムっぽい事を言っているみたいでちょっと恥ずかしい。ただ、決してきれいではないこのライトバンに抜かれていくポルシェを見ていると、凛汰がそれこそ人生をかけて買おうとしている車なのにもの悲しいなと思っただけだ。別に自分と重ね合わせていい感じの事を言おうとした訳ではない。断じて違う。俺はポルシェではない。

「……鮫島さんって何か欲しい車とかありますか？」

「俺？　ランクル。ランドクルーザー」

それは知っている。デカくて四駆の国産車だ。

「幾らぐらいするんです、あれ？」

「さあ。中古で三百万とかじゃねえかな」

「高いっすね」

「いや、買わないけどな。欲しいってだけで」

ヘタしたらその十倍くらいの価格帯になる新車を買おうとしている人間がいる。欲しいけど買わない。というか、買えない。当たり前のことだった。普通の事だった。凛汰は普通じゃない事を成し遂げようとしている。長い年月をかけて。

俺はといえば二年や三年で迷ってしまっている。

買ったはいいもののどう走らせていいか分からない。そんな辺りか。

くだらない事を考えている内に、新宿が近づいてきた。この辺りになると露骨に車が多くなる。堂々と歩行者が道をはみ出して歩き、路肩にはタクシーが客待ちで列を成しているから尚更だ。元春はコインパーキングにライトバンを停めて、ちょっと歩くと言いだしたが、その気持ちは分かる。歩いた方が早い。

すっかり暗くなっていた。

雑多な街中を、元春にくっついて後ろを歩く。

有名な歌舞伎町一番街から離れたところに、やや大きめの神社がある。そこを目指している様子だった。そして中に入るまでもなく、入り口の大きな鳥居の下で、黒曜と不知火が雑談していた。俺たちに気付いて、手を挙げる。

「おーう、来てくれたか、筧くん」

楽しそうに黒曜が言う。来てくれた、というか俺が来ると確信していたに違いない笑顔なのが何とも気に入らない。

「……俺に何させる気ですか、今度は」

「何だよ、この前だって筧くん案外楽しそうだったじゃねえか」

「……まあ、そりゃ、特にケガもしなかったからいいですけど」

「いや今日のは簡単だよ、まず死にゃしねえ」

「つうかですね、何、企んでるんだか知りませんけど、ちっとは俺の得になるような話なんでしょうね？　この前の吐月だって殆ど何も知らないしそもそも関係ないみてえな口ぶりでしたけど」

「関係あるのにお前の訊き方がマズくて何も言わなかったとか知らない振りしたとかは？」

そう言われると困る。吐月にも尋問がヘタだと指摘されている。

とにかく俺は尋問なんて作業は向いてないのだ。

「今日は筧くんに交渉をやって貰う」

「いやそういうの向いてないんで」

「向いてねえ方がいいんだなこれが。ひたっすら頼むだけだから」

「？　何で？　何が？」

俺はただ頼むというだけでも自信がない。何でわざわざ俺を呼んでやらせるのか。

黒曜が元春と不知火の顔を見て、何か含むような表情になる。本当に不安だ。元春は俺を見て露骨に笑っているし、あの無口で無表情な不知火ですら、何処か楽しそうに思える。これが不安にならない筈がない。また何か欺されているという警報が脳裏に響いている。

「……んでちなみに質問があるんだけどな、筧くん」

「何すか」

「童貞？」

「は？　違うし。彼女いたし。童貞違うし」

「何で慌てるんだよ別にいいんだよ童貞でも」

「だから違うっつってるじゃないですか」

「経験人数とか何人？」

「何の質問ですかこれ、ＡＶの撮影すか、俺にＡＶに出ろと？」

「誰が見たがるんだよそんなもん」

「だから言ってんですよ俺は！」

いきなり何なんだ。人をバカにしているのか、このおっさん三人組は。

黒曜が俺を諫めるみたいな仕草をする。

「いや別に筧くんのプライベートが気になるんでなくてだな。童貞の方が都合が良かっただけなんだ。まあ、俺の読みというか勘でしかないんだが」

「何の都合がいいっつーんですか、俺にそういう経験がないと。俺は童貞じゃねえ」

「だからそう怒るなよ、結構いい頼み事だぞ、今回のは」

親指で通りの向こうを指さしている。

区役所通りの方角だ。

「あの通りを抜けた先に「天人」って名前のモンゴル人に喧嘩売ってるよーな店がある、何故、天をテムと読ませるのか俺には分からない」

「はあ……その頭の悪い店がどうかしたんですか、何の店ですか」

「ソープランドだ」

「何で風俗店って頭の悪い店名ばっかりなんすかね。んで何なんですか」

「行ってこい。金は出してやる」

「えっ誰が？」

「お前以外の誰がいるんだよ話聞いてたのか、アタマ悪いのはお前か筧くん？」

黒曜を見て元春(もとはる)を見て不知火(しらぬい)を見た。みんな笑いをかみ殺している。

何なんだ。人をバカにするために呼んだのか。

「あの、悪いですけど、そういう気遣い結構ですから、俺童貞じゃないし」

「まあ話聞けよ、続きがある。その国際的に問題ありそうな店にだな、カオリって子がいる。歌を織ると書いて歌織(かおり)ちゃんだ。どうせ偽名だろうが、まあそれはいい。その子を指名しろ。結構可愛(かわい)いからそこは安心していい」

「続きを聞いても何が何だか分かりませんよ」

「その歌織って子を口説け」

「えっ誰が？」

「だからお前がだよ、この流れで何で他人事なんだよ」

「嫌ですよそっちの方が無理ですよ、そんなどんな奴(やつ)かも知らない風俗嬢、口説ける訳がないでしょうが、何を言ってんですか、あんたらがやんなさいよ」

　当たり前だ。道ばたでナンパしてこいと言われた方がまだマシだ。それだって嫌だが、相手は金を貰(もら)って客の相手をするシビアな女だ。口説こうと思ったってそうそう靡(なび)かないに決まっているし、そもそも俺に全くやる気がないので完全に無理だ。

「口説けったってすぐラブな関係になれって言ってんじゃなく、今度メシでもどうですかって外に連れ出せる程度の関係になれって話だよ、そんなにハードル高くない」

「いや高いでしょ、というか長谷川さんらの方が向いてるでしょ」

「俺らじゃ相手が警戒する。何せ世間に馴れきってるし年も食ってる。いきなり好きになりましたって感じじゃないだろ」

　そう言われれば、そうだが。

「その点、筧くんはまず若い。遊んでる風でもない。一生懸命働いて貯めたお金で相手をして貰いに来たんだなとまず、向こうは思う。童貞ですとかなら、尚、いい。余りに良すぎてハマっちゃいました好きになっちゃいましたって喚き出しても、向こうは不審に思わない」

「だからしつこく童貞かどうか訊いたんですか」

「筧くん演技下手そうだから、そっちの方がいいかなと。まあでも、そんな感じで今度個人的に会ってくださいい程度でいいんだよ、難しくないだろ？　俺らじゃ余所の店から引き抜きにでも来たのかと疑われちまうよ、そんな事言いだしたら」

　それは何となく分かる。

　口説くというか、はまればいいという話だ。その歌織とかいう女に、私にはまったんだなと思わせればいい。そうなれば、向こうも折角の金づるを逃がすまいと、食事にくらい付き合ってくれるかも知れない。

「でもそうなると、金、結構使っちゃいますよね？」

「全部出してやる。まあ俺はそんなには使わないと思ってるけどな。必死で働いた僅かな金を全部使ってます、程度でいい。いきなり百万のバッグとかコート向こうもねだったりしないよ、筧くん相手に」

百万のバッグとかコートなんてものがこの世にあるのか。

まあ確かに俺の年で、身なりもパッとしないとなれば出せる金にも自ずと限度があるし、向こうもそこは弁えるだろう。

「歌織がお前から定期的に金を搾る。それを俺が定期的に出してやる。あんまり大金なら断ってもいい。ただそういう時には必死で謝ったりして機嫌を取れ。細いけど長い金づるのふりしてじわじわ情を絆していく、まあ手筈としては、そんな感じだな」

なるほど、交渉というか、頼み事だ。

そしてガキでバカっぽくて世慣れてない感じの方が巧くいきそうだ。

やはり俺は舐められている気がしてならない。

「それで？　仮に外で会ったり出来るようになったとして、それからは？」

「理想はお前の彼女にする事なんだが」

「ヤですよ、こんな計略じみた真似して彼女作るの。というか俺に風俗嬢の彼女作らせてどうしようってんですか、どうせまた何かあんでしょ、裏に」

「そりゃあるけど」

「今度こそ何か俺にも具体的に影響とかあるんでしょうね？」

「うん。給料が上がると思う」

「……なんでそいつを俺の彼女にしたら給料上がるんですか？」

「別に彼女まで行かなくても、ただの客よりは仲良しになってくれりゃいい」

「俺の給料と何が関係してんのか全く分かりません」

　こういう含みが黒曜には常にある。こう、何かもっと違う事隠しているんだろ、と指摘したいがしきれない。するほどの情報も与えてくれない。あるとしたら、その歌織という女と給料の関係。実は給料が上がるだの下がるだのそんな話、俺には毛ほども興味がない。ないが、不意に凛汰の事など思い出してしまう。

　みんなの為になる。関係ないなんて言えるのは俺が金を欲しがってないからだ。

「うちの糞社長はピンハネ分を当然、帳簿に付けないで懐にしまっている。そして女に貢いでいる。その女が、歌織だ。勿論、金だけの関係だしそんな相手、あの女は何人もいる。その中にちょこんと筧くんが居座ってくれれば、色々あって給料が上がる」

「……横領か何かの証拠でも掴めってんですか？」

「そこまでは期待してないし、筧くんにそんな真似が出来るとも思えない。とにかく仲良くなれ。んで、ひょっとしたら社長の事を聞けたりするかも知れないが、それは拾った金だと思え。

女の子と仲良くしてればいいしデート代は出すって言ってんだ、いい話だろ？」

そういう言い方をされると、確かにいい話だ。

だが黒曜がそういう言い方をする時というのは、他に何かある。

俺に関係ないまでも、何か。或いは関係を見つけられない俺がボンクラなのか。わざわざこうして呼んでくれていて、役目を果たせと言ってきている。それは俺が何かの役に立っているという事だ。

「……失敗したら？」

「ま、一回で巧くいくとは俺も思ってねえから、何度か通っていかにもはまった客になるしかねえんだが、その何度かで毎度誘って駄目なら、気持ち悪い客扱いされてるって事になるから、漸くそれで失敗だな。その辺はまあ、ごちゃごちゃ考えなくていい。ヘタに考えないで素でやれよ。好みの女じゃねえってんなら俺も無理も言わねーしな」

失敗したときの逃げ道まで用意されていた。

やるだけやってみようとは思う。喧嘩の次は女とは思ってなかったが。

それにしても人の金で風俗通いとは。幾ら頼まれごととは言え、家族に申し訳ない気持ちで後ろめたくなるのは、確かだった。

人混みをかき分けて辿り着いたこぢんまりとしたビルに「天人」などと強引なルビを振られた看板が出ているのを見ると悲しい気持ちになるし、新疆ウイグル自治区の皆さんに申し訳なくなってくる。俺は私服代わりにしている小汚い作業服でここに入るのを躊躇したくらい、構えは立派だ。なんでこんなアホみたいな店名にしたのか問いただしたい。

もっとも、よく見ると門構えが煌びやかなだけで、ビル自体は老朽化が進んでいる。

窓も閉め切られて塞がれ、扉も中が窺えない分厚そうな代物で、入ろうという意思がないととても入れない。

俺は童貞ではないのだがソープランドという所に行った事もない。

黒曜は俺に十万も渡してきたが、予算としてはあまりにも高すぎると思った。

「実際、無茶やったって半分もいらねえよ」

黒曜はそう前置きしていた。無茶とは何だ。

「十万稼ぐのに十日かかるだろ？　そういう金額を持ってきました、童貞を捨てに、みたいな意気込みが相手を信用させる」

「だから童貞じゃねえっつの」

「そういう感じだよ、童貞感つうか、馴れてません、つい多めに金持ってきましたカモですって感じ」

何というか納得がいかないのだが、こんな事でもないとなかなか、風俗など行こうと思わない。金がかかりすぎるし、何だかいかがわしいというか悪い事をしているようで、気が咎めてしまう。

表の看板には「入浴料」とだけ表記されていて、そういう店にしては安い。銭湯だと思うとかなり割高だが。

聞いた話なのだが、ソープランドというのはあくまで「風呂」を提供していて、それがこの看板の値段になるらしい。で、その風呂には何かと面倒を見てくれるお姉さんがいる。その人と何となく恋愛関係に陥りそのまま行為を行ってしまう。それは店の提供するサービスではなくて個人間のやりとりなので「管理売春」ではないとの事。

何を言っているんだと俺も思うが、そういう感じでこういう店は成り立っている。

最短三十分の入浴中に恋に落ちて何かやってしまい、お金を渡す。そういう事になっている。世の中には不思議な事が多い。

店の前で世の中の不可思議に首を傾げていても仕方ない。

他人の金だ。この店でなら何をやっても十万はいかないとも言われている。やるぞ、と意気込んでみたが、何をしていいのかは今ひとつ浮かばなかった。とにかくセックスをすればいいのだ。俺は童貞ではないとは言え、最後にしたのは随分前だからやり方を忘れているかも知れないが、こっちは客なので大丈夫だろう、多分。

重そうな扉は案外簡単に開いた。

「いらっしゃいませ」

いらっしゃってしまった。中は空調が効いていて清潔な感じがしたし、ボーイもきちんとしたスーツ姿で、作業服を着た小僧の俺を見下したりはしていない。腹の中ではどうか知らないが、少なくとも表向きは。

「当店のご利用は初めてですか？」

「こういう店がそもそも初めてです」

「かしこまりました、どうぞこちらへ」

促されて、絨毯の上を歩いていく。ホテルのロビーみたいにソファが並んでいて、何人か座っている。空いているソファに案内されて座ると、えらく座り心地のいいソファで驚いた。

お飲み物などは、と言われてメニューまで渡される。酒まである。そしてタダらしい。

冷たいウーロン茶を頼んでお待ちくださいと言われるがままに、お待ちした。店内の雰囲気が何かと高級で、クラシックっぽいオペラ的な、とにかく格調高い音楽が耳障りにならない程度の音量で流れ続けている。

とても表にアタマがオカしいとしか思えない店名を掲げている店とは思えなかった。

ボーイが飲み物と一緒にアルバムを持ってくる。どうぞごゆっくりお選びくださいと促されて、中を見た。女の子の写真がたくさん並んでいる。俺はその中から歌織という女を捜さなければならないのだが、何となくじっくり見てしまった。

おかしな話だが「俺が選んでいいのか」という戸惑いがあった。

この子も？　この女の子も？　お金を払えばエッチな事をさせてくれるのか？　この選ぶ側になったという優越感たるや気持ちが落ち着かない。最初の目的を忘れてしまいそうになる。例えばぱっと見、目に入った「倫子」という子など結構、俺の好みなのだが、歌織というのが気に入らなかったら惜しい事をしたという気持ちになりはしないか。

惜しいも何も俺の金ではないのだが。

というか俺の金ならこんな所で使わない。いや、待て、本当に使わないか？　俺は風俗を馬鹿にしてはいなかったか？　このカタログで女の子を選んでいる時のこの高揚感は癖にならないか？

ウーロン茶を飲んで気持ちを落ち着けた。何を考えているんだ、俺は。あほか。

歌織ちゃんはすぐ見つかった。二十二歳。控えめバスト濃厚プレイなぞと書かれているが、顔は良かった。この手の画像は加工されていると聞くが、何人もリピーターがいるようだし、そう違いはないだろうと信じたい。

歌織ちゃんで、と伝えると、今、確認して参りますとボーイは離れていく。その間も待合室からは客がビルのより奥深くへと連れられて消えていく。

何というか、緊張する。吐月と立ち合った時より緊張すると言ったら吐月は怒るだろうか。何というかジャンルの違う緊張感だ。異世界に迷い込んでしまったようにすら錯覚する。だってお金を払えばエロい事が出来るなど俄に信じがたい。あれは互いの合意を交際を重ねていった上で得られる体験であってこんな簡単にってそんな馬鹿な事が。

「お待たせしました、すぐご案内できます」

俺の果てしない思考はボーイに冷徹に寸断された。時間をどうするか訊かれたので、取りあえず一時間と伝えておいた。かしこまりましたとかしこまって、これまたかしこまり気味の俺をボーイが連れていく。

そしてエレベーターの中で番号札を渡された。

何階かで降ろされ、ごゆっくりどうぞ、とだけ伝えてボーイはまたエレベーターで去っていく。俺もかしこまってばかりはいられない。

密閉されているからホテルのように感じられるが、多分、マンションを改築したんだと思う。フロアごとの部屋数は四つで、多くはない。

やたら大きな番号札を見る。その番号の部屋を訪ねろという事らしい。

これから俺がする事を再確認しながら歩く。セックスではない。いやそれは込みだろうが、とにかくさっきのアルバムでしか知らない、初対面の女と仲良くなれ、という話だ。学校で同級生と仲良くなれというのでも、バイト先の同僚を口説けというのでもない。道でナンパしろと言われているのに近く、そして金とセックスが絡んでいる分だけ、もっと面倒臭い。尚且つ、誰でもいいのではなく相手は指定されている。

知らん相手と喧嘩しろと言われた方がまだ、マシだ。

なるほど、童貞かどうかが重要になる。ハマりましたという言い訳にリアリティが出てくる。が、生憎、俺はそうではない。

金を使って何とかする。本当に仲良くなる必要もない。向こうにいい金づるだと思わせればいいのだ。しかも警戒心を抱く事のない、金づる。黒曜らではいかにも訳ありという感じになってしまい、警戒心を抱かれる。それじゃまずいのも、よく分かった。

番号と同じ部屋の前で呼び鈴を押した。可愛らしい返事が聞こえてきて、ドアが開く。

「いらっしゃい、はじめまして」

写真と概ね同じ顔をした歌織が俺を出迎えた。中へ入ってみると、部屋一面がぶち抜きの風呂場みたいになっていて、湯と石鹼の匂いが充満している。歌織が、下着姿なのに少し動揺した。

控えめバスト。確かにそうだ。痩せすぎというのでもない。単に胸が小さい。

歌織は垢抜けた美大生とでも言うか、華美でもなく、チャラくもなく、知的な、オタクっぽくなったオタクみたいな顔立ちをしていて、少し幼さが残っている。こういう仕事をしているという印象は全くない。髪もショートカットで、美容院代が嵩らするんだという凝った髪型にはしていなかった。

「こういうお店初めてなんですって？」

「あ、はい」

俺の小汚い作業着を躊躇いもなく触って脱がせながら、触ったり抱きついたり絡みついてくる。俺はされるがままになっていた。付き合っていた女より気が利いている。そういう仕事なのだから、お金が発生しているのだから当たり前なのだが、かなり新鮮だった。

気がついたら全裸になっていたし勃起していた。それを軽く触ってから、座って待っててくださいと言って歌織は浴槽に向かい、湯を溜め始める。

浴槽から洗面器でお湯をすくい取って何かこねている。気付くと歌織も全裸だった。いつの間に脱いだのか全く分からない。というかかなり注意力が散漫になっていて、そわそわして落ち着かなくなった。

何だここは。俺は何をしているんだ、全裸で。勃起して。

やがて惜しげもなく全裸のままの歌織が、俺の手を引っ張りに来た。全裸の女が俺に奉仕するために手を引いている。何を頼まれていたのか忘れそうになる。言われるがままに消毒液みたいなのでうがいをしたが、何処に吐いていいのか分からなかったからコップに戻したら歌織に笑われた。

「排水溝にすればいいのに。コップに戻す人初めて見た」

「あっそうか」

「酷い人とか私の体に吐きかけたりするんだよ」

女の体に、うがいをした水を吐きかけるなんて、そんな無茶なという気がする。

「そんな事していいの？」

「良くないけど怒るほどのことでもないから」

「何をしたら怒られんの、ここ」

「場合に寄るけど、スカウト行為とかは完全に禁止。あと撮影。キミ、スカウトマン？」

「いや、違います」

「そうだって言われた方がビックリするけど」

この会話は体にシャワーを当てられそこら中を撫でられ股間を消毒されながら行われている。俺は何故かこっちから何も出来ずに、完全に棒立ちになって全てを受け止めていて簡単に言うと緊張の極みにあった。

それから変な形の椅子に座らされて体を洗われ、キャンプで使うエアーマットレスみたいなものに寝かされ、洗面器の中であらかじめ捏ねられていた謎の粘液で全身をぬるぬるにされて、歌織は常に全裸で絡みつき俺の脳を破壊しようとしていた。おっぱい小さくてごめんねえなどと言いながら背中に押しつけてきて洗ってくれたり、そこを舐めてはいけないのではないかという所を舐めていたり、もう俺には何が何だか分からない。

付き合っていた女にこんな事をされた覚えはない。

というかこっちが積極的だった覚えがある。されるがままというのは初めてだ。

金は凄いな、と思わざるを得ない。金を払うと人生で結構困難な「好みのタイプの女による濃厚プレイ」が得られてしまうのは普通に凄い話ではないか。

風呂に入って謎の粘液を落とす。歌織も一緒に入って来てなんか凄い事をしてくるので一旦射精した。が、まだ勃起は続いている。収まらない。それを歌織が褒めてくれる。付き合っていた女は「まだやんのかよ」とコメントしていた。

実際、俺は殆ど何もしていないのだから、歌織は相当疲れるだろう。

全く、疲れたり嫌になったりという顔をせず、俺を刺激して気持ちよくさせる事を繰り返している。

風呂から出て体を拭いてくれる。

「一回出しちゃったけど、まだベッドやる？　延長になるけどやる？」

まだ勃起したままの股間を手で刺激しながらその質問は卑怯ではないだろうか。

延長すると言った瞬間、さっと俺から離れて、インターホンか何かで「歌織です、延長です」みたいな事を告げている。その時だけ笑顔も媚びも忘れたようで、酷く事務的に見えた。

「何分延長する？　三十分？　一時間？　一時間がいいな私」

そうせがんできた時の笑顔は何となく俺に理性を戻らせていた。あと多分、一回射精しているから脳が落ち着いたのもあると思う。これはビジネスなのだと思い知ったのは、俺が三十分でと言おうとしたのを被せられたからだ。あと一回射精しているから。

カモにされてこいというのが黒曜の指示だった訳で、そうされたところで他人の金なのだから別に構わないと言えば構わないし、ちょっと商売っ気を出されたからってさっきまでの濃厚プレイを考えたらいちいち腹を立てるような事でもない。

歌織が、うがいした水を体にかけられた時のような、怒ったり店側が出てきたりというような事ではないけどちょっと嫌な感じ、とでも言うのか。

取りあえず一時間延長した。

ここからはベッドになる。ベッドで何をされるのか気になった。

これが驚いたことに歌織は何もしない。横になっているだけだ。

「どんな格好が好き？」

などと体位は訊いてくるのだが、自分から何かをしようという動きではなかった。基本、寝ているだけだ。取りあえず性器に指を入れようとしたら止められて、もう濡れてるから大丈夫だよと言われたが、さっきの謎の粘液を仕込んでいるだけなのも分かった。

そうなると途端に作業だ。こんなもん延長でやるべきじゃなかったと、自腹で払っていたら絶対に後悔しただろう。挿入準備が整うまでの前戯をさせて貰えない、というかしてもムダ、という有様。

今、歌織は単に生きているオナホールみたいな状態になって横になっている。

ちょっと抜き差ししてみたが、まだ早いだろうというなおざりな喘ぎ声を出されて、さっきまでの高揚がみるみる醒めてきた。こんな事ならもう一回頭から同じ濃厚プレイをして欲しいが、多分、このベッドタイムはあのさっきまでのサービスで疲れた体を休める為とも思える。

さてどうするか。俺はハマった客にならなければいけないのだが、これではハマれそうにない。一回射精しなければ良かったがしてしまったから仕方ない。そして二度目をやるには、余りにも刺激が足りなさすぎる。

受け身でボーッとしている内は良かった。俺が攻める側になると途端に理性的になる。しかも謎の粘液まで仕込まれていては、本当にただ動けと言われているみたいだし、一時間も動き続ける必要も無いし、いいように乗せられたなという、してやられた感が強い。

「……どうしたの？　ひょっとして童貞だった？　上になって私がやろうか？」

「いや童貞じゃないし」

そんなに俺は童貞に見えるのか。童貞ヅラなのか。俺はどうしていいかまごついていたんじゃなくて、ただ動くだけの虚しさに気付いてしまって醒めてしまっていただけだ。「隠さなくてもいいのに、分かるよそういうの」

「だから違う、俺は童貞と違う、何だみんなして」

「みんな？」

「いや会社の連中が揃ってそう言うから」

というかお前もな、と心の中で付け加えた。プロのくせにそんな事も見抜けないのか。というかプロからしてもそう見えてしまうのか、俺は、と納得がいかなくなってきた。

　では仕方ない。

「……正常位でお願いします、全身見たいから」

「いいよ、おっぱい小さいけど」

　小さい方がいい。俺の好みの話ではなく。

　両手を組み合わせてもみほぐす。歌織が不思議そうな顔をした。これからもっとギョッとした顔にさせてやる。胸の下、脇腹、そんな辺りに掌を付ける。

「そこじゃないよ、ちゃんと触って」

「いや、ここなんだな、これが」

　掌の、手首との付け根辺りで両手を一気に、だが力を込めるほどではなく一気にやる。すると歌織の全身が一瞬、硬直し、それから痙攣するように仰け反る。そこから畳みかけるように一気に、全身の経穴を片っ端から掌で押して刺激していく。

「何、ちょっと何これ、くすぐっ……やっ何、あっちょっと待っ……！」

　待たない。経穴を面で柔らかく押し続ける。分かりやすい股間や胸などは触らない。胸にも股間にも経穴はあるが、何というか性的なポイントにはない。見当違いの場所を押して揉んでいるみたいになるが、これが連続でやられるとかなり、効く。

　ほぼ永久に攻められる。

無明拳の技だ。師匠は房中術だとか言っていた。古代中国の皇帝が女を抱くときに、前戯を任されるのも無明拳の役目だったらしい。とにかくへろへろにして、仮に女が暗殺者だったとしても何も出来ないという状態にさせる。

そういう状態にして引き渡す。性欲によって意識が霞むような状態にしてからだ。

蟲撃、と言っていた。波紋や滴を起こすというより、指先で、小さな虫を相手の肌の下に埋めてくる、そういう感覚で押す。

歌織は俺の連続攻撃に、さっきまでの休憩タイム状態とは打って変わって全身をびくつかせ、逃れようとしながらも没頭してしまう。

俺もやられたから良く分かる。この蟲撃という技に男女の性差は全く関係がない。

男だろうが女だろうがいいように転がされてしまうのだ。

性感帯を刺激するとか、よく言うエロテクニックだとか、そんなものではない。相手の性欲のトリガーを引いていく。何度も何度も、根気よく。小さな虫を、皮膚の下に、指先で埋め込んでいく。虫が肌の下を蠢いていく。何匹も、何匹もだ。

この撃ち自体は気持ちよくはない。むしろ嫌悪感がある。それこそ虫を押しつけられたような感覚しかない。効果が出るのは、その後だ。

嫌というほどよく分かっている。

師匠は本当に教えたくないと嫌な顔をしていたが、実のところ、無明拳が役立つのはこんな

事ぐらいかも知れないし、弟子である以上は教える義務もあると言って、俺の全身を撫で回し押し続け揉みまくって恥ずかしい声を上げさせ続けた。

高校に入ってすぐぐらいだろうか。

ちっぽけな家屋で、夜の夜中に、老人によって全身を刺激され、嬌声を上げ続ける男子高校生という絵面は通報されたら完全にアウトだったたし、俺が通報しても通ったかも知れない、余りにも酷い光景だった。

ちなみに師匠は、絶対に自分が稽古台になろうとはしなかった。

あとは自分で何とかしろ、と無責任極まりない言葉で放置した。

歌織が、俺の手の中で弾み続ける。やめて、やめて、と言いながら本気の声を上げ続ける。

この技の恐ろしい所は、殆ど強制的に快楽を与えられる代わりに、絶対に絶頂に達しないところだ。俺も射精はしなかった。

気をやる、と師匠は性的絶頂の事を呼んだが、蟲撃は「気をやらせない」所に意味がある。終わりがない坂道をずっと登り続けさせる。もうお願いだから終わりにしてくれと懇願するようになる。

終わってしまったのでは意味がない。あくまで皇帝の前座としての技なのだ。

殺す撃ち方で撃てば即死させる経穴を連続で柔らかく刺激する。半ばで撃っても気を失うポイントを連続で柔らかく刺激すると、死が近づいているのにいつまでもこっちに届かない、となる。それに人間は性的快感を覚えるというが、錯覚のうちかも知れない。

歌織が基本的に逃げようとするのが、その証拠だ。危険だと本能で分かっている。だが逃げると言っても身を引き剝がすのではなく、悶絶しながら姿勢を変える。そして幾ら変えても背中にも腰にも経穴はあり、それをくまなく刺激する。またこの刺激のタイミングも難しい。ただ連続で刺激すればいいという訳でもない。

相手の体を練って少しずつ柔らかくしていく。そんな感覚に似ている。

いく、と歌織が漏らすが、許して、と同じだ。

いかせない。このやり方では絶対に死なないのだ。

やがて声すら出せなくなる。何かを振り絞るような必死の顔になり、呼吸さえ止まりがちになり、必死で絶頂に達しようとし始める。が、させない。俺を童貞扱いした罰だ。この技の鍛錬は、仕方がないので、呼ぶと来てくれるエッチなお姉さんに金を払って相手をして貰った。最初こそ何やってんだこのガキ童貞か？　と言われたし実際童貞だったし、初めては好きな人としたかったので、そういう行為はせず、無明拳の房中術である蟲撃だけを鍛錬した。

一人目は苦労したが二人目は簡単だった。一人目にしこたま嫌味を言われた事が会得させたと言っていい。あれはつらい。

あと彼女が出来て、色々あって、そういう事をやろう、という流れになったので、最初は普通にしていたのだが、試したくなったので、試してみた。終わった後「殺す気か、二度とやるな」と怒鳴られた。

が、たまに「あれをちょっとだけやって欲しい」とせがまれるようにもなった。

俺は童貞どころかセックスが巧い。今まさにプロの風俗嬢である歌織がぐるんぐるんに乱れているようにだ。まあ、これを以てしてセックスが巧いと言っていいのかは分からないが。歌織は既に長距離マラソンを走りきってぶっ倒れている選手みたいな状態になって、それでもびくんびくんと反応するのを止められない。

三十分ほど過ぎただろうか。経穴を刺激するのを止めてやり、体勢を変えた。

挿入すると本気の声を出した。やっと普通の快楽に移行したという安堵の声。濡れ方もさっきとは比べものにならない。

歌織がすぐに気をやった。

俺はちょっと遅れた。避妊具を付け忘れた、と焦ったが、いつの間にか付いていた。そのぐらいには歌織もプロの技を持っている。だがそのプロは俺にノックアウトされてぐったりと横たわっている。

「……お茶とか呑む？」

言ってやると、ゆったりと首を縦に振った。勝手に小さな冷蔵庫を開けて、コップに注いで渡してやる。歌織は起き上がって、一気に飲み干し、また倒れた。時間はあと十数分、残っている。

「……延長していい？」

「ダメ、絶対にダメ、延長しないで」

疲れた体を激しく動かして跳ね起きながら、本気で懇願された。だが俺を見る目は溶けて潤んでいる。

「じゃあ金貯まったらまた来ていい？」

「絶対来て。っていうか連絡先教えて」

歌織が全裸のまま携帯を取りに行こうとして、足をもつれさせたので支えてやった。めちゃくちゃにしがみつかれた。

これは多分、勝ったと考えていいのではないか。

人を童貞扱いして、さもカモにされる事前提で作戦を立てていたようだったが、俺が本気を出せばこんなものなのである。教えなかったのは別に勿体ぶっていたからではなく、何というか、やっぱりこういう事は好きな相手とやるべきなのではないかと思うのだがどうだろうか。

師匠は絶対に悪用するなと俺に言っていた。

これは悪用ではないと信じておきたい。

三

毎週の休みごとに歌織と会うようになり、仕事先にも、泊まった先から行くようになった。夏の盛りになり、イベントごとも多くなり、二人でプールに行ったり花火を見に行ったりするようになり、俺はそんな事、一言も言ってないけど、付き合ってるみたいに向こうは思ってるんだろうなあ、と感じて気が重くなったりもした。

歌織は私服も派手ではなく控えめで、ぱっと見、とても風俗嬢という夜の仕事に就いているようには見えない。平凡さや地味さが残っていて素人っぽく、それがおっさんたちにウケるのだろうか。

歌織が俺を気に入っているポイントは完全にセックスだ。体目当てというか、無明拳の房中術目当てだ。それでもただそれだけというのも退屈なのか、ごく普通に遊びに行ったりというカップルの真似事などしていると、気を許してしまうらしく、身の上や、なんであの仕事をしているのかという話までするようになった。

「いい事じゃねえか」

黒曜は暢気にそう評する。実際、俺が店外で会う約束を取り付けてきたと言って余った金を渡した時の、あの三人の呆然とした顔と言ったらなかった。不知火ですら、俺をちょっと尊敬するような表情を見せたぐらいだ。

「筧くんにそんな才能があったとはなあ。モテるんだなあ」

「モテませんよ、別に」

そういう感じではないのだ。歌織は一方的に愚痴をこぼす相手と、息も絶え絶えになるようなセックスをしてくれる相手を求めているだけで、俺でなくていいという感じもする。元々、寂しかったという面も垣間見えた。

「ああいうのは付き合う相手、偏っちゃうからな。ホストだのヤクザだの、風俗嬢やっててもいいですよむしろやれ、みたいなのが相手じゃないと不安で仕方ないだろうし。そこに都合良くカタギの筧くんが現れた訳だ」

「……長谷川さんの差し金ですけどね。というか給料の件、どうなってんですか」

「進んでるよ。お前は歌織ちゃんと仲良くしといてくれたらいい。あと、こんなに巧くいくと思ってなかったから、こいつは追加なんだが、もし歌織ちゃんが『筧くん一人にする他の人みんな切る』って言いだしたら、それはよせって止めろ」

「……いいですけど、何かそういうとこが打算的で気が進まないっつーか」

「別に情が移ったんなら、何もかも終わってからちゃんと付き合え」

「と、いうか別れたいんですけど、早く」

俺一人に絞るなんて言いだしてからじゃあまりに残酷すぎる。まだ友達だか恋人だかも分かってないような今の状態が、一番、切りやすい。こっちも心が痛まずに済む。

歌織は風俗嬢だけどいい女で、話がいつも一方的で都合も勝手過ぎるけど、まあ、何というか、傷つけたいとは思わないし悪い女でもない。少々、男性依存が強すぎる嫌いがあって、何人かの愛人を抱えているのも、金づるというより頼れる相手が欲しいからみたいだった。

俺は別に、風俗が悪い仕事だとは思わない。あの入室するまでのわくわくする感じと、それを受け止める相手としての風俗嬢は、別に批難されるような存在ではないと思うのだけれど、やはり社会的世間的には、女として最低の仕事と受け止められるし、歌織本人もそう思っているようだった。

男で言うと、やっぱり俺たちみたいな日雇いの、人数あわせの「雑工」がそれに当たるんだろう。もっと酷い仕事というのは、他に思いつかない。女なら誰でもいい、に当たるのが俺たちの仕事で、こっちは本当に誰でもいい。日当も風俗嬢とは比べものにならない。

あの仕事が女を切り売りしているというなら、俺たちは多分、人生を切り売りしている。

女を売った方が何かと高値が付く。問題は長持ちしない事で、俺たちは安い分、それこそじいさんばあさんになっても続けられる。

「……ちなみにあの子、なんでソープに勤めてんだ？　借金か何か？」

「いやそれが、他にやりたい仕事がねえってんですから。色んな人が来るから楽しいなんて言ってますし」

「金が目当てじゃ、ないってか？」

「金はそりゃ欲しいみたいですけど、何か買う為っつーより、なんてんですかね、ヒットポイントが増える、みたいな？　分かります、ヒットポイント？」

「分かるよ、舐(な)めんなよ」

　金がヒットポイント、というのは俺の勝手な印象で、歌織がそう言った訳ではない。命ではないのだ。やや減ったりしても、持ち直せる。出来ればたくさんあった方がいい。何故(なぜ)ならいつ致命的な一撃がやってくるか分からないから。

　減ることが前提で、大きく減っても死なないように、金が欲しい。何かが欲しいとかそういう意味ではなくて、痛撃を喰(く)らった時の為に備えて稼いでいる。そんな出来事、起こらないだろうなんて言ったって歌織は聞きやしない。何かが欲しいとか、何かに使うとか、そういう目的がないから無限に欲しがるし、かといって纏(まと)まった金を具体的に金額で提示出来る訳でもない。それで風俗嬢をやっている。

「……それだとずっと辞められねーな、お前何とかしてやれば、筧(かけい)くん？」

「何とかって、なんすか」

「地道な仕事を紹介してやるとかな。収入減るの最初はキツいだろうけど、彼氏とかいりゃ大丈夫だろ」

「だから俺、そんな心算(つもり)ないんですってば」

　仕事の合間合間にそういう事を面白そうに言ってくる。何というか、俺は今、彼女など欲しくない。一緒に映画を見たり、ゲーセンに行ったりするのだが、親戚(しんせき)の子の面倒を見てやっているような距離感が俺の中から拭(ぬぐ)えない。

やる事はやっているんだろう、と言われそうだが、それにも反論があって、そもそも無明拳の房中術は、やっているこっちは全く気持ちよくない。指圧マッサージだと思ってくればいい。相手を乱れさせせよがらせてやっているという達成感はあるが、行為自体は奉仕活動でしかないのだ。

要するに、好みだとか嫌いだとかではなく、そもそもそういう事をしたくない。

「歌織ちゃんの住んでるマンションとか行ったか?」

「行ってませんよ、そこまで距離詰めたくないし。……ってか何でマンションって知ってんですか長谷川さんは」

「だってそのマンション、社長の名義だし」

「ああ、それですか」

たまにその目的を忘れる。というか、俺は別に何もしなくていいと言われているから、覚えていなくてもいいのだが。歌織が色んな男に抱かれていると考えても、大変だなと思うだけで欠片も嫉妬心が湧いてこない。

これが昔、付き合っていた女がそうだと考えると、ちょっとは湧いてくる。

ここは大きい違いのような気がする。

「もし歌織ちゃんの部屋に行くような事があって、社長と鉢合わせしたら、お得意のナントカ拳で一発で気絶させて逃げろ。行かないのが一番なんだが、そうもいかねえって流れもあるだろうしな」

「俺、社長の名前もはっきり思い出せないんですけど」

　このフリドスキャルブという会社は事務方というか運営と実務がキッチリ分かれていて、貴族と領民くらい違う。俺たちが所詮、日雇いの使い捨てでしかないのに対し、向こうは会社員で会社組織がある。

　繋がりがあるのは職長である黒曜ぐらいなものだ。あとは、どんな現場でも嫌がらず連勤に連勤を重ねている凛汰がちょっと知られている風なぐらいか。そりゃあ、一番便利な駒は覚えられる。

　特に好きでもない女と付き合っているような事をしている俺が。社長そのものとプライベートで鉢合わせする可能性が大きいとは困った話だ。

「……社長の名前、何でしたっけ？」

「南雲蓮だよ」

　そういえばたまに新規入場の書類に書く機会がある。言われないと、思い出せない。そのぐらい接触する機会がない。

「どんな人ですか」

「社長って感じがしない。まだ四十前だし、ジム通いしてるから太ってねえしスラッとして、スーツ着て。二枚目っちゃ二枚目かね。パッと見はな」

「曖昧っすね、誰に似てるとかないんですか」

「んん～雰囲気だけで言うと、高橋克典とかか、ちょっと前の」

「クッソ二枚目じゃないですか」

「だから雰囲気だよ、そっくりって訳じゃなく」

何とも気をつけようがないが、そう思っておく事にした。今の所、黒曜はその、ちょっと前の高橋克典に雰囲気だけ似ている社長を追い落として給料を上げようと言っているのだし。それにまあ、何というか、そいつ……南雲蓮にしたって、歌織が俺と遊んでいるのは面白くないかも知れない。

「社長の南雲って、どんくらい歌織に惚れ込んでるんすかね」

「マンションに住まわせる程度には気に入ってるだろ」

「でも風俗を辞めさせるほどではない？」

「まあ生活費云々まで面倒見てやり始めるとな。俺も昔、経験あるけど、意外と手間かかるっつーか、自分の事は自分でやれっつーか」

「でもマンションは確保してやるんですか」

「マンションはほれ、自分の名義なら不動産投資だし、それに別荘っつーか、避暑地っつーか、家庭の他にもう一つ家があると気分的に楽になるんだよ」

よく分からないがそういうものなんだろう。

そうなると、歌織が風俗で働いたりよそで男と遊ぶ分には了解してそうだ。ただ部屋に行くのはまずい。社長の避暑地に俺がいるというのは、本当にまずい。そんな所だろうか。実際、何度か誘われているのだが適当に誤魔化してラブホテルに泊まっている。今後ともその方針は変えないでおく。

高橋克典似の社長を昏倒させる羽目にはなりたくない。

その日も日勤を終えて、夕勤組の終わり待ちの時間に、突然、歌織から会いたいと連絡が来た。黒曜に言うと、後で明日の現場をメールしておくから直接来いと、お泊まり前提で言われてしまった。

取りあえず作業着から、安物のジーンズとシャツに着替えた。作業着のままは流石に歌織が嫌がる。俺は作業着だけで良かったのに、わざわざこんな物を買い、いつ呼び出しがあってもいいように荷物の中にパックして持ち歩くハメになっている。

そのまま、作業着等は車に載せたままにして、明日、現場まで持ってきて貰う。

身軽になるのはいい事だが、俺は現場を連勤していた方が気持ちが楽だった。朝から夕方までが日勤、夕方から終電前後までが夕勤、翌朝までが、夜勤。凛汰はたまにこれを全てこなす。24時間フル稼働で、この会社は何故か二万円ちょっとしかくれない。時給に直したら問題になりそうなほど社長が抜いてるからだ。そしてお金の一部は巡り廻って歌織の元へ。その歌織と俺は何故か遊んでいる。俺の居心地が、とても悪い。

俺は日勤がメインでそれ以上働くのは希だったから、最近、歌織は俺に合わせてか、店には朝から入っているようだった。三時頃、店が終わって自由になる。自由な気持ちで俺に連絡を入れてくる。俺は大抵、自由とはほど遠い過酷な労働をしている。

会って、何か食べる。歌織は酒を呑んで酔っ払う。俺は付き合い程度に呑むので、酔わないし眠くもならない。

普通のカップルに見えたりするのだろうか。俺は別に好きでもない相手と、こういう関係を、他人の指示で続けている。女を手玉に取った、という気はしていない。たまたまだ。セックスはきっかけに過ぎない。本当にただの寂しがりの女なのだ、歌織という女は。

年も、アルバムで見たとおりで、俺より二つ年上。

風俗嬢と付き合っている、と職場では話題になっている。凄い事をして貰っているのではと言われる。してやっているのは、俺だ。実際、こうしてプライベートで会うと分かるのだが、ちょっとあのソープランドの濃厚プレイはやって欲しいと言えたものじゃない。気恥ずかしいのもあるし、相手に負担がかかるのも分かっている。

「……あのさあ、白夜くんさあ」

完全に酔っ払った歌織が俺にしがみついてキスを求めながら何か言っている。

「私さあ、あの仕事辞めようっていっつも思うんだけどさあ」

「辞めちゃうの？」

「んーでも、朝起きたら行かなくちゃってなっちゃってさあ、終わる頃には明日こそ辞めるぞって思うのに、お金貰っちゃうとまたやんなきゃってなっちゃってさあ、どうしたらいいんだろ？」

やったから金を貰うではなく、貰ったから明日もやらなきゃならない。

その思考回路は意外と重症かも知れない。

かといって俺がどうしてやれる事でもない。

「誰かがさあ、凄い強く、もうやんなくていいよって言ってくれたらいいのに、誰も言ってくれないしさあ……ねえ、聞いてる？」

聞いている。抱き寄せながら、聞きながら、俺の視線は違うところを見ている。

見覚えのあるスカジャン姿がいる。

一河（いちかわ）だ。一河紺（こん）。コンちゃんだ。

河岸を新宿（しんじゅく）に変えたのか。元から、新宿も行動範囲内なのか。見た感じは一人で、ただ歩いているようにしか見えない。ノックアウト強盗などやりそうにもない。だが俺を見たらどうだろう。友達をやられ、その友達の報復に参加せずに吐月（とつき）を引っ張り出し、挙げ句、その吐月まで俺に倒されている。

その話は何処（どこ）までコンちゃんに伝わっているだろう。

伝わっているとして、どんな形で伝えられたか。俺がめちゃくちゃに強いとか、ビビって逃げたコンちゃんとか、そういう形にほぼ間違いない気がする。だから、鉢合わせしたくなかった。歌織の家で社長と鉢合わせする方がまだマシだ。

「白夜くんが辞めろって言ってくれればいいんだけどさあ！」

でかい声を出すなと思って歌織の顔を胸の中に突っ込んだが、今の声は大きすぎた。思いっきり、こっちを見られた上に、気付かれた。コンちゃんの視線。最初に歌織を見て、次に俺を見て、流石に困惑していた。

が、すぐに気持ちを切り替えたらしく、真顔でこっちに向かってくる。

まだ歌織が騒いでいるので、一分撃ちで経穴を撃っておとなしくさせる。腕の中で、歌織が力を失うのが分かった。その体を左腕で抱きかかえたまま、俺はコンちゃんを右手で制止する。

「ちょっと待て、今はまずい、コンちゃん」

「誰がコンちゃんだこの野郎。てめえの大活躍のお陰で、俺はやくざの事務所まで行くはめになったんだぞ」

「いや気持ちは分かるけど、今はほら、酔い潰れた女とか世話しなきゃだし」

「人に喧嘩売っておいて、女連れでノコノコ歩いてるようなのは舐めてるだろ」

「……は？　いやふざけんな、襲ってきたのそっちだろ、勝手な事を言うな。……つうかとにかく今はまずい。やるなら正々堂々とやった方が気分もいいし」

「お前にムカついてんのは確かなんだけど、俺はそっちに用事があるんだよ」

「？　……何のお話で？」

「お前が連れて歩いてる舞浜歌織に用事があるんだよ、こっちは」

「えっどんな？」

「何で説明しなきゃならねえんだよ、さっさと渡せ」

「いや説明もなしに連れの女、渡す方がおかしいだろ。何だったら騒いでもいいんだぞ、ここ交番近いしよ」

　別に喧嘩しなきゃならない謂れはない。警察の皆さんをお呼びすればいい。

　コンちゃんが舌打ちをして苛立たしそうに右手を握ったり閉じたりしている。そうして近づいてくる。襲いかかってくるという気配ではなかった。話をそっとしたい、という近寄り方で、その見立てに間違いはなく、コンちゃんの右手は開かれたままだった。

「いいか、騒ぐなよ、絶対に。俺やお前じゃなくてこの女がヤバい」

「酒癖が悪いんだよな」

「そうじゃなくて、どういう関係か知らないけど、もうこんな女のこと忘れて、なかったことにして、大人しく俺に渡せよ。その方が身のためだから」

「……お前ね、そういう人倫に悖る提案で、俺が渡す訳ねえだろ。女欲しかったらちゃんと口説きなさいよ、なんで金でも女でも他人から奪うことしか考えないかな、君たちゃあ」

「違うよ馬鹿、俺だってこんな女いらねえよ」

「こんな女とはなんだ。いらないとはなんだ、この野郎」

「何処まで知ってんだ？　っていうか風俗嬢とは知りませんでしたレベルじゃねえだろうな。こいつは割りと深刻な話なんだ、お前をぶん殴るより説得したいと思ってるから訊いてるんだぜ？」

生真面目にそう言われても困る。取りあえず、歌織を路肩に降ろし、自動販売機に凭れるような姿勢で落ち着かせた。拾って持って逃げられるほど人間は軽くも小さくもないから、取りあえず持ち去られる事は無い。

コンちゃんは周囲を確認してから、そっと俺に寄った。

「お前、名前なんだっけ」

「白夜だよ、筧白夜」

「お前さ、この女からヤバそうな薬とか買ったり貰ったりした？」

また唐突な質問を繰り出してくる。これだけ接近してしまうと、コンちゃんの「槍のような右ストレート」はきれいに入らなくなる。コンちゃんが撃てるのは経穴撃ちの無明拳ではなく偶然そういう風になると覚えた右ストレートに過ぎない。フックでもアッパーでも、多分、左ストレートでも撃てないだろう。

単に俺を叩きのめすというならそれでもいいだろうが、それをやると俺は躊躇いなく警察を呼ぶ。という事は、喧嘩をする気がないという事で、内密に話をしたいという事だ。ちなみに俺はこの接近した距離からでもコンちゃんを昏倒させられる。

「特にそういうヤバそうな事はねえけど、何、まさか薬物の売人とか言ってんじゃねえだろうな、おい」

「そういう話じゃねえ。この女が捌いてないならいいんだ」

「いいんなら出直してきてくれ」

「いや、こいつを連れてこいってのがいてな」

「まさかステッキ持ってる人殺しの指示じゃねえだろうな」

「柏葉さんは関係ないけど、同じ組内の人だよ」

「殺すの？」

「さあ。つかみんながみんな柏葉さんみてえなんじゃねえぞ、やくざって。あの人が一際おかしいってだけで。俺等に変なことやらせるし」

「あっ、そうだ、強い者イジメって何だよ？　それもあいつの指図？」

「……まあ、そうだよ。強そうなのを闇討ちして金を奪えって」

「何なのそれ」

「あの人、自分の配下に腕利き？　みたいなの集めたがってんだよな。で、強そうなの仕留めたらスマホで写真撮って送れって。柏葉さんが強そうだと思ったら結構な小遣いくれるんだな」

「なんでそんな面白い真似してんの、あのおっさん」

「知るかよ、俺等は金になるから……いやそんな話どうでもいいだろ。さっさとその女、引き渡せ。悪いようにはしねえから」

「するだろ、何か酷いことするんだろ絶対」

「そこまでは知らないし、どうでもいいじゃねえか。ちゃんと付き合ってる訳でもないんだろ、舞浜歌織と」

「……何で分かるんだよ」

「そいつは金づるも切ってなけりゃ風俗も辞めてねえ。そりゃちゃんとしてねえって事だ」

まあ確かに、俺が彼氏だと自覚でもしていれば、そういうのは全部辞めさせているのかも知れない。辞めさせてないし、放っておいているし、むしろ義務感で付き合っていて、いつ別れたらいいのかを探っていたような関係だ。

「だからって、はいどうぞって訳にはいかねえだろ、もしかして酷い目に遭うかも知れないのに。全然知らないって訳じゃねえんだぞ、そりゃ二か月くらいの仲だけど、寄越せって言われて渡せるほど薄情じゃねえよ」

「……そいつが違法な薬物捌いていたとしてもか?」

「いたとしても、じゃねーんだよ、捌いてません」

そんな仮定の話はどうでもいいし、現物を見た事があるというならともかく、もし、の話であるんなら、俺は歌織を庇うぐらいの義理がある。コンちゃんは面白くもなさそうな顔で俺を睨んでいた。

　俺をあの一撃必殺パンチでノックアウトして歌織を奪う。

　この間合では無理だ。警戒していればコンちゃんのパンチは、ただの距離が足りないパンチでしかない。逆に俺は、幾らでもコンちゃんを仕留めることが出来る。それは向こうも分かっている筈だ。もし応援が来るようなら、こっちも警察を呼ぶ。コンちゃんは歌織が薬物に関わっているような事を言っていたが、それはないと俺は断言できる。来るなら来いだ。

「……白夜だっけか、お前。組事務所まで来てその説明する度胸ある？」

「何でそんなところに行かなきゃならないんだよ」

「俺は連れてこいって言われてんだ。その女、数日前から店も欠勤してるって言うし」

　それは知らなかった。まあ体調が悪い時期だってあるだろう。

「どうしても無理だってんなら、いいけどよ。お前、ずーっとその女の傍についていられるか？　その女バカだから、そのうちのこのこ店に出勤してくるだろうし、そん時に掠っちまえばいいだけなんだからな」

　勿論、無理だ。

「……しかしよ、これはマジで言うけど、歌織と薬物売買なんて微塵も関係ないって俺は思うんだよ。何かの勘違いなんじゃねえの？」

「だからそれをおっかないオッサンたちの前でも言えるか？　俺じゃなくて」

「やくざがみんな柏葉じゃないってんなら、言えるよ」

あんなおっさんが何人もいたら流石に黙ってしまいそうだが、あれが特殊な例だというなら、俺は気後れしたりはしない。

コンちゃんが溜息を吐いた。

「ちなみに訊くけど、その女に惚れてんの？　それとも小遣い貰ってんの？」

「別に惚れてるってほど好きじゃないし、いつもワリカンで飲み食いしてる」

「セックスが凄い？」

「むしろ俺が手間かけてる」

「そういう女を何で庇えるんだよ？」

「お前さ、悪い事しすぎて脳みそがおかしくなってんじゃねえのか？」

「何だとこの野郎」

「どんな相手だろうと関係ないんだよ、こういう時は普通、庇うの。俺が損になってもいいの。損得だけで生きてっからお前、そんな悪党になっちまうんだぞ」

コンちゃんは鼻で笑っただけだった。じゃあついてこい、という話になり、俺は昏倒させた歌織を担ぎ上げ、酔い潰れた女を運んでいる風を装って後ろを歩いて行く。それにしても妙な話になってきた。俺が知らないだけで隠れて薬物を売買していたというなら、例えば知り合って間もない頃に勧めてきたり、そういう兆候はあっていい。本人も酒を呑んでいる時以外は、至って普通だった。

呑み過ぎると絡み始めるが、それも常軌を逸しているとは思わない。

勿論、取り扱っているからといって本人が使っていないという例もあるだろうが、そんな小銭稼ぎを、しかも違法で、こうしてやくざに呼び出されるような商売を、歌織にする必要などあるだろうか。

首を傾げながらも、俺は少なくとも何かに目をつぶって庇っているのではなく、本気でそんな事はやっていないと思うから言っているのだと再確認した。相手が吐月でもそう言ってやれる。吐月が十人いたら、ちょっとどもるかも知れないがそれでも言える。嘘ではないからだ。

嘘を言ってそれを通そうというなら、困るし難しい。

本当の事を言うだけなのだ。

コンちゃんが俺を連れていったのは、路地の合間にある、目立たない雑居ビルで、組の看板も何も出ていない。ぱっと見た限りでは、とてもやくざの組事務所とは思えなかった。一階部分が駐車場になっているが、停まっている車も地味な国産車で、ベンツだのレクサスだのという高級車ではない。

「……なんつーか、すっげー地味だな、コンちゃん」

「まあ最近は代紋出しただけで捕まるって言うしな。ひっそりと隠れてやってる。勿論堂々としてるトコもあるんだろーけど、そういう所はあんまり現場に出てこない。ここは現場に関わる方だから結構、エグいぞ、ホントにいいのか？」

「いいって言ってんじゃんよ」

コンちゃんはビルの駐車場の奥にあるインターホンを鳴らし、一河です、などと名乗っている。女を見つけましたけど変なのがくっついてきました、みたいに報告したら怒鳴られていた。連れがいたら殴り倒して女だけ持ってこいって言っただろうが云々。

相手が悪い。連れは、俺。コンちゃんには、無理。

「……それをやると騒ぎになりかねない相手だったんで、一緒に行けるんならってんで仕方なく」

分かってやがる。騒ぎを起こすしかコンちゃんには、俺を相手に何とかする方法がないのだ。あのきれいなノックアウトをアテにして、組の人間も言いつけたんだろうが、残念な話だ。

「入っていいとよ」

「ダメって言われりゃ連れて帰ってたけどな」

ロックが解かれて扉が開く。すぐに警備室があり、人相の悪い男が俺を睨んでいた。少しも怖くない。短い廊下の先に古ぼけたエレベーターがあり、コンちゃんが呼んだそれに歌織を抱えたまま乗りこんだ。

「……白夜、お前さ、やっぱちょっとおかしいんじゃねえの？　そんな女の為に」

「まあよ。俺もまさかやくざの組事務所に連れられて来るハメになるたあ思ってなかった」

惚れた女と言うのでもない。何かの恩がある訳でもない。

だからといって見過ごせないし、俺が思う限り知る限りでは、本人に咎はない。そんな心算じゃなかったし、こんな事になるとも思っていなかったが、二か月ばかりとは言え仲良くしてくれた事は確かだ。

「……コンちゃん、お前、何かっていうとそんなもんとか、こんな女とか言うけど、恨みでもあるんか」

「いや別に。でも、いてもいなくてもどうでもいいような女じゃねえか。どうせ本命捕まえる時までの、繋ぎみてえな女だったんだろ」

「痛えとこ突くね、コンちゃん」

「誰がコンちゃんだよ、やめろよその呼び方」

「俺はちなみに、お前が道ばたで複数人に袋だたきに遭ってても助けるね」

「？　何でだよ、カッコつけてえのか？」

「いてもいなくても、どうでもいい人間が、何かの役に立てるから」

今ひとつコンちゃんは納得していないようだった。主役になれるチャンスを逃した事はないんだろうか、こいつは。自分が何の役にも立たない人間であるかと自問自答して苦しんだことは、ないんだろうか。

俺にとって確かに歌織は、どうでもいい女だった。

だが歌織にとっては、俺は役に立つ男ではあった。ずっと愚痴を聞いてあげた。遊び相手にもなってあげた。暇つぶし程度でも、役には立った筈だ。若干の面倒くささを感じていても二か月続いたのは、黒曜の指示を守るためというより、歌織に必要とされている事が嬉しかったからだと思う。

いつの間にかそこには俺の居場所があった。

相手に必要とされている煩わしさはあっても、居心地の悪さはなかった。

なのでここで見捨てるという選択肢はない。

俺は俺を必要だと思ってくれる人間を見捨てたりしたくない。

扉が開くと、すぐ事務所だった。殺風景で、飾り立てた風もなく、灰色のデスクが並び、オレオレ詐欺にでも勤しんでいるのか電話がたくさん並んでいる。デスクトップＰＣが数台、それにちょっと大きめの液晶テレビ。テレビではバラエティが流れていて、平和そのものだ、数人がテレビの前に座っている。

奥のデスクも位置的に上座、というだけの物で、特に黒檀であるとか、そういう演出もない。引っ越すのかな、というぐらい生活感がないのは、実際、いつでも引っ越せるようにそう造られているのかも知れない。

大体、「組」の事務所であると知らしめる旗であるとか代紋であるとか、そういう物も全くない。

テレビの前に数人。掃除をしているのが一人。奥のデスク横に立っているのが、一人。

そして奥のデスクに一人。

そいつの前まで、歌織を背負ったまま歩いて行くと、テレビ前の数人が動く。デスク横に立っているのが片手で制止した。

その立っている男の、一メートルばかり手前で立ち止まった。

「……俺の女に何か御用だそうで、酔い潰れちまってるもんでこうして来ました」

「おい、一河」

デスクに座っている男が、おれを無視してコンちゃんに語りかける。

「この生意気なガキに好き放題させてるのは、お前より強いからか？」

「いえ、そんな事はありませんけど」

「だったらなんでさっさと叩きのめして女だけ掠って来なかった？」

「こいつ、そこまでは弱くないんです」

「お前みたいな強盗しか出来ないヨゴレの面倒見てやってるのにか？」

「いえ、でもコイツ、筧白夜って、あの……柏葉さんが手え焼いた……」

「おい！」

怒鳴り声がいきなり出た。

「柏葉さんの名前出してりゃ済むと思ってんのかクソガキ。てめえの仕事出来てないのを他人の、しかも目上のせいにしようってのか？　柏葉さんでも勝てない相手だから自分も勝てませんでしたって理屈か、この野郎」

　そんな話はしていない。だいたい、吐月は間違いなく俺より強い。一対一ならあっという間に殺されていた。あの場に、しかも不意に、黒曜が拳銃など持ち込むから趨勢がそうなったというだけで、俺は吐月より強い訳ではない。

　そしてコンちゃんも、別に俺が強くて歯が立たなかったと言っている訳ではない。言ってない事を言った事にして、突然怒り、場の空気を変え、話を誘導する。

　やくざは怖い。

「俺と話してくれねえですかね、弱い者イジメしてねえで」

　ここは、こうだろう。取り繕うより乗った方がいい。コンちゃんの立場がなさそうだが、取りあえず話の矛先をこちらに向ける。説教、から弱い者イジメ、という嫌がらせに変えてみる。

　すると漸く、俺を見てくれる。

「で、キミは誰？」

「筧白夜です。舞浜歌織は俺の女ですが」

「誰の女でもいいけど、さっさと置いて帰ってくれよ。そいつの男なんか何人いるんだか、分かりゃしねえ」

「何か誤解があるみたいなんで。こいつ今、見ての通り酔い潰れてるんですよ。何かご質問があれば、俺が聞きます」

「お前に訊いてどうすんだよ、お前がその女のことどれだけ知ってんだよ」

「ある程度は」

「一緒に住んでるぐらいならともかく、ちっと遊んでるくれえの奴に答えられる話じゃあねえんだよ」

まあ、そうだろう。だがこっちにもう少し意識を向けておきたい。周囲からの敵意が尋常じゃなく高まっているのが分かる。デスク横の男の視線。あっちこっちに泳いでいる。それで周囲の状況は分かる。

当然誰も構えちゃいない。一方的に襲うという意思しかないから、構えなんて守りの姿勢は何処にもない。

ここは、森の中だ。

山の木立のど真ん中に俺はいる。そう意識する。木々はただ生えている。棒立ち、という言葉が示すとおりにだ。こいつらは、山の中に生えている、木立だ。木と違って動くが、余り動かさなければいい。

パズルの最初の一枚。これが多人数相手に無明拳を仕掛ける時に大切なピースだ。

タイミングをこっちが図る。

向こうに先手を取らせずこちらがリズムを作り組み上げていく。

こいつらを木立のままでいさせる為にも仕掛けは、俺から。

　短く息を吸った。そして止めた。

「……んで、おっさん。あんたの名前と所属は？」

「ああ？」

　疑問形の怒鳴り声が合図になって、周囲から人が飛びかかってくる。歌織を背中から滑り落とし床に転がした。それで、歌織を引き剝がそうとしていた二人が標的を失う。もう二人は俺を直接押さえ込もうとしていたから、経穴を撃って倒した。

　滑るように移動し、もう二人をほぼ同時に寸鉄で撃つ。

　多少動いた所で、守りの構えも何もない。あっさりと寸鉄が入る。このまま、連続で繰り返していく。以前、コンちゃんの仲間に仕掛けられた時と同じ、ほんの僅かな無敵モードだが、今回の方がかなり楽なのは伝わってきた。

　数に頼りすぎで連携が取れていない。

　波に乗れればスパッと決められる。仕掛けてくるタイミングをこっちが誘ったから、巧くいった。掃除をしていた奴が何が起きたか分からずきょとんとしており、そのきょとんとした顔のまま昏倒させる。

　デスクに一人。

　デスクの横に、もう一人。

今、この事務所で意識を保っている、俺が名前を知らない相手の総数。

「……一河ァ！　何ボケッとしてんだ、このガキ止めろ！」

デスク横に立っている男が焦った声で怒鳴りつけている。振り返るより先に、そいつの前に立つことにした。無明拳が他の格闘技と比肩しうる動きがあるとしたら、この歩法にあると思う。足音を立てず、攻撃を躱し、人の前へ後ろへとするりと移動してのける。多人数であればあるほど、それは際立つ。

無明拳。

寸鉄で胸の経穴を五分撃ち。俺は止めていた息を短く吐いた。

あと一人。

漸く俺はコンちゃんを振り返る。

「やっちまった。どうしよう？」

「どうしようって、お前……」

「ここでリターンマッチする？　っていうか今更やっても誰も褒めてくれねえか」

「やれ一河、このガキ殺せ」

横から怒鳴り声がしたので、寸鉄で殴ってやった。経穴を外した、気を失わない、ただ痛いだけの打撃だ。

「うるせえぞ、名無しは黙ってろ、なあコンちゃん？」

「お前……お前、バカ、マジで知らねえぞ、俺」

「クソガキがあ！」

勢いだけで無防備に立ち上がったので、顔面に靴底を入れてやった。安全靴なのでつま先には鉄が入っている。つま先で蹴らなかった俺の優しさを評価して欲しい。

床にぶっ倒れている相手を踏みつけて、顔を近づける。

「もう一度伺いますけどお、お名前は？」

「てめえ、絶対に殺してやっからな、クソガキ……」

「だから！　お前は！　誰なんだよ！　若い力舐めんなよ、とっつぁん！」

ビックリマークのタイミングで蹴りを入れたと思って貰って良い。

流石にコンちゃんが止めに来た。

「マジでもうやめろって、お前本当に殺されるぞ」

「その前に全員殺すというのはどうでしょうか？　歌織につきまとう悪い奴らもいなくなって八方丸く収まる。死体は建築現場にユンボで埋める」

「正気かよ」

「冗談だよ、本気にするな。……さて、とっつぁん、君の名は？」

まだ黙っている。何か殺してやるとか何とか物騒な事を呟いているだけの脳が残念な人になってしまっている。この立場まで上り詰めたのに、小僧に足蹴にされたのではそりゃ堪らないだろうが、人を怒らせるからだ。

　怒らせても何も出来ないと思っているから、こうなる。

　世の中にはやってしまう奴がいるのだ。俺のように。

　後の事は後で考えればいい話ではないか。それにあのままのペースでいたら遅かれ早かれ俺は叩き出されていたのだ。

「佐倉慎だよ、その人の名前」

「サクラちゃんとはまた可愛らしい」

「もうやめろって、挑発すんなって」

　足を離して引き起こし、スーツの埃を形ばかり払ってあげて、それから椅子に座らせる。ここまで一連の動作。佐倉とかいう響きの可愛い名字のおっさんは何が起きたのか分かっていないだろう。

　デスクに腰掛ける。慎と向かい合う。若干、俺が上から。

「……さて構え直しますか。歌織に何が訊きたいって？」

「……その女に肩入れしても本家が」

　ズバン、と音が出る叩き方でデスクに拳を入れた。

「本家だか分家だか知らないけど、俺を暴力で黙らせたかったら柏葉のおっさんを十人ぐらい揃えてこい、クローン技術か何かで」

慎が黙り込む。悔しくて堪らないという顔をしている。同時に、俺を恐れてもいる。

沈黙は一分も持たなかった。

「……俺等は基本的に薬物は取り扱わない。捕まったときがヤバイからな。だから取り扱っている売人なんかも見つけ次第潰してるぐらいだ。そんな売人が五人、いいか、五人だぞ、五人ともがそこの舞浜歌織が卸元だって吐いたんだ。話を聞かせろって流れになったって仕方ねえだろうが」

「やり方が強引すぎるんだよ、バカ」

「そうは言ってもな、薬物は一撃で本家まで迷惑が及ぶ。一刻も早く洗い出して元から絶つ必要があったんだ。そんな中で複数の、互いに繋がりのない売人が、共通して舞浜歌織って言ってたんだぞ」

「それはよく知らんけど、歌織は薬物なんかやってないよ」

「本人がやってるかどうかなんて問題じゃねえ」

「売ってる様子も卸してる風もないよ」

「お前の印象だけだろうが」

それを言われると困る。まあ、だいたいの事情は摑めた。コンちゃんを振り返る。もう何もかも諦めてむしろすっきりした顔になっている。多分、この事務所にもう出入りしないとでも決めたんだろう。

「……卸元とか売人とか、何の話だ、コンちゃん？」

「要するに、小売りはしないって話だ。デカいのが輸入されてきて、それをまず受け取る。そして売人に売る。売人がやるのは一回分とか二回分とかだろ？　煙草で言うと一箱二箱。それをカートンとかボックスとかで売るのが卸元」

「それって儲かるの？」

「メッチャ儲かる。けどよっぽどバック強くないとすぐ潰れるぞ」

俺はちょっと考え込む。歌織にメッチャ儲かっている素振りがあったかどうか。

歌織は酔っ払うとすぐ仕事の愚痴を言う。お金をくれるから仕事が辞められないと零す。歌織にとって金は、どれだけあっても、というか大金になればなるほど、義務が大きくなってくる。稼ぎっぱなしじゃいられないのだ。

そんな薬物の卸元という、よっぽど強いバックがいないと潰されるような商売が務まる女だろうか。

務まらない、と俺は思う。しかしとっ捕まえた売人はみんな歌織の名前を出す。

はて？

「……訳が分からんので歌織に訊くか」

「最初からそうしろ馬鹿野郎」

「てめえらに最初からやらせてたら大変な事してただろ」

慎(まこと)の抗議を跳ね飛ばす。何せやくざだ暴力団だ。大変な拷問、しかもエロい拷問をしていたに違いない。デスクから降りて、倒れている歌織(かおり)のそばに行く。昏倒(こんとう)したままの歌織を、また経穴を撃って息を吹き返させる。ちなみにこれを逆撃(さかうち)と言う。

状況が理解出来ず、歌織はぼんやりとした目で周囲を眺めている。

「……ここ何処(どこ)？」

「やくざの事務所」

「何かしたの、白夜(びゃくや)くん？」

「いや、したのはどうもお前らしいんだけど……歌織、お前、薬物の卸元とかそういうのやってる？」

「何言ってんの白夜くんアタマおかしくなっちゃったの？」

「いや真面目な話。洒落(しゃれ)とかじゃなくて」

「する訳ないじゃんバカじゃないの？」

「よし」

これで全部だ。慎のところに戻る。

「全て君たちやくざの誤解という事になりました」

「ふざけんな、おい、舞浜(まいはま)！　売人みんなお前の名前吐いてんだぞ、とぼけんな！」

「えっ誰あのおじさん、凄(すご)い怖い」

「多分、駅のホームで見えない敵と戦ってる系の人なんだな、帰ろう帰ろう」

「帰らせんな！　てめえ一河、何にもしねえでボケーッとしやがって」

「いやだから柏葉さんが手を焼くくらい強いって俺言いましたよね？」

平然とそんな台詞を返すぐらいには、コンちゃんは完全に割り切っている。悔しくても、慎では俺を止められない。コンちゃんにまだ忠誠心が残っていたら面倒だったが、それも消え失せたらしい。

エレベーターに一緒に乗った。

歌織はまだ酔いが残っているのか、俺にしがみついたまま半分寝ようとしている。

コンちゃんがまた溜息を吐いた。

「お前ね、溜息ばっかり吐いてると幸せが逃げるんだぞ」

「深呼吸だよ」

「何にもしてないのにかよ」

「俺さあ、ここの事務所にめちゃくちゃ世話になってる訳よ。意地悪な事言われたりしても我慢して」

「組員とかになる気だったの？　今時？」

「いや、そういうんじゃなくて、フリーランスの悪党っちゅうか。取引先として面倒見て貰う系の」

「完全に組員見習いみたいになってたぞ」

「しょうがねえじゃん、ホントに世話になってたんだし。んで金寄越せって言われりゃあ、俺にやれるのは強盗くらいだしよ。頑張ってご機嫌取ってたのに、今日の騒ぎで全部台無しだよどうすんだよ俺、明日から」

「いやそれは知らん。つうか悪い事やめてちゃんとしろ」

「今更かよ」

「いやお前、俺と変わらないような年だろ、俺、二十歳なんだけど」

「あっ同い年」

「じゃあもう止めろ止めろ、悪さなんか。あとここの……」

どん、と結構強い勢いで脇腹(わきばら)を殴られて呼吸が詰まった。歌織(かおり)が結構いい打撃を入れてくる。何だよ、と思った。

「……白夜(びゃくや)くん、私には止めろって言わないのに、他の人には言う」

あっめんどくさいの来た、と思った。

本当にめんどくさい。

「いや、風俗は立派なお仕事ですし、というか歌織さんアナタそもそも働くのが嫌いでしょう、前から思ってたけど」

「うん、だから養って欲しい」

「えっ誰に？」

「……白夜くん」

そして歌織にめっちゃ力入れてしがみつかれた。

コンちゃんが俺を疎ましそうな目で見ている。そんな目で見ないで欲しい。あと歌織も相手の収入を考えて申し出て欲しい。俺に愛人を囲う財力はない。エレベーターが一階に到着すると、もう一秒も俺たち二人と同じ空気を吸っていたくないという風にコンちゃんが飛び出していった。

「お幸せに」

「何だコンちゃん、その台詞はなんだ、どういう意味だ」

「結婚するんじゃないの？　まあいいや、俺がささやかながら花道を作ってやる」

通路の先に警備の人間が待ち構えていた。上から、慎が電話連絡でも入れたんだろう。狭い通路で、一直線に、正面から向かっていくしかないというのに。コンちゃんは冷静に前蹴りで動きを止めてジャブで構えを崩し、出来た空間に槍のような右ストレートを突き入れて相手を昏倒させていた。

動きが無明拳にとても似ている。あの経穴一つを打ち抜くだけなら、ちゃんと習った俺にも比肩するレベルだ。

やれる奴はやれてしまう。師匠が言った通りで、少し、癪でもある。

俺を一瞥(いちべつ)し、手を挙げて、コンちゃんは外へと駆け出していく。

俺は勝手に眠ってしまった歌織をまた担いで、外に出るはめになった。

結局、組事務所一つを殴り込みで潰(つぶ)してしまったような形になってしまった。後から報復とかされるのだろうか。それこそ吐月(とつき)に相談したら何とかしてくれる気がするが、総力を挙げて潰しに来る可能性もある。何せ大義名分があるのだ。

まあ俺の事などどうでもいいし、どうにでもなる。

それより歌織の事だ。何でまた売人たちは歌織の名前を言ったのか。歌織が嘘(うそ)を吐(つ)いているという可能性もあるし、そうなるといよいよ報復が怖いのだが、とにかく嘘を言っているとはとても思えない。

歌織は寝てしまっている。

タクシーで一応、ちょっと離れた場所に移動してから、ラブホテルで一泊するかと表通りに出た辺りで、携帯が鳴った。

黒曜(こくよう)からだ。明日の現場ならメールすると言っていたのに、通話とは。

「……はい、どうかしました？」

「おう、邪魔したか？　時間的に」

「いやまあちょっと前なら邪魔でしたけど、戦うのに」

「戦うって、何と？　……まあいいや、歌織ちゃんは一緒か？」

「寝てますけど」

「ああ、戦うって、ベッドで一戦交える、みたいな、そういう」

「何でもいいですよ、もう。んで何なんですか」

「いいか、よく聞けよ。色々考えたが多分これがベストだ。今すぐ警察署に出頭させろ」

「は？　何ですか長谷川（はせがわ）のおっさんまでデマに踊らされてんですか」

「デマ？　デマってのは何だ、もしかして歌織（かおり）ちゃんが薬物の卸元だって話か？」

「本人は全く覚えがないと」

「そりゃそうだろうよ、卸元は歌織ちゃんじゃなくて、歌織ちゃんの『部屋』だからな」

「言っている意味が分かりません」

「まだニュースになってないがそのうち速報来るぞ。その子……歌織ちゃんのマンションから百キロ近い覚醒剤（かくせいざい）が押収されてる。百だぞ百。日本じゃなかったら死刑になってるような量の覚醒剤その他諸々違法薬物が出てきてるんだよ、さっさと出頭させろ。まあ二～三日……じゃ済まないか、一週間……んん～最悪一か月くらいは拘留されるだろうけど、多分、最終的に出てこられると思う」

「思うって。なんでどんどん日数増えてんですか」

「何せ第三者だし自身が使用していた形跡もなかろうし」

「……待ってください、歌織のマンションってもしかして」

「漸くハマったんだぜ、褒めてくれよ。主犯は勿論、我がフリドスキャルブ社長、高橋克典似の南雲蓮容疑者って訳だな。あと明日は現場休みでいいよ、筧くん。では、お疲れ様」

一方的に言うだけ言って通話が切れた。

俺は寝たままの歌織を担いで、しばらく途方に暮れていた。

四

テレビの画面で見る社長、フリドスキャルブ社長の南雲蓮容疑者は確かに、ちょっと前の高橋克典っぽかった。結局直接、顔を合わせる機会はなかった訳だが。大量の覚醒剤を別宅マンションの一室に隠し持っていた疑い、などと報道されている。

別宅に住んでいた女性（22）という表記から、一応、関係者ではあるが歌織に犯罪性やそれらに関する関与はまだ認められていなくて、そしてあの様子だと、歌織は本当に知らなかったんだろう。

警察に自首しろと言った時、何で？　と言われて俺も巧く説明出来なかったし、また寝るしで、歌織を担いで暴力団事務所に行った足で、また担いだまま警察署に行くというあまり例を見ないスタンプラリーをこなしてしまった。

まだ報道されていないのに自首してきた件については、一緒に帰ったら警察がたくさんいたので訳も分からず来ました、的な事を言った。俺は遊び友達というだけで何も知らないを通し、尿検査までされたが、何時間かで丁重に釈放された。

「うちの社長、マジで半端ねえな、やる事が」

一緒にテレビを見ていた凛汰が漏らす。ドビーの婆さんもお菓子を食べながら、この会社どうなっちゃうのかねえ、なんて言っている。実際、どうなるのか、よく分かっていないが、会社ぐるみで薬物を捌いていた訳ではないとの事で、多分、そんなに影響はなさげだった。

現場に行っても職人はともかく監督までが「あっ覚醒剤密輸業者！」などとからかってきたり、売ってくれよと絡んできたり、とても緩い。というか誰も気にしていない。勿論、俺たちは何も悪くないのだが、普通はもっと悪く見られると思う。痴漢で会社を首になり一家離散、なんて話があるのに比べたら全然緩い。

仮に痴漢で捕まっても「やってしまいました」の一言で何日か留置所にいた話をされるし、最近見ないなという人の事を聞くと喧嘩で人を殴って重傷を負わせて刑務所に行ってるんだけど早く帰ってきてくれないかな～作業進まないんだよな～などと暢気にしているので、世間のモラルが厳しすぎるのかここの現場が緩すぎるのか、良く分からなくなってくる。

などと言っているうちに一か月かそこらが過ぎた。

歌織から連絡はない。なくていいのだが、少し寂しい気もする。

取りあえず俺の役目は終わった事になる。黒曜が言うには、歌織の外出するタイミングを窺う為に俺を張り付けたらしい。俺と遊んでいる時は歌織も部屋にはいない。歌織のスケジュールを把握するのに、便利だったらしい。

　その上で薬物関連の話でも出れば儲けものだったらしいが、歌織自身が全く関与していない間に、あのマンションは薬物の一大卸売り市場になっていた。むしろ関与していない方が煙幕になって都合が良かったのかも知れない。

　合鍵を作って配り、決められた日に売人が集まり、そして競りをする。

　知らない人間が、自分がいない間に部屋に勝手に入っていた事に気付かない程度に、歌織はぼんやりしていた。

　そういう事を、歌織が留守中に黒曜は全部調べたらしい。

「デートってガラじゃねえだろ、俺や元春とか不知火じゃ。お前が丁度良かったの」

　そんな風に黒曜は言ってくる。

「ああいう子はな、普通〜の事に飢えてる訳よ。年も近くて、違和感のない相手ってのと映画見に行ったり、遊園地行ったりプール行ったり。ホストとかそういうんじゃなくて、普通。それが筧くん」

「……まあ、普通って言われりゃ俺もそれでいいですけど」

　普通の男は、暴力団事務所に殴り込みをかけたりしないような気がするんだが、まあいい。黒曜にそれを言ったら爆笑された。何処が笑うポイントなのか不満だったが、とにかく笑われた。

「いいね、そういう義侠心。一宿一飯の恩みたいな」

「メシもホテル代もワリカンだったんですけど」

「でもまあ、何かしらあったんだろ、筧くんをそこまでさせる何か」

それは巧く言葉に出来ない。

コンちゃんが言うように、カッコつけたかっただけかも知れない。あのやくざどもが疑うだけの筋は通っている。自分の住んでいる部屋で大量の覚醒剤を捌かれていて、知りませんでしたなんて話があるかと俺でも思う。

結局、一応一緒に遊んで貰っていた俺の客観、歌織はそんな事してないよという意見がなかったら、どうなっていたか分からないし、結果オーライでいいような気がする。ちなみにやくざどもの襲撃はない。

吐月から一度だけ連絡があった。どうやって俺の携帯番号を調べたのやら。

「……別に貸しってほどじゃないが、一応、俺から止めておいた。ギリギリこちらの勘違いと解釈も出来るから、筋は通ってる」

そりゃどうも、と言っておいた。面倒はないに越したことはない。

「に、しても佐倉のトコは実働部隊だし喧嘩馴れしている筈なんだが、全滅とはな」

「アンタにも出来るでしょ？」

「まあな」

「じゃあ俺にも出来る」

「言うね」

「でもあの中にアンタがいたらやれなかったよ」

含み笑いが聞こえてきた。

「やりとりが巧くなってきたじゃないか、取りあえず煽てるのが」

通話は切れた。コンちゃんがやくざと言ってもあれは違う何か、みたいに言っていたが、その通りだと思う。飯の種にもならないのに、自分の身を張って何人も殺してきているという男だ。

貸しってほどじゃない何かは、ひょっとして、気に入られているのだろうか。

あんな不気味な男に気に入られたくないので、さっさと師匠と立ち合わせて殺してしまうかもう戦えない体にして貰いたい。

そんな風に毎日暮らしていて、もう現場でもみんな飽きて麻薬密売業者なんて言われなくなり、若干、秋めいて来た頃に、歌織から連絡があった。特に前と変わりなくただ会いたいという連絡で、半ば忘れかけていたから、どうしたものかなと迷ってしまった。無視してしまえば、それでいい。向こうも期待していないような気がする。

連絡が来たのが昼間で、お陰で午後の作業に身が入らなかった。

「何、悩んでんだ、青少年？」

　本気で悩んで座り込んでいたら元春が話しかけてきた。

「相談に乗ってくれるんですか？」

「……オメーが構ってくれって感じでウンウン唸ってて鬱陶しいから情けかけてんだよ」

「そんな心算ないんですけど、いや……まあついでだから言いますけど」

「ついでだと、この野郎」

　いやそんな心算ではなかったのだが。俺の交渉は全く上手になっていないのではなかろうか。

　そんな訳で慌てて取りなし、元春に事情を告げてみた。元春は赤色灯片手に考え込んでいる。

「……最後に一発かましてお別れが最適解」

「酷くないですか……」

「いやお前、別れるって決めた相手とのファイナル・セックス、めちゃくちゃ燃えるぞ、凄い熱心になっちゃうんだぞ、カッコつけて別れるんだから手も触れないとか言ってると絶対後悔すっからな。俺からは以上」

　まあだいたい予想通りの答えが返ってきた。最悪だ。

　いや身も蓋もない分、一つの正解ではあるのだが。何というか都合が良すぎて気後れしてしまう。一応不知火にも聞いてみたのだが「特に支障がないなら続ければいいんじゃねえの」という、これまたシンプルな答えが返ってくる。

俺は何をどうしたいのか自分でも分からなくなってしまっていた。今日は忙しいのでまた今度、と言ってしまえば、二度と連絡は来ることなく、このまま自然に途切れるのかも知れない。

最後に詰め所で黒曜(こくよう)に訊(き)いてみた。

「……というか、どっちなの筧(かけい)くんは。続けたいの、止めたいの?」

「いや、何て言うか、キレイにフェードアウトっていうか、悲しくない感じの……」

また笑われた。何がおかしいのかとむっとした。

「だってよ、全部、筧くんに決定権あるみてーな前提で言うからよ」

「えっだって……悪いかなって思って」

「向こうも悪いと思ってちゃんと別れたいって一応連絡してきたんだったら、どーすんだよ。自惚(うぬぼ)れて勘違いしたまんまだとエレエ勢いでカウンター喰(く)らって立てなくなっちまうぞ。まあそういうとこガード固めすぎると、恋愛なんてな結局何もしないのが正解ってなっちまうから、わけーうちからそういうのあんまり、オススメしねえけど」

にやにや笑いで小馬鹿(こばか)にされた。

何だと、という気持ちになってくる。そもそも口説けと言いだしたのは黒曜ではないか。何かおかしな理由を付けて。

「……大体、キッカケになったの長谷川(はせがわ)さんの悪巧みじゃねえですか。給料上がるどころか減る勢いですよ、会社まだバタバタしてるっつうし」

「まあ本社絡みだしな。あの南雲蓮っての、神座の出身って知ってたか？　神座市で南雲家ったら、お前、三国志の呉みたいなもんだぞ。スゲー金持ち」

「知りませんよそんな事。んな金持ちの家から逮捕者出たんなら大変でしょうけど」

「どんな優秀な弁護士付けたって百キロの覚醒剤は無理だよ、実刑長期刑間違いなしって事でお家騒動の真っ最中よ。まあ……冬には色々変わってくる、とは思う。ちゅう訳でだな、筧くん。給料も上がって彼女も出来て、幸せに東京で暮らす気はないかね」

　そう言われて、やっと俺は、自分がここにいる理由を思い出した。

　神座市の何もかもを捨てて東京に来た。そういう自分を忘れかけていた。

　おかしな喧嘩と、女。そんなもので、居心地の悪さが和らいでいた。だが本当に消えた訳じゃない。それらが全部、俺の家族が殺された事件に繋がっているから、そんな風に飲み込めたというだけだ。

「無理してストイックになっても一円の得にもならねえぞ、筧くん」

「そういう訳じゃないんですよ」

「じゃあとっかかりが後ろめたいから、引きずってるクチか？」

「ストイックよりかは、そっちですかね」

「最初の動機が下心でも利用でも何でもいいじゃねえか。こいつのおっぱいが揉みたいって理由で付き合い始めた奴がいねえなんて、俺は思わないね。肝心なのは、女だってそうだって事だ。お前は男の理屈で一方的に、生意気に負い目感じてるみたいだけどな。向こうもどう思ってたかなんざ分かったもんじゃねえ」

「夢の要素、ゼロですね長谷川さん」

「恋愛に夢見ていいような年齢はとっくに過ぎてんだよ、俺ぐらいになると禁止だよ禁止」

「神様は何も禁止なんかしてねえらしいっすよ」

「やかましい。つかそんなに気になるんなら、全部話せ。こうこうこういう目的で近づきましたって」

「……あっそうです、そうしようと思ってたんです」

今何となく思いついただけだが、黒曜に言われるよりコンマ早く、分かった。

分かってしまうと気持ちが晴れた。俺がもやもやしていた部分がクリアになったような気がする。別に、歌織が嫌いな訳じゃない。それは俺が、昔、付き合っていた女と別れたときと同じ理由だった。

負い目がある。ささやかに居心地がいい事に対する負い目が。居心地がいいだけにそれは重くのしかかってくる。

最初はそういう心算じゃなかった。

そう伝えてしまえばいい。

今はどうなのかは、実は俺にも分からない。とにかく言うべき事を言う。歌織が何を言うのか待つ。俺が何かを言うのは、それからでいい。それは、甘えすぎだろうか。俺は確かに童貞ではないし女を悦ばせる事も出来るが、恋愛という行為に関しては素人同然なのだ。その方が童貞より遥かに恥ずかしい事ではないかとも、思う。

仕事明けに、行ってくると黒曜に告げて荷物は車に放り込んだ。着替えはもう用意していないから、作業着のままで向かうしかないが、どうにでもなれだ。今更、服装などどうだっていい。

駅を乗り換えて相変わらずの新宿駅に向かう。

いつもの待ち合わせ場所に、歌織は座っていた。駅前のロータリーに。俺を見かけると、手を振ってきた。しばらく並んで座り、取りあえずは近況など話す。といっても俺の方は、大して変化した事も無い。歌織の方は大変らしい。

「住むところなくなっちゃってさ」

そりゃそうだろう。持ち主は逮捕されるわ、覚醒剤の倉庫だったりしたわで、住める訳がない。

「そんでしばらく漫画喫茶とか泊まり歩いて。お金あるし」

「金あるんならビジネスホテルとか泊まれば」

「漫画たくさんあるから、漫画喫茶の方がいい。インターネットも出来るし。そんで新しい家探そうとしてるんだけど、中々、風俗嬢には貸してくれないんだよね。貸してくれる所、もういっぱいだし」

「……お金持ちの人たちは？」

「なんか連絡、誰もくれなくなっちゃった。来てくれたの白夜くんだけだよ」

ヒットポイントの供給と増加が止まった。

あとは減っていく一方。

こういう状況に備えていたと言えるんだろうが、こういう状況をリアルに歌織は考えていなかっただろう。

幾ら事件に関係ないと言っても、巻き添えを恐れてか何か胡散臭く思えてしまってかで、立場も金もある連中は歌織に構わなくなったのかも知れない。まあ、俺も、無視しようか迷っていたので責められないが。

いつ切り出すか。今じゃないのか。

「……仕事は？」

またそうやって俺は誤魔化し先送りにする。

「在籍してるけど、行ってない感じ」

「……そのまま勢いで辞めちゃうってのはどうかな」

「……辞めろって、やっぱり言ってくれないの？」

そこまでは責任を持てない。というか歌織は働くのがそもそも向いてないのだ。金を僅かでも貰うと、身動きが取れなくなってしまう。特に俺は、風俗関係を悪い仕事だとは思わないけれど、一生出来るという仕事でもないだろうし、稼げるときに稼いで、さっさと辞めるのが一番いい気はする。

こんな話じゃない。俺がしたいのは、違う話だ。

歌織を誘き出して本丸を落とし、その結果路頭に迷わせた片棒を担いだ。

それを言わなければならないのに、中々、言えない。ほんの僅かの居心地の良さに未練が残る。

「……辞めろなんて言うのは簡単だよ。でもその先どうするの？　まで言ってくれってなるだろ、歌織は」

「そんな事ないよ、そんなに言わないよ」

「貯金が尽きてきても、自分からは働けなくて、また店に戻ると思う。あの仕事自体は嫌いじゃないだろ」

「でもどこで踏ん切りつけていいのか、分からなくて。あの仕事をしている私がね、みんなに喜ばれて役に立ってるのは分かってるし、それは嬉しいの。でも、いつか必要なくなって役に立たなくなっていらないよって言われるのが怖いの。今だってもう誰にも連絡付かなくなっちゃって、来てくれたの白夜くんだけだし」

歌織は俺を必要としている。それがたとえ、スペアのまたスペアとしてでも。

他の誰にも連絡が付かなくなって、そしてやっと、俺。別にそれは構いはしない。

ただ、頼る先がいつまでも俺では、駄目だと思う。何故(なぜ)なら、俺はいつまでも歌織の役には立たないからだ。いずれ、邪魔にすらなるだろう。

それは俺が歌織を利用しようと近づいた事と釣り合っているのか。

俺の方がマシで歌織の方が悪いと言えるのか。

いや、歌織の方が悪くなければ、俺は話を切り出せないのか。

どうしようもない。人を殴って気を失わせる方がまだ簡単だ。女に限らず、誰かと付き合うなんて事がこんなに難しい事だとは思っていなかった。もっと簡単で、何も考えずに、気が合う奴(やつ)とつるんで合わない奴とは距離を置いて、そんな感じでやれるのだと思っていた。居心地の良さを捨てるのがつらい。試すのさえ辛(つら)い。ひょっとしたら、何だそんな事、と笑って受け流してくれるかも知れないのに言い出せない。

涙目になりながら歌織が立ち上がり、俺の手を引く。

「……ごめんね変な話して。ちょっと最近おかしいんだ私。たまにはちゃんとしたホテル泊まろうかな」

「漫画喫茶で連泊じゃ、疲れるだろ」

「寝ないで漫画読んじゃうしね。……ご飯食べに行こう。私、今日は奢(おご)るからね。あっでも作業着じゃ断られるかも知れないし、先に服とか買いに行っちゃう？　お姉さん今日はいっぱい奢っちゃうよ」

手を引かれて立ち上がった。

いい加減、後回しにせず今言うべきだった。声を出そうとして、心臓が痛くなった。背筋がぞっとするこの感覚。笑って先に行こうとする歌織の動きが、やけにゆっくりと見える。見るべきものが今、この視界の中にあって、それが見えていない。感覚だけが先走っている。

目が見えなくても戦えるのが無明拳だ。

見えているが故に感覚の暴走に追いついていけてない。

見るべきは、歩行。歩き方。一見普通で、その癖、分かる人間が見れば分かる独特の歩行。それは時に、前面からの尾行という矛盾すら成し遂げる。群衆の中に猛獣が潜んでいるのが俺には分かる。

狙われているのが俺じゃないことに気付くのが遅れた。遅すぎた。

歌織の白い服が一瞬で真っ赤に染まった。何も分からないまま、笑顔を凍り付かせて歌織が倒れていく。慌てて、血まみれの歌織を腕の中に抱え込み、救急車を呼んでくれと何度も怒鳴った。怒鳴りすぎて声が割れ、何を言っているのか分からなくなるまで、怒鳴り続けた。

路面に血だまりが出来てくると、流石に周囲にも何かが起きたと分かったらしく、慌ただしくなった。俺は歌織を抱えながら、周囲を睨む。全員が敵だとでも言わんばかりに、睨み続ける。

歌織の、胸の傷。心臓に一撃。刃物。

何処だ。

やったのは何処にいる。もういないのか。いないだろう。そして俺は歌織を放り出す訳にもいかない。まだ、かろうじて、息をしている。即死ではない。しくじらせたのは、俺の存在か。

俺がここにいた事で、歌織は助かるのか。

俺は、役に立てたのか。

そんな事はいい。やった奴。俺の家族を殺した手口と全く同じ。まるで無明拳の歩法のような、気配も存在も気付かせない動き。この群衆の中で、通りすがりに易々と、相手の心臓を正面から刺し貫く手練れ。

血が、止まらない。

そして歌織の動きが、止まっていく。

何かを言おうとしていた。もう目の焦点が合っていない。俺は周囲を睨むのを諦めて、歌織の口元に耳を近づけた。

「……」

何も聞こえなかった。

何も話していなかった。口が動いただけだ。

それでも何かを聞き取ろうと耳をそばだて続けた。

やがて耳に当たる吐息すら、途絶えてしまっていた。

Is
It
Scary
chapter.3

一

喪服を、オーダーメイドして結構な額がかかった。

最初は、凛太辺りが体格も似ているし持っているだろうと思って、貸して貰う気でいた。

やめろと言ったのは黒曜だ。

「黒スーツは一着持っておいた方がいいぞ。人生で何回も使う。いつまでも学生服で冠婚葬祭が通用する訳はねえし、安物買うと次の機会にまた、買う羽目になる」

何度も使いたくはなかった。

安物、というのも、何だか気が引けた。スーツの事など何も分からない。

「ホストじゃねえんだ、粋がったブランド品に十万も二十万もかけるより、生地から選んで体型に合わせた奴を作っておけよ」

「一生モンって感じですね」

「まあな。結局安上がりっつうか。ちなみに俺は十年前に作ったスーツとか全部入らないけどな、太っちゃって。そのほかにも流行り廃りもあるから何とも言えねえんだが、黒スーツシングルなら、まあ問題ないだろ」

「……俺、そういうの分からないんで、一緒に来てくれますか?」

黒曜は同意してくれた。葬儀に、間に合うだろうか。間に合わなくてもいいと思っていた。俺に、焼香などする権利があるのか。そんな立場なのか。病院で、歌織が既に死んでいると聞かされた時も涙は出なかった。警察の事情聴取にも淡々と応じた。覚醒剤の騒ぎもあったから、結構しつこかったが、煩わしいとも思わなかった。

被害者との関係は？　と数回聞かれた気がする。

恋人です、と最後まで言えなかった。俺たちはちゃんと付き合ってさえいなかった。友達です、としか、俺は言わなかった。思い出すたびに、何故か分からないけれど、自己嫌悪に陥って何かを無性に殴りたくなり、何を殴りたいかを考えていくと、自分自身だった。

喪服を仕立てて貰うのに、黒曜と街まで行くのに、凜汰のビートを貸して貰った。ストレスなくよく、走る。一昔前の軽自動車とは思えない。さすがに若干のトルク不足はあるが、その分、操りやすい。いつも多人数が乗っているワンボックスなど乗っているので操作が楽しめるという感じは、強く伝わってくる。音もやかましくなかった。

無言で山を下りていく。

本当は、何か話したかった。ただ何を言っても八つ当たりになりそうで、言い出せなかった。そして八つ当たりではない可能性もあって、黒曜が何かをした所為で歌織が死んだとしたら、それが難癖に近いとしても俺には自分を抑える自信がない。

「……しかし、知り合って三か月くらいの相手の、葬式にまで行くハメになるとはな」

沈黙がきつかったのか、きついと思っていた俺に気を使ってくれたのか、黒曜はそう、切り出してくれていた。

「別れ、切り出しに行ったらああなっちまうってのはキツいよな」

「分かんないんですよ」

「何が？」

「俺があいつと別れたかったのか、続けたかったのか」

「……まあどっちだって今更仕方ねえだろ」

それはそうだが、気持ちの整理が付かない。俺があの時、何をはっきりと言っておこうとしたのか、今となっては本当に思い出せなくなっている。俺は自分が、歌織に惚れていたのかどうかという、最も自分が分かっているであろう気持ちが、分からなくなる。

そして確かに今更なのだ。俺が何をどう思っていようと、歌織は生き返らない。殺されてしまった。俺の目の前で。

全く気付かなかった訳ではない。何か、嫌な感じがした。そしてまさか今、という油断もあった。俺なら何とか出来るだろうという驕りもあった。結果として歌織を僅かに生き長らえさせただけで、相手は末期の言葉すら言わせず、仕留めきった。

俺の家族と同じやり方。

勿論、刃物で刺すなんてのは誰でも出来る。だが、抵抗した跡さえなかったと警察は俺に言った。そこまで見事な手際の持ち主というのは、そうそういるとは思えない。

俺が、気付かなかったのだ。自惚れなくそう言える。もしくは、それが油断なのか。

いや誰であれ、見知らぬ相手ならともかく、これから一緒に何処かに行こうと言っている顔見知りの相手に、何者かがするりと近づき刃物で心臓を一突きし、そのまま群衆に紛れていなくなるなんてのに気付かない筈がないのだ。

警察でも散々訊かれた。だが分からないものは、分からない。

気がついたら歌織の心臓が勝手に血を噴いていた。もう、そうとしか言い様がない。

そうとしか言えない自分に腹が立つ。

俺は家族を守れなかった。それは言い訳が出来る。居合わせなかったのだから。

歌織のすぐ傍に、俺はいたのだ。いたのに、守ってやれなかった。相手を捕捉する事すら出来なかった。歌織の命も、救えなかった。お望みの舞台。もう一度繰り返された同じ場面に、今度はちゃんと俺はいた。

何も出来なかった。

何の役にも立たなかった。

いてもいなくても、どうでも良かった。また主役になりそこねた。

「……なくしてみないと大事なものは分からない、なんて言うよな？　俺は逆だと思っててよ。なくした途端に価値がハネ上がる、なくさないと、価値が出ない。それまで見向きもされなかった作品が、作者が死んだらいきなり売れる、みたいなモンでな」

「だから、気にするなと？　錯覚だと？」

「いや、気にしろよ。そこでケロッとしてたら覚くんらしくねえからな。青臭さみたいなもんがどうしても抜けないお前が、俺は好きだね」

気にするなと言われても気にしてしまうに決まっているが、気にしろよと言われると、逆に俺は考えすぎなのかとも思ってしまう。

なくしたから、価値が上がる。

死んでしまったから、守ってやれなかったから、俺は歌織を好きになろうとしている。傲慢だ。だが他に何が出来る。死んだ人間は、生きている人間に何をされようと気にしないかも知れないが、死んだ人間の事を、生きている連中は気にしてしまう。葬式なんてやるのが、その証拠だ。わざわざ服を決めてきちんとした儀式をして、送り出してやる。そうしないと、心の負担が晴れないからだ。

だから俺も、黒スーツをオーダーメイドで仕立てる。幸い、金はある。

「……歌織を殺したの、南雲がらみですか？」

「調べが進んでない。答えは保留させて貰う」

まあ間違いなくそうだろうし、含みを持たせてあくまで推測としてでも、南雲、覚醒剤の大量所持、販売で逮捕された、我が社の社長、南雲蓮が関わっていると言ってしまっても黒曜は構わないだろう。

だがそうなると、もっと先に話が繋がってしまう。

あの手口。あの刺し傷。あの手際。

俺の家族を殺した奴と同一人物だとしたら。つまり南雲家が、神座市有数の金持ちである南雲家が俺の家族を殺せと命じた事になる。では南雲家の誰が俺の家族を邪魔だと思ったのか。どういう背景があったのか。話は、そこまで飛躍する。してしまう。

だから黒曜は軽々にそこを口にしない。

俺も、訊かない。調べているというなら、任せるまでだ。

俺は歌織を失った。失ったから大切になったのだとしても、死んだから価値を見いだしているとしても、そんな物はどうでも良かった。友達には、違いなかったのだ。ふて腐れて一人でものを考えてばかりだった俺に、おかしな経緯でとは言え出来た、異性の友達だった。それを失って悲しんで、何が悪いとは思う。

黒曜の意図の中に、歌織が殺されるという事まで含まれていたのかどうか。

やくざが、絡んできた。掠おうとしたので、俺がやり返してやった。

ボディガードとして俺を付けていたという線はないか。あったとしても、南雲蓮を追い落とすまでの話だろう。そうなってからの事は、俺の好きにしろと黒曜は言っていた。つまり、歌織に、殺されなければならない程の価値があったとまで黒曜は計算していなかった事になる。

「……長谷川さんの息子さんも、俺の家族や歌織みたいに？」

「いや、ウチのはちと特殊だ。ともあれ、神座市絡みだよ。そして筧くんの家族もな」

「歌織も」

「だからまだそこは、はっきりしない。くれぐれも暴走するなよ？」

「長谷川さんには、長谷川さんの計画ってのがあるんですよね？」

「あるさ。だから誘ったんだ。……いいか、また『俺は何かの役に立つんですか』なんて言いだすなよ？　誘ったのは俺だが歩くのはお前だし、宝が埋まってる場所を見つけるのも掘り起こすのもお前だが、一緒にいるウチは手伝ってやる」

「利用してますか、俺を」

「お前も利用すりゃいいさ。信用するなよ、利用出来るかを考えろ」

「そこまで、器用じゃありませんよ」

「信用するのは簡単だからな。利用するのは、アタマ使う。だけどな、何にも考えずに信用してましたってまくし立てられても、こっちゃあ知った事かって話だし、相手もまくし立てるぐらいしか出来ない。涙目で」

　信用と利用。

　例えば俺は、まさかあの場で歌織が殺される事なんてないと状況を信用し、そういう動きがあれば俺が守れると自分を信用していた。殺した奴は、混雑を利用し、俺の傲慢さをさえ利用した。

歌織は、俺を利用したのだろうか。それとも信用したのだろうか。

俺は、どっちでもなかった。ただ歌織の都合に合わせてやっていただけだ。強(し)いて言えば、俺へ向けられている歌織の「好意」は信用していたと思う。利用などしていない。したくもない。

コンちゃんはきっと、俺が歌織を利用していたと思っていたんだろう。だから、薬物がらみの面倒な、厄介ごとのタネになるんだからさっさと引き渡せと思っていただろうし、あくまで庇(かば)う俺が理解出来なかった筈(はず)だ。

俺もきれい事を言いたい訳ではない。要するに計算して利用してというのが出来ないだけだ。出来ないなりに、開き直っているだけの話だ。

黒曜(こくよう)は俺を利用しただろう。俺を使って歌織の動きを把握した。俺も、黒曜に言われたから、何かの役に立つんだろうからと思って歌織と付き合っていた。しかしそこに、何か計算や打算は、なかった。

歌織も、俺を信用してくれていたと思いたい。死んだ人間に、生きている人間が好きに価値を見いだせるというなら、そういう勝手な価値を、見いだしたっていいだろう。

だから高めのスーツを仕立てて喪服にする。

感傷でしかなくても、それでいい。

区内まで出て、黒曜の指示で、オーダーメイドしか扱っていないという店を目指した。黒曜もスーツなど着ているのは、見た事がない。俺と同じ作業服姿ばかりだったが、こんな店を知っているという事は着る機会もあるのだろう。もしくは、これから着るようになるのか。

中には老人が一人いるだけだった。店の中には、吊るしのスーツなどなく、皆、客の私物を修繕したか仕立てたかしたものばかりだった。寸法をとって貰い、あとは黒曜に任せた。生地や仕上げなどだ。俺には何がどうなるのか全く分からない。

前払いで十数万円ほど払った。

そういえば、コンちゃんの仲間から奪ったのがそんな額だった。返してしまっていたが、そうして良かったと思った。あの金で、喪服を買いたくない。歌織を弔う服に、奪った金を使うのは、納得がいかない。

そういう事に俺はどうしても拘ってしまう。何だろう、験担ぎに近いとは自分でも思うが、やめられない。

出来上がるのは一週間後で、葬儀には間に合わない。

葬儀に参列など、しなくていい。俺が勝手に冥福を祈ればいい。

「ネクタイは頼んでない」

車の中で黒曜がそう言った。

「それだけは自分で選んで買え。まあ冠婚葬祭なら色だけ選べばいいいんだがな」

「買わないって選択肢は？」

「そうしたいんなら、それでもいいさ」

　俺がそんな公の場所に参加する事など、この先、あるのだろうか。地元で同級生が結婚する時に、呼ばれるのだろうか。あるいは、葬式に。あの街を離れて、一度も、知り合いとは連絡を取っていない。

「長谷川（はせがわ）さんもスーツとか着るんですか？」

「昔は毎日着てたな」

「聞いた事なかったですけど、長谷川さんって昔、何してたんですか？」

「えっ、俺？　色々やってたよ、社長とか、専務理事とか、内務監査とか」

「……それが何でまた、今ここに？」

「そういうデリカシーのない事、平気で質問するんだな、筧（かけい）くんは」

「いつか訊（き）こうと思ってましたから、今でもいいかなって」

「そりゃそっちの都合だろう。まあいいけどな。要するに今の、うちの南雲蓮（なぐもれん）社長みたいな事になって落ちぶれたんだ。刑務所にも入ってたんだぞ」

「自慢げに言われても」

「でも普通はそうそう入らないだろ、刑務所」

　当たり前だ。有名人で刑務所などに入ると、それだけで本が一冊書けたりする。そのぐらいていたとかだ。

希有な経験だし、そのぐらい悪い事をしたという証でもある。例えば百キロもの覚醒剤を捌いていたとかだ。

「……なんでウチの社長は、覚醒剤なんか捌いてたんですか?」

「そりゃお前、金が儲かって面白いからだよ」

「建築事務所の社長じゃ儲からないですか」

「どのくらいからが儲けたかっての、人に拠って違うからな。とは言え、南雲蓮は建築事務所を巧く回してるだけじゃ満足しなかっただろうよ。何せ、生まれが金持ちだ。覚醒剤でも捌かにゃ儲かった気分になれない」

南雲家、というのは、ちょっと思い出せないが、俺の地元では結構な名家らしかった。土地を持っていて金を持っている。行政に顔が利く。

「蓄財の額だけ言えば、そりゃ有名どころには敵わない。逆に地方に引きこもって、そこだけでデケエ顔をするって決めたら、もうそこじゃ王様みたいなもんになる。大手企業が進出するにも頭下げに来るぐらい、がっちりと神座市を『領土』にしてる訳だな。いい暮らししてたんだけど、所詮は三男坊って事で東京に左遷された訳だ」

「……三男坊だからって、ひょっとして長男が相続するとか、そういう……」

「そう、そういう時代錯誤な事を普通にやってる。田舎の金持ちってな、戦前の財閥ぐらいその地方では力がある。で、左遷されて、ふて腐れた南雲蓮は、神座の港から密輸した覚醒剤捌いて憂さ晴らししてたって訳だ。ここが大事なトコなんだがな」

「大事と言うと？」

「金は二の次だったんだよ、南雲蓮にとっちゃ。本気でやるなら、もうちょっと気をつける。あいつの隙のデカさってのは、鬱屈した感情から来てる。なんて言うのかな、ムダにリスクを抱え込む事で、緊張感が味わえて、ついでに大金が儲かる。そういう憂さを持ってる奴だから簡単に付け入れたってのもあるよ。何せ、殴られたくてガードわざと下げてるボクサーみたいなもんだからな」

「……よく分かんないですね、その感覚」

「南雲蓮はな、どっかでこうなる事を期待してやってたんだよ。本人に訊いたってそんな事言わないと思うけどな。だ。そのぐらい、神座市からの追放ってのはあの一族にとっちゃ痛恨事なんだ。一生、浮かび上がれない。一生、親の金を使ったこぢんまりした会社の社長。もうあの年にして将来が決まってた訳だ」

「でも、まともにやってても金は稼げてたんですよね、しかも楽して」

「わっかんねえか、筧くんにこういうのは。金が全てじゃない、なんて綺麗事に聞こえるだろ？　ところがどっこいだな、南雲蓮にはいらなくても金がある。金で満足する事は南雲家に屈伏することになっちまう。だったらせめて家名に泥でも塗ってやろうかってな」

家名だの一族だの、イマイチ、ピンと来ないのが正直な話だった。

神座市を仕切る金持ち、というのが、もっと意味が分からない。いるのか、そんなの？　とつい思ってしまう。何せ、地元で生活していた時には、欠片もそんな存在は気にならなかった。

毎日大名行列でもしているというならともかく。

「……長谷川さん、南雲家っての、三国志の呉って言いましたよね。つう事は、魏と蜀もある訳ですか？」

「おう、あるよ。神座市から外れるけど。三国志で言うとそうだな、長安か洛陽かそういうのが」

「それ魏の都ですよ二つとも、俺、三国志ちょっと詳しいですよ」

「うるせえな、喩えだよ喩え。ざっくり言うとって話だ」

「他の二つは？」

「羅紋と御子神。それに南雲を加えた三家が、神座市を中心にした三つの国だ。南雲がやや優勢っちゃ優勢かな。とはいえ、合議制だが。神座市を実質、支配して管理しているのは国でもなければ一企業でもない。ましてや市民でもない。古く続いている、その三家があの土地の支配者なんだよ」

信じがたいが、そう言い切られると殊更に疑う理由もない。

黒曜は神座市を追われ、東京に流れ着いた。そんな風に言うと、まるで東京の方が田舎みたいだ。実際、南雲蓮は東京に「左遷」されたというし。

「……歌織の事は抜きにして、長谷川さん。俺の家族を殺したのって、その連中だと思いますか」

「警察の捜査が全く進まない、派手な事件。こういうのってな、必ず組織がらみの事情がある。今の警察が本気になったら、突発的な犯行に関して全く進展がないなんて事はない。東京ならたまにあるんだが、田舎ならまずそんな話にゃならない。裏がある場合を除いてな」

「もしくは、犯人が凄腕」

「無明拳の遣い手にも気配を気取られないで、正面から標的を刺し殺していなくなる。そんな奴がわざわざ突発的に強盗するか?」

「しないとも限りませんけど」

コンちゃんがそうだ。人を一撃で昏倒させる技を、身に付けた。だがどう使っていいか分からなくなった。そしてノックアウト強盗などやっていた。そのくせ、組織に面倒を見て貰いたがってもいた。

俺だって、無明拳などどう生かしていいのか分からない。

羅紋と御子神、そして南雲の三家。神座市を支配するという名家が三つ。

「……喧嘩自慢が一人っきりで戦って、どうにか出来る相手じゃねえのさ、筧くん。今回の南雲蓮だって、あいつが隙だらけでバカやってたから付け入れた。南雲家に少しばかり恥を掻かせた、その程度の話なんだよ」

俺一人ではその程度すら出来なかっただろう。

実際、俺は、神座(かむくら)市の事すら気にしていなかったのだ。せいぜい、ちょっとした暴力団的な組織。そうではないのだ。もしあの、歌織(かおり)を殺した殺人者が、俺の家族も殺していたとしたならば。

「……歌織が殺されたの、何でだと思います？」

「単純に言えば、南雲(なぐも)家の恥を雪(すす)ぐ。もうちょい言えば、南雲蓮(れん)が何か余計な事を歌織に言っていたりした可能性を考慮して取りあえず消した。だが南雲家に恩でも売ろうと、羅紋(らもん)や御子神(みこがみ)が動いた可能性もある」

「その三家って、仲がいいんですか？」

「表向きは連携してるし、小競り合いはあるが枝の話だ。幹はしっかり寄り添ってるし、互いに恩を押しつけ合ってもいる。そして外敵に対しては、きっちりと連携する。時々、外から企業やらが進出してこようとしたり、外資が入ってきたりしたら一枚岩だ」

「そういう連中が、俺の家族や、歌織を殺した」

「先走るなよ、筧(かけい)くん。一つずつ、一歩ずつだ。しくじりゃ、終わりだ。まだこっちは構える準備も出来ちゃいない。……例の、歌織ちゃんを殺したって奴(やつ)が、筧くんを標的にしていたとしたらどうだ？　迎撃出来たか？」

「……死んでいたのは俺だったかも知れません」

俺を狙うとなると、また話は違ってくる。気配の忍び寄り方も、こちらの感じ方も変わる。あくまで標的が歌織だったからこそ、俺は捕捉出来なかったのだ。だがそれは言い訳に過ぎない。俺を狙っていたのなら、俺が死んでいたというだけの事だ。

俺は吐月に殺されていたし、コンちゃんにも負けていたかも知れない。

俺は歌織を守れなかったし、家族と一緒にいても殺されていたのかも知れない。

もう一度機会があればとずっと思っていた。だが俺は、その機会に不意に遭遇しても、大した事は出来ないのかも知れない。不意打ちならば、コンちゃんでも相手を瞬時に昏倒させられる。そして俺の無明拳はそもそも不意打ちの技であり術だ。

「不意打ちを防ぐ。それに備える。つまり構えるって事は、足場を固めるって事でもある。お前じゃなく歌織ちゃんが殺されてるって事は、言い換えると、神座の連中にとってはお前はまだ何者でもない、ただの派遣労働者の小僧だ」

「……長谷川さんもそうですよね？」

「そう。鮫島と鱶田も、ただの警備員。まあ今んところこんなだが、どうだ？　絶好の不意打ちが出来るポジションにいると思わないか？」

「あの二人も何かあるんですか、神座市に？」

「あんな居心地のいい街が居心地悪くなって東京に出て来てんなら、それなりにあるさ」

「でもいつまでも潜んでいられませんよね？」

「俺はこの先、ちょっと目立つ。お前等の代わりにな。どうせ柏葉の件から見られてんだ、ここらが潮時だ」

吐月は誘き出されたが、黒曜を見た事を、黒曜が何か企んでいるという見当を付けたという事を強調していた。その後の尋問で何かしら互いに妥協点を見いだしていたようだが、あのまま逃げられていたら黒曜の目論見は頓挫したのかも知れない。

拳銃まで用意して吐月を捕獲したのだ。

俺をエサにして。俺を利用して。なるほど、俺は役に立っている。

あの時、最後に、歌織は何か言おうとしていた。何を言いたかったのかは分からないし、単に口が動いていただけで、何も言おうとはしていなかったのかも知れない。逆に、俺が歌織に訊いてみたかった。

俺は歌織にとって、何か役に立っていたのかと。

雨の日だった。

また凛太に車を貸して貰った。こうなるといい加減、自分の車が欲しくなる。寮で朝起きてロードワーク、会社の車で現場に行き帰ってくるという毎日では、なくなってしまっていた。今日も栃木まで走ってきてしまっている。ここからは日光が近い。

ビートにはＥＴＣが付いているし気にせず乗ってくれと言われたが、高速道路は現金で払っている。そのぐらいはしたい。

歌織の葬儀は、離れたところから見た。作業着姿だったし、その時も借りたビートだ。作業着姿は嫌だと、歌織がいつも言っていた。仕方なく、適当に服を買ったりした。あの最後の日も、歌織は俺に服を買ってくれると言っていた。どんな服を買ってくれる心算だったのかが、少し気になっている。

寺にはちゃんと駐車場がある。車を停めて、外に出た。

仕立てたばかりのスーツは、水を弾いてくれている。黒曜が指定した素材が何かは分からないが、撥水性があって、そして動きやすい。俺の体にきちんと合わさっていて、鏡で見ても着せられている感じが全くなかった。

ネクタイはしていない。傘を差しながら、助手席にある花束を取った。菊の花束からは、強い芳香が立ちこめていて、切って作ったばかりという瑞々しさがある。

俺は一応、関係者ではあるし第一発見者とか通報者という立場なので、墓の場所も知る事が出来た。両親とも事件がらみでだけ、話をした。歌織の両親は、勿論当時は、娘がどんな仕事をしていたかなど知らなかったが、定期的な連絡は親の方からしていたらしい。

歌織の方からは滅多になかったという。里帰りも、しなかったらしい。

歌織も、故郷から離れたい何かがあったのかも知れない。それが何かまでは詮索したくなかった。俺が友達だというのは、信用して貰(もら)っていたみたいだったけれど、胡散臭(うさんくさ)さや、もう一歩で俺を責める、という冷たい空気はあった。

歌織(かおり)の仕事を両親は詰(なじ)っていた。そんな仕事をするから、とも言っていた。

仕事は関係ないし、そういう話じゃないとは思ったが、黙って聞いていた。こちらから余計な事を言う必要はない。凄腕(すごうで)の殺し屋みたいな奴(やつ)に娘さんは殺されましたなんて伝える必要はなかった。殺人事件ではあるが、もう事故として受け止めてくれた方が、きっといいだろうと思う。

覚醒剤云々(かくせいざいうんぬん)の時に拘留された時から、両親に連絡が入り、その時にかなり歌織を怒鳴ったらしい。それを後悔している風でもあった。どうだっていい。死んだ人間は、叱(しか)られたことなど気にしちゃいない。

殺人だの薬物だの、風俗だの、そういう単語が身内に絡んできた事自体が嫌そうだった。

たまに俺も、こういう目で見られる。

汚い作業着で歩いていたり、電車に乗ったりすると、距離を置かれる。勿論(もちろん)、汚いし荷物は大きいしで近寄らないでくれるのが有り難いのだが、そういう事ではなくそもそも近づきたくない何か、という目で見られる。

勿論、俺たちの仕事は取るに足りない作業だし、誰でも務まるし、日当は安いし将来性はないしで、どこか体を売っているような風俗と似たような所はある。

俺はいい。

だけど両親が歌織を良くは思っていない。殺された人間に対してあんまりだと思うのも、生きている人間の身勝手さだろうか。

葬儀の場所が、埋葬された場所でもある。

栃木にある寺、栃木にある墓。歌織の実家がここにある。

墓場の中を、傘を差しながら、花束片手に歩いていく。私服でも、勿論、構わない。わざわざ喪服を着てくる必要はないが、高い金で仕立てた代物だ。歌織に見せたいというのもある。

年季の入った墓がある。舞浜(まいはま)家の墓。そういえば、歌織は本名であの仕事をやっていた。後ろめたさがなかったんだろう。それでも誰かに辞めろと言って欲しかったのは、風俗が嫌なのではなく仕事をしたくなかっただけだ。そして仕事をしたくない事の方がよっぽど後ろめたく、誰かに辞めろと言われたかったのかも知れない。

花束を捧げて、手を合わせる。

それだけだ。五分もかからないこの作業のために、とてもお金を使った。喪服まで仕立てて、高速代を払って。

俺は去年、忙しくて家族の墓参りにすら行っていない。そういう口実で舞い戻るのも、癪(しゃく)だった。歌織の墓参りだって、来年には来ているかどうかすら怪しい。というか、もう来ない、と決めていた。

今はまだ気持ちがある。この気持ちに踏ん切りを付けたい。付けた後は、こんな儀式は必要じゃなくなるだろう。義務感で来られても、歌織も鬱陶しいだろう。勝手な話をしているが、俺は生きていて、歌織は死んでいる。

だから勝手な事をされても、文句も言えないし聞こえてこない。

妙な縁で、妙な関係だった。こうして墓参りをする事で終わりにしたい。

だけど歌織のことは、俺の記憶の中で、家族と同じ場所に残っている。それは、墓参りなどしなくたって絶対に忘れはしない場所に刻まれた記憶だ。家族よりも、それは、強いかも知れない。歌織は、俺の腕の中で死んだのだ。

「……正直、俺は何も分かってない」

雨の中で墓に語りかける。

仇を討つなんて言えば俺は自己満足に浸れるんだろう。これが初めての経験なら、そう誓えたかも知れない。だけど俺は、家族を殺されて、同じ事を誓って、そして何も出来ないのを痛感している。

何も分かっていない。それだけが分かった事だ。

黒曜がいなければ、相変わらずの日雇い生活を続けながら、体を鍛えるだけ鍛えて、いつか、いつか、と繰り返しながら年を取って、何もかもどうでも良くなってしまっていたかも知れない。

俺は歌織の墓に何も誓わない。

短くて、変な関係だったよな、と心の中で呟いてみるぐらいだ。あんな変な名前の店に在籍して、妙に熱心かと思えば金を引っ張って、そのくせ、給料が押しつけてくる圧力に息苦しくなって、金を持っている男なんてたくさん持っていたのに、俺なんかと遊んで。

「……やっぱり変なの、お前の方だと思うよ、歌織」

口に出して言うと、そう割り切れた。もう来ないが、忘れない。それだけ決めて、墓を後にした。傘に当たる雨粒が、大きくなってきている。足下は元から、革の安全靴を履いているからこんな喪服でも似合う。靴も、きちんとした物を買うべきなんだろうか。

そんな考え事をしながら寺を出た。

駐車場に向かうと、ビートが見えない。小柄なビートに覆い被さるみたいに、横に普通車が停まっていて俺の視界からビートを隠している。ここに入った時には、車など他に停まっていなかった。俺が歌織に別れを済ませている五分かそこらの時間に、入ってきたのか。

赤い車で、大柄で、左ハンドルなのが見えるから外車なんだろう。

グリルに馬の紋章がある。跳ね馬ではなく、野生馬の紋章。

その前にブルーのスーツを着た男が、傘を差して立っていて、明らかに俺を見ていた。スーツ姿は派手過ぎず、かといって地味過ぎず、会社員ですとも言えるし、ホストですとも通せるし、勿論やくざですでも納得する。

そしてそのどれでもないという空気が、男からは感じられた。長すぎず短すぎずの無造作な巻き毛の髪をした、俺よりは年上で、かといってそれほど上の年齢にも見えない。俺に用事があるのは、明らかだった。

「初めまして。感傷に浸る時間は終わったか、筧くん」

「……だから誰なんだよ、お前は？」

「東京からつけてきたんだが、車相手じゃ気付かなかったか？」

俺はもう一度、赤い車を見た。車自体はかなり目立つ。それで尾行されたらバカでも分かるに決まっているのに、俺は全く気付かなかった。

「尾行？　その車で？」

「気付かなかっただろ？　巧いんだ俺、車、カゲに隠すの」

「んで何か用事か？　何なんだお前？」

「俺か？　俺は頼まれごとをされると引き受ける性分なんだな、金と引き換えに。用事は二つある。一つ目は、お前は長谷川黒曜に欺されてるぞって忠告だ」

「何が？　長谷川さんがなんだって？　いきなり現れて何を言ってやがる」

この男は何なんだ、という疑問は当然の事ながら、俺の名前を知っていて、黒曜が何か企んでいて俺が遣われている事も把握している。

男が自信ありげに笑った。

「俺は何でも知っている」

「ふざけんな、この野郎」

「凄んでも無駄。俺そんなんでビビってたらお金稼げないからよ。とにかく筧くんの事なら割りと詳しくなっちゃったし、当然、長谷川黒曜の事ならもっと詳しい。その上で、言う。お前は欺されている。お前は柏葉吐月と戦う必要はなかったし、舞浜歌織と付き合う必要もなかった」

雨脚が激しくなってきた。俺は傘を捨てて男に飛びかかりたい衝動を堪えている。

「……長谷川のおっさんが俺を欺す理由は？」

「便利だからに決まってるだろ」

「利用されてる、くらいなら欺されているウチに入らねえぞ、こっちはそのぐらいは、織り込み済みだからな」

「ん〜まあ、あのおっさんの目的に至るまでの過程で、筧くんに利する部分がないとは言えないし、うすぼんやり労務者に甘んじているよりかは建設的だろうってのは分かるんだが、まあ最終的に長谷川のおっさんは筧くんを切り捨てるだろうし、そうせざるを得ない」

東京から尾行してきた。俺が歌織の墓参りに来るのを見計らって。

黒曜が信用ならないという話を、東京から離れた場所で、この男は話している。

「いいぜ、手間暇かけてるっぽいから聞いてやるよ。長谷川のおっさんが俺を欺してるってのは何が根拠だ？」

「まあ俺みてえなのがいきなり現れて、勿体ぶった事言ったって仕方ねえ。スパっと言っちまえば、筧家惨殺事件の話だ。筧くん、お前の家族がみんな殺された、例のアレだよ。あの事件にゃ長谷川黒曜が関わってる」

雨が、傘に重い。何と言ってやったらいいものやら。

「あいつに都合良く話が進んだとして、筧くん、お前はせっせと協力してやる訳だ、それに。いつか自分の家族に起きた事件と関係する事が起こるんじゃねえかってな。だがそんな期待は空振りだ。あいつが黒幕なんだからな」

「……まあ、何かありそうな話だよ。俺が食いつきそうな話題だ」

「おい、俺は本音で言ってんだぜ？」

「お前の本音なんか知るかよ。帰って長谷川のおっさんに問い糾すだけだ」

「馬鹿正直に質問したって、はぐらかされるだけだ。特に筧くんにゃあのおっさんのクチ、割らせるのは無理だな」

雨の向こうにある土塀を見た。その向こうに、歌織の墓がある。

傘が役立たず同然の雨。

「……本人が関係ないとこで起きてる犯罪を、そいつの仕業だって勘違いしてクチを割らせようとした連中を、俺は知ってっててな。本当に関係なかったのに、巻き込まれて、挙げ句殺されて。そういうくだらねえ真似を俺にもさせようってのか？」

「いや、だから筧くんに尋問されちゃあ困るんだよ。こっちも長谷川は泳がせているんだ。お前は、長谷川黒曜を信用しきらなければ、それでいい。簡単な話だろ」

「信用しないで、利用する？」

「そうだ。ある程度は長谷川に協力する。だが同時に、こっちにも協力する。どっちについてもいいんだぜ。ただ美味しいとこだけ両方から取っていけばいいし、最後の最後で、長谷川黒曜を蹴り落としも出来る。向こうが不意打ちでやろうとしてる事を逆にやってやるんだ」

「……こっちってのは、アンタにつけって事か？　信用しろと？」

「俺はただ名代で来ているだけだ。依頼を受けてメッセンジャーとして、金を貰ってな。俺自身はフリーだが、雇われた側にはついてる。そして筧くんもそのぐらいやったっていいんじゃねえかなって話だ」

「誰も信用せず、そしてみんなを利用する？」

「そうだ、長谷川の目論見がもう少し進めば、神座がちょいと動揺する。そして神座を支配する三家にまで、じきにその震えが伝わってくる」

「……そこまで言うなら、直で長谷川のおっさんを潰せよ」

「だから、ある程度は走って突っ込んできて貰いたいんだよ。その為なら南雲んとこの三男坊なんぞ刑務所にぶち込んでもいいってぐらいにな」

「じゃあ南雲家の使いではないって事か、アンタ」

「御子神の使いだ。羅紋家は今の所、静観を決め込んでいる。南雲家がちっとばかしチカラを付けすぎているってのが気にくわないらしくてな」

ある程度、黒曜の動きは把握されている。させている部分もあるんだろうが、完全に裏をかけている訳ではないという感じだった。そしてこの男は、こんな栃木の寺まで俺を追いかけてきて、黒曜を信用するなと言っている。

信用せずに利用しろと持ちかけてきている。

「ついでにいいか？　俺の家族を殺した奴と、歌織を殺したのは同じ奴か？」

「同じ奴だ。三家が飼っている凄腕の一人だよ」

「そりゃ、どうも」

一つスッキリした。黒曜はそれをはっきり、明かさなかった。俺はそれだけを知りたかったのだ。出来ればそいつと立ち合わせろと、吐月みたいな事を言ってみたかったが、名代に過ぎないと自ら言うこの男には、その権限はないだろう。

「じゃあ、お疲れさん。俺、帰るわ」

「おい、こっちにつくかどうか聞いてないぞ。その場合にやって欲しい事が……」

「いや、お前等にはつかない」

怒るか動揺するかと思ったけれど、男は小さく笑った。あれ、そうくる？　みたいな、何というか俺のリアクションを楽しんでいるような笑顔。

「俺の言う事が信用出来ない？」

「したいとこだけどな。まあ、犯人の件だけ取りあえず信じておくよ」

「長谷川がお前んちの家族を皆殺しにするように指示したんだぞ？」

「ふーん。何で？」

「何でって……それも聞きたいのか？」

「いいよ、俺、頭悪いから色んな事、いっぺんに信用出来ない。利用するのは、もっと無理なんだよ。アンタは多分、色んなもんに二股三つ股かけて利益だけ拾っていけるタイプだろ。長谷川のおっさんも多分そうなんだろうけど。俺、無理なんだ、そういうの」

また、土塀を見る。その向こうの墓を思う。

中にいる歌織を思い出す。

「取りあえず俺は信用する事しか出来ないし、信じられる事もそう多くは抱えこめねえ。こんな雨の中わざわざ来て貰って済まないけどな、俺は長谷川のおっさんを信用するので手一杯なんだよ」

「裏切られたとしてもかよ？」

「そん時は俺が間抜けだったってこった。そっちの、南雲だか御子神だか知らないけど、そっちにもいい顔して長谷川のおっさんの指示も聞いてなんてやってたらよ、アタマがパンクしちまうんだ。ただでさえ役立たずなんだからよ、俺は」

「そうか、そうか。そりゃ残念だな」

「だろ、分かったらどけよ、その赤い車の上歩いていっちゃうぞ」

「こっちの申し出蹴った上に情報だけは仕入れて、俺の自慢のマスタング・ファストバックを足蹴にして帰るってか」

「マスタング？　ああ、映画によく出てくる、あれ？」

「エレノアって呼べよ」

「エクレアだかカステラだか知らないけど、何でもいいからどけよ、もう雨ん中、突っ立ってんも飽きてきたからよ。おろしたての一張羅濡らしやがって、それとも雨んなか気ィ失って風邪ひいてみるか？」

　さすがにこっちも喧嘩腰になってみた。しつこすぎる。今の俺には、情報の波が鬱陶しい。黒曜を信用すると決めたのだ。信用せずに利用するなんて器用な真似は、俺にはまだまだ無理なのだ。

「無駄足踏ませて申し訳ねえけどよ、これ以上絡むんならやっちまうぞ」

「そりゃ怖い。俺は適当に暴れて逃げるみてえな路上の喧嘩ぐらいしか出来ない。無明拳なんてのを仕留めるどころか凌ぎきれる気はしないんだよな」

　男の右手が腰の後ろにそっと回っている。

黒曜を思い出した。黒曜は拳銃を所持していた。何処でどうやったらそんな物を日本国内で、買えるんだろう。この男も、持っているんだろうか。

「言う事聞いてくれねえんなら、ちと痛めつけるか、強く痛めつけるか、流れで殺しちまうか、その辺は一任されてる。とは言えそうはしたくない。何せ俺は正面切っての殴り合いってのが面倒臭いし好きじゃないから、提案がある」

「……提案？」

男の右手が何かを摑む。雨脚が、激しくなっている。まるで雑踏のように。新宿駅前の人混みの中で、歌織が刺し殺された時のように。背中から心臓を貫くような痛みが走った瞬間、傘を投げ捨てて体を反転させていた。

雨の中、背後からもう一人。俺の心臓を背後から貫く刃は、刺さらず滑った。刃物が見えた瞬間、死んでもいいと思った。距離を取らず反転しながら左膝を突き上げる。前屈みになっていた相手の顎を、きれいに抜いたが、無明拳の経穴は撃っていない。蹈鞴を踏んで、男の方が距離を取る。

どこにでもいる若造のように思えた。ジャケットもジーンズも地味で、スニーカーも安物の靴だった。だが右手に、刃物を握っている。

色めき立つ俺の心は、急速に冷えていく。興奮を抑え込む。背中に痛みがある。背後から口笛。

「……そのスーツ、防刃繊維入ってんのか」

そう言われて自分の着ている喪服に、一瞬、注意が逸れた。その隙に刃物が突き入れられてくる。咄嗟に腕で払った。払った腕を刃物が滑っていったが、喪服の袖は切れていない。刃物を素手で相手にする時は、とにかく小さな傷をどうしても受けてしまう。それを気にしなくていいだけでも、大分違う。

男から、仕掛けてくる。刃物を突き、なぎ払い、とにかく傷を負わせていくというやり方は、いつだったか、コンちゃんの仲間が缶コーヒーで殴りつけてきた時と似ているが、やり方が洗練されている。

少しずつでいい、というペース配分をきちんと取っているのが分かる。スーツが切れず、貫通も難しい、と確認する為に仕掛けてきたような攻撃は、俺の体をくまなく撫でるような動作だった。

反撃が、難しい。手も足も、喪服から出ている。胸元も開いている。当然、首から上もだ。下手に踏み込むと手足を切られてしまうか、首か心臓を狙われる。後は、目か。

つま先立ちの構えで、男は俺に仕掛けてくるタイミングを図っている。俺は、喪服を使ってとは言え、今の所、無傷で凌いでいた。

相手のナイフは刺突用の両刃だ。切れるが、主に突いてくる。俺はコンちゃんの右ストレートを槍のようだと思ったが、こちらは本当に槍の穂先みたいな代物が突き入れられてくる。

吐月とやり合った時に足りなかった緊張感が、今はある。足が不自由で、ステッキという打撃武器を相手にすると、どうしても一発二発は入れられても、という緩みが出るが、同時に攻撃に転じるという余裕も生まれた。

今は緊張感があり、慎重になっていて、その分、一歩踏み込めない。

刃物を持った人間と向かい合った経験が、ない訳ではない。神座市の連中もたかが喧嘩で刃物を抜くようなのは大勢いた。そしてどんな相手であろうと、刃物を持たれると、どうしても竦む。

今は、竦まない。スーツのお陰というのもあるが、一度思い切り刺されているのが大きい気がする。だが気持ちに、もっと余裕が欲しい。

「……名前は？　俺の家族や歌織を殺したのは、お前か？」

喋りかけてみる。返事がないが、それはいい。俺が余裕を作りたかっただけだ。

ついでに乗ってきてくれていたら、相手に隙が生じたかも知れない。

だが相手は、そもそも俺の話など聞いていない。耳に、イヤホンが突っ込まれている。無線型なのか、コードは伸びていない。暢気に音楽など聴きながら、人を殺そうとしている。返事を期待しても無駄か。会話に応じない心算か。

そしていきなり、刃物が突き込まれてくる。

会話に応じないから何を話しかけても隙が生まれない。刃物の突き入れ方が不意で、事前の動作や体重移動が読みにくい。この不意の動きは、耳を塞いで自分だけが音楽を聴いている事から生まれるんだろう。

　周囲の音や、声というのは、動作に影響を与える。勿論、情報ともなるが、この男は周囲の音という情報を捨てて自分の、独自のリズムを作る事で動きを読みにくくさせている。

　歩きスマホで夢中になっている人間の歩き方が読めなくなるのと、同じだ。よく工事現場にそういう奴が入り込んできて、事故に繋がったりする。本当に、あの動きは読めない。

　勿論、読めない分だけ雑でもあるが、雑でいい。

　刃物なら、当たればいい。腰を入れた精密な刺し方をする必要はあまりない。ここぞという時には全身で来るかも知れないが、そうしない牽制じみた刺し方でもダメージは通る。

　雨が、鬱陶しい。喪服は湿っていたが、重くはなかった。水を弾いている。

　雨音が地面を叩く音が激しくなる。体に当たって跳ねる音もうるさい。不快ですらある。イヤホンを突っ込んでいる方がこういう情報が気にならないかも知れない。

　相手の男は、濡れた衣服が邪魔になり始めている様子だった。

　有利は、それぐらいか。あとは全部俺にとって不利だ。

　俺が攻めあぐねて様子見で足を止めているのを見るや、足底で地面を蹴って凄まじい後退を見せる。口に刃物を咥えてジャケットを脱ぎ、スニーカーを外す。素足だった。

　あっという間に俺の有利がゼロになる。雨音がうるさいという不利だけが残る。

男は刃物を手に戻さない。口に咥えたまま、構えを取る。半身になり両手を上下に構え、拳は開いている。つま先立ちの両足は猫のようだった。

俺は服も靴も脱がない。防刃繊維らしいこの喪服が鎧になっているというのもあるが、激しく動いても全く邪魔だと感じない。

車の前にいる男は、無視した。手を後ろに回したりしていたのは、俺の注意をそちらに向けるためだろう。本当に拳銃か何かを持っているというのなら、今度は俺が、吐月と同じ有様になるが、ない、と決めてしまう。迷っていられる余裕はない。迷っているとまた有利が詰められる。

無明拳に構えらしい構えはない。仕掛けるか、待つかを自然体で決めるだけだ。

待つと決めるより先に相手が仕掛けてきた。掌打の連続。当たった瞬間、押してくる。打撃と言うより、押す為の動作。たまに服を摑もうともしてくる。躱しているが、たまにまともに当たると、バランスが崩れる。するとどんどん畳みかけてくる。持ち直そうと強引な動きをして隙を見せると、回し蹴りが鋭く打ちこまれてくる。肩で受けたが、受けた瞬間引かれていて、また掌打の押し。

回し蹴りはノックアウトを狙った訳じゃない。大きく動いた俺を狭い間合いに引き戻す為だ。普通ならあれで決めようとするものを、俺を逃がさない為に使っている。

本命は打撃ではなく、崩しだ。

蹴って終わりとは考えていない。とにかく、刃物をしっかりと突き立てる為に技を繋げている。

そういう立ちまわり方は、無明拳にとても似ている。

避けても、バランスが崩されているから即座に反撃出来ず、押し込まれていく。

選択肢は二つ。一つはこのまま耐える。相手は口にナイフを咥えているから呼吸がスムーズに出来ないはずだ。そう長く攻め続けられない。だがこういう攻め方を思いつきではなく、元から用意していたとしたら、その対策も持っている筈だ。アテに出来ない。

なのでもう一つに賭ける。

わざと大きく、自分から崩れ込む。一瞬、相手は驚くはずだ。そして意図的に崩れているからこちらには立て直す余裕がある。服を摑ませ、引かれたタイミングで、路面に出来た水たまりの中に背中から転がった。相手にとっては絶好の機会でもある。ここで動揺せずに素直にとどめを刺しに来たら、多分死ぬ。

なのでもう一手。俺も掌打を撃つ。崩れながらだから強くは撃てないし、経穴も勿論、撃てない。狙うのは、勿論、耳だ。掌で、イヤホンを耳の奥に押し込むように撃ってやる。当てた感触があったが、動揺するだろうか。

隙だらけで水たまりに転がり、起き上がる。本来ならここで刺し殺されている。

苦労した甲斐があって慌ててくれたようだ。口に咥えたナイフを右手に握り直すのに一拍の間があった。

この位置から経穴は撃てない。安全靴のつま先を、下から、胃袋を上へ蹴り上げるように突き入れてやる。持ち直そうとしたナイフを取りこぼしていた。転がって、立ち上がり、すかさず寸鉄を握り撃ち降ろす。

躱された。下から、蹴り。あり得ない角度で競り上がってきた。体の柔らかさだけに頼った強引な蹴りだ、避けられる。

避けた筈なのに、顔の右半面が熱くなり、疼痛が襲って来る。

顎先からしたたり落ちる赤い血が、路面で雨に打ちのめされて見る間に薄くなっていき、その上からまた滴っていく。

右頬をこめかみ辺りまで縦に裂かれていた。刃の先端が掠めている。

男は、足の指で刃物の柄を握り、蹴り上げる形で切りつけてきていた。

そのまま、片足で立ち続け、切っ先を俺に繰り出してくる。ぼんやりしていたら、俺が喉を裂かれていた。一歩離れる。足の不自由だった吐月と同じく、片足では移動が出来ない。

血が、止まらない。体勢を整えると、喪服に血が滴っていく。

豪雨がその上から、洗うように降り注いでくる。

何というか。

家族を殺されても、歌織を殺されても、曖昧だった殺意が、自分の顔面をざっくりやられてくっきりと明確になったのが分かって自分の浅ましさにうんざりしてくる。はっきりと俺は今、相手を殺してやろうと思っていた。

他人のための仇討ちではなく、自分の為に誰かを殺してやろうと思っていた。

男が、蹴った。届かない蹴りだ。刃物の分を考えたって届かない。だがそれは、足による刃物の投擲だった。回転もせずまっすぐに、刃物が鋭く俺に飛来する。顔面を狙っていた。それだけで充分に頭蓋骨を貫通するというほどに慣性の乗った投擲を、足で。

躱しきれない。額で、自分から当たりに行った。当たる瞬間、首を振る。振ることで衝撃を逃がすが、眉間の辺りがまた裂けた。顔面が傷だらけだ。

このぐらい俺も傷を負って丁度いい。

これまで何も出来なかったのだ。誰の役にも立てなかった。このぐらい傷を負えば、俺にも他人のためなんて能書きや綺麗事なんて必要なくなる。ついでに言えば、ここで殺しても正当防衛と言い張れる気がする。

突っ込んだ。今度は俺から仕掛ける。予備のナイフを取り出すのが遅れたのを見逃さなかった。今の投擲で仕留められると思ったのだろう。咄嗟の動きとしか思えない雑な刺突を腕で受け止め、払いのける。痛いは痛いが、刃が通って来ない。全くいいスーツをオーダーメイドで仕立ててくれたものだ、黒曜は。

ナイフを払えば、それを掴んでいる右手右腕も払える。ナイフを離されたらまた違うが、拘りやがった。左手で俺の寸鉄を受け止めようとするが、今度は俺が、払った相手の右腕を掴んで体勢を崩している。

投げるためでも極める為でもなく、寸鉄を撃ちこむ為だけの、独特の崩し。

歌織の顔が浮かんでから、家族の顔が俺の脳裏をよぎった。

「死ね」

呟きながら顎の経穴を、寸鉄で撃ち抜いた。骨が砕ける手応えがあった。

二

眩暈がする。血が止まらない。

豪雨で傷が塞がらない。少しずつだが、確実に血が抜けていく。

足下に倒れている男の顔が、下顎骨を砕かれて変形している。自分に、他人をそうするだけの力があると思い知った。地元での喧嘩でも、ここまではしなかったし、出来なかった。

殺意という物が意気込みや言葉だけの物ではなく、止めようもない力となって俺を動かしてしまっていた。

背後から、傘を差したまま、スーツ姿の男が近づいてくる。

俺にタオルを差し出してきたから、何も考えずに受け取って傷に当てていた。顔半分に当てると、血を吸ってみるみる赤くなっていく。

「……で、気は済んだか、筧くん？」

「……？」

「両親と彼女の仇討ち、終わりだろ？」

俺はもう一度、足下の男を見る。俺の家族を殺し、歌織も殺した男。

「終わりなのかね」

「他にどうしたかった？」

「さあ。それに何て言うか、誰の為ってもんでもなかったしな。俺の為でもない。ツラにこんな傷付けられて、今さっき怒って勢い出たみたいな、そんな気がする」

「仇討ちは、仇討ちだろ。で、お前さんは今、目的っていう足かせがなくなった」

目的という足かせとは巧いことを言う。

なるほど、これで終わりにしてしまえば、俺は何も悩んだりしなくて良くなる。やれる事はやったんだと割り切れる。東京からも離れられる。地元に戻って、何か仕事を探して、普通に生きていけばいい。黒曜の企みに乗る必要は無い。

「……つまり、あんたの提案に乗るって選択肢も出てくる？」

「神座市で生きていくんなら、御三家との繋がりはあった方が得に決まっている。考えてくれてもいいと思うけどな」

「俺にそう思わせる為に、わざわざ、この男を連れてきた？」

「言う事を聞かないなら殺せって話は、本当だ。どっちが勝っても、ただのメッセンジャーである俺にゃ関係ないが、まあ、面白いもんは見れた。で、筧くん、お前さんが勝ったから手筈通り、こう言っている」

「最初から乗ってたら、この男は無駄足か？」

「乗ってこないと分かってて連れてきたんだぜ？　お前さんの足かせ外してやろうと思ってよ。これでお前さんは黒曜に付き合って訳の分からない使いっぱしりみてえな真似する事なくなったって訳だ。何年も悩んで考えてきた因縁もスパッと切れたって事でよ、一つ俺に協力しちゃくれねえか？」

　顔は痛かったが、面白かったのでつい笑顔を作ってしまった。

「……ふざけんなバーカ。使いっぱしりはアンタだろうが。どうにかして長谷川のおっさんの懐に潜り込もうってんだろうけどな、アンタの言う通りにしてたら、パシリのパシリになっちまうじゃねえか」

　倒れている男を蹴り飛ばす。呻き声が出た。耳から、イヤホンが外れてしまっている。

「拾って帰りな、汚えもん歌織の近くに転がしておくんじゃねえ、死んでねえよ」

　力を入れすぎて、破壊する拳になってしまっていた。

　経穴を面で撃って、挙げ句、骨を破壊したが、それじゃ殺せないのが無明拳の厄介なところだ。激情で力任せに撃っても殺せないようになっている。単に、俺が馬鹿(ばか)力と鍛(きた)えた拳で殴りつけたというだけだ。

波も滴も知った事かだ。これが井戸なら盛大に壊れてしまっている。

骨を砕くあの感触は、間違いなく井戸を壊したときのそれだった。

全て無視して帰ろうかと思ったが、雨脚の中で微(かす)かに聞こえる音が気になった。男の耳から外れたイヤホンから聞こえてくる、微かな音。この中で聞こえてくるのだから、相当な音量で鳴らしていたんだろう。

もっと静かな音を想像していた。環境音楽のような、耳障りでなく自然な音色。

この騒々しさには聞き覚えがある。防水なのか、この豪雨の中でも、音は鳴り止んでいない。拾い上げて、耳に当てた。同じではないが、こんな感じの曲。一つの曲調しか作れないのがよく分かる。何枚アルバムをリリースしても似たような曲しか入っていないというタイプの音楽。

父親のコンポに入っていたＣＤは手作り感満載の白ラベルで、誰の何なのかも分からない。音しか分からないから、調べようがなかった。

「……何だ、この音？」

「そいつらの中でブームらしいぜ」

「ふざけんな」

「ふざけてると俺も思うが、そいつらは大真面目だ。その音を聞きながら人を殺し、その音で狼煙を上げる」

「……狼煙……？」

「その音が流れていたら、そいつらの仕事中だって事だ。仕事中に音楽、聞いたりしないか？それと同じだよ」

俺の家族はこのやかましいノイジーな音の中で殺された。近隣にまで響く音の中でだ。

普通、人を殺そうという時にそんな真似はしない。目立ってどうする。

だが狼煙なら。

あの頃は分からなかったが、今なら俺は、この面倒なナイフ使いの出所も薄ボンヤリと見当が付く。羅紋か、御子神か、それとも南雲か。あの市を牛耳る御三家のどれか。御三家の仕事だと周囲に伝える、狼煙。

ここで狼煙を焚いても仕方がない。ここは、神座市ではない。

だが聞きながら人を殺すのに馴れてしまっている。だからイヤホンで聴いていた。

そんな所か。

「ベルベットスピリット」

「あ？　何が？　バンド名か？」

「神座市のインディーズハードコアだからな。そりゃ知らないだろうが」

「何でそんなもん聞いてんだよ、こいつ」

「さあ。案外、そのバンド、殺し屋同士で組んだバンドだったりしてな」

馬鹿馬鹿しい。

男を無視して、歩き去る。俺は与太話に付き合えるほど体力に余裕がない。傘を拾おうかと思ったが、今更だ。それすらキツい。ビートの車内を濡らして、血で汚してしまう事になる。凛汰に謝らなければ。あと機会があったら、本当に自分の足を確保しよう。

「……だいたいよ、そいつ、俺の家族も歌織も殺してねえだろ、やったのはそんなチンケな奴じゃねえ」

「ほーう、いいのかよ、そんな風に解釈して。折角の解決をよ？」

「うるせえよ。ペテン師が。納得する時は俺が勝手に納得するんだ、お前みたいなのに勝手に決められて堪るか」

キーを回す。エンジンをかける。ワイパーが左右に動く。

「タオルは貰っていくぜ」

「そのぐらいならタダでやるよ、持ってけよ」

男が、傘を捨ててルーフに片手を突き、前のめりになる。懐に手を入れる仕草は拳銃でも抜くのかと俺を警戒させたが、ただの名刺入れだった。いちいち、人を警戒させるような仕草をする。

名刺を一枚渡してきた。紙ではなく、薄い木で出来た名刺。

「まあいつでもいいんだ、俺の話に乗りたくなったら、いつでも連絡しろ」

「じゃあ取りあえず、この辺で一番近い外科教えてくれよ」

「千円寄越せ」

「スマホで調べるからいいよ」

けちくさい奴（やつ）だった。そして全く信用ならない詐欺師の雰囲気が満ちている。

「……連絡待ってるぜ、筧（かけい）くんよ。俺と一緒にあっちもこっちもカマかけて、神座（かむくら）の連中がゴチャつくところ眺めてニヤニヤ笑おうぜ。ついでにゼニ儲（もう）けにもなる。人生楽しく生きていかねえとな」

そんな悪趣味な話はどうでもいい。俺はとにかく今、顔が痛い。グローブボックスに名刺を放り投げて、男を弾（はじ）き飛ばすようにしてドアを閉めた。些（いささ）か強めにアクセルを踏み、素早く寺の駐車場から滑り出した。

タオルは俺の血を吸うだけ吸って重くなり、吸い取りきれなくなった血を滴らせている。

俺の顔をざっくりと斬（き）ってくれたあの男は、歌織（かおり）や、俺の家族を殺した奴じゃない、というのは特に何か確信があって言った訳じゃない。単にあの男にいいように乗せられているようで癪（しゃく）だっただけだ。何年も悩んで東京にまで流れてきて、そこで知り合った歌織まで殺されて、そういう縁みたいなものを、あんな突然出てきた奴にいいように終わりにして貰（もら）いたくなかった。

本当にただそれだけで、ひょっとしたら、あの男が犯人で正解なのかも知れない。俺は俺を悩ませていた事柄に、流れとは言えケリを付けられたのかも知れない。人を一人、殺す気で殴って、恐らくしばらくは入院、ひょっとしたら後遺症が残る、という怪我を負わせた。殺していない。

冷静に、落ち着いて経穴を撃って殺していたら、もっと違ったのかも知れない。

或いはあの男を警察に突き出して、犯人ですと言って捕まえて貰って、法で裁いて貰っていたら。いやどんな形でだって、すぐすんなりと受け入れられる答えになるとは、俺には思えなかった。

携帯で地図を見て、病院を探す。今日が平日で助かった。

血まみれの顔で病院に入りロビーで受け付けに顔を見せると、大慌てで医師に通してくれた。保険証の有無を聞かれたぐらいだ。大袈裟だな、と思ったが、鏡があったからよくよく見たら俺が見かけても道を譲るに違いない恐ろしい有様になっていた。

怪我をしているというより、妖怪みたいになっている。

喧嘩かと何度も聞かれたが、転びましたで通した。完全にバレているだろうが、何度か聞いたら、向こうも何も言わなくなった。部分麻酔で、顔を何針か縫った。抗生物質を飲まされて、包帯を巻かれ、破傷風の検査までされた。転んだなんて言ったからかも知れない。

ワイシャツが真っ赤で、それは所々、黒く変色し始めている。

喪服の方は黒いからか、余り目立たなかった。一日着てクリーニングに出すはめになった。それもこれも、墓参りを狙っておかしな奴がおかしなのを仕向けてきたからだ。人を殺す気で。そして俺も、殺す気で戦った。殺していても、おかしくなかった。

結果として死ななかっただけだ。

病院で手当てをして貰いながら、殺してしまえば良かったなとぼんやり考えていた。そして警察沙汰になればいい。刃物を持っていきなり襲ってきたのは向こうだし、警察に引き渡してもそんなに大した罪にはならなかっただろう。それより、相手の身元を調べて貰えた方が有り難かった。

本当にそれで、俺が納得するかどうかは、自分でも分からない。終わった事を考え直して、違う選択肢の方が良かったかと未練がましく悩んでいるだけだ。

吐月を不意に思い出す。何人も、殺しているという。

今日の俺のような勢いでの殺しではないんだろう。そしてあの男も、人を刺し殺すのには馴れている風だった。吐月には負けたが、今日は負けていない。あの男は、吐月よりも弱かった。

だから、多分、違う。

俺の家族や、歌織を殺した奴は、多分吐月よりも強く、そして当然、俺よりも強い。

それも思い込みと言ってしまえば、それまでなのだが。

仇討ちにケリがついてしまったら、俺にはやることがなくなってしまう。目的という足かせがなくなる。自由になってどうしたいのかまでは考えていなかった。戸惑っているだけで、時間が必要なだけかも知れない。

治療を終えて、金は病院内のＡＴＭから引き出して払った。車で帰ると言ったら、しばらくはやめろと止められた。貧血の上に麻酔がまだ残っている。出来れば一晩入院して帰れと勧められたぐらいだ。外の雨も、止んでいない。

取りあえず車に戻ってみると、車内は血まみれで、弁償するにしてもクリーニングとかではなくシートを新品にでもしないと申し訳が立たない有様になっていた。取りあえずそれは、帰って凛太に頭を下げてから話せばいい。

それより、黒曜に電話をかけた。

「……明日、現場出られません。休みます」

「どうした？　墓参りで傷心モード突入か？　まあそれはそれで一日二日ならいいけど」

俺がどんな目に遭ったのかなど知らぬ存ぜぬという対応。俺の家族が殺害された事件は、黒曜の指図。あの男の情報。何処まで本当か嘘かも分からない。全部嘘と考えた方がシンプルで俺は好きだった。

「……俺の家族、殺すように仕組んだのって長谷川さんですか？」

沈黙が帰ってきた。隠していた事がばれたというよりも、何言ってんだこいつ、という沈黙に思えた。

「だったら、どうする？」

「どうしましょうじゃねえよ、自分で決めろ。誰に吹き込まれたんだか知らないが」

「違うって一応、言ってくれませんか？　詳しい事は帰ってから話しますけど」

「いや言うのは簡単だけど、お前、そんな一言で納得するのか、筧くん？」

「納得はしませんよ、信用するだけです」

「信用するなって言ったよな？」

「俺、結構、長谷川さんの言う事、信用してますよ、バカだから」

「……分かったよ、お前の家族になんか俺は一切、関与してねえ」

取りあえずその一言だけで良かった。今は面倒な事を考えたくない。

「誰に聞いたんだよ、そんな与太話」

「誰だっけな……名刺貰ったんだけど、えーと」

名刺を何処へやったのかも分からないぐらい意識がぼんやりしている。麻酔や痛み止めなんかのせいもあるが、治療が終わって疲労が一気に来た。黒曜が、関与してないと、嘘か本当かも分からないが取りあえず落ち着ける一言をくれたのも大きい。

名刺があった。

「……網代木要さんという方ですがご存じで？」

もの凄い大きな溜息が聞こえてきた。知っている風だった。

「知ってるよ。神座市にいた時、たまに使ってた便利屋だ。あれだろ、赤い旧式のマスタングに乗っててエレノアがどうとか言ってる、天然パーマの」

「まさしく、そいつです」

「何言ってた？」

「俺に神座市の御三家側と、長谷川さんの二重スパイになれとか何とか」

「……お前ホンットそういう事隠さず話すね」

「バカですから」

両方に股かけていいとこ取りなど、俺には無理だ。賭けるなら全額を一点に賭ける。どうせ、何も分からず悩んでばかりで毎日単純労働に勤しんでいたのだ。利用でも何でもされてやろう。そしてつくと決めたのなら、全部そちらに注ぎ込む。

「お前をスカウトしに来たのが、御三家の指示なのか、あいつの単独行動なのかは気になるが、まあ帰ってきてから話すか」

「そうしてください、眠くなってきた」

「ふざけんな、さっさと戻って来い」

「麻酔が残ってて、ちょっと疲れたし、今日中には戻れねえですよ。じゃ、また」

一方的に通話を切った。本当に疲れている。

名刺を見直した。あの有様で受け取ったのに、血が付いていない。大河ドラマのタイトルみたいな文字で名前が書いてあり、連絡先だけが記されている。

仕事をする気のない名刺だ。素材だけ凝っている。作りたかっただけ、みたいな名刺。

もう、いい。疲れた。他人を詮索するのは向いてない。

突然出て来た網代木だか何だか言う奴より、俺は黒曜を信じていた方が楽だ。

自分の血の匂いが濃く漂っているビートの車内で眠りに入った。素直に入院してベッドを貸して貰えば良かったが、とにかく電話連絡したかったし、電話連絡が入るかも知れないし病院の中じゃ、気が引ける。

眠って、明け方に、顔の痛みで目が覚めた。

昨日の事に今ひとつ現実味がない。なんで俺は怪我をしているんだろうぐらいに思った。なんで車の中が臭くて、この名刺は何なんだぐらいになっている。缶コーヒーで痛み止めを飲んだ。

病院が開くのを待って、包帯を替えて貰い、傷の具合を見て貰う。

これは傷痕が残っちゃうかも知れないねえ、と医師は軽い感じで、そうコメントした。

東京に帰って、まず凛汰に詫びた。凛汰は車より俺の怪我を気遣ってくれて、シートなんかネットオークションで新しくするからいいよ、などと気にしていない様子だったが、何よりも申し訳なさでこちらはいっぱいだった。

　怪我の原因が、交通事故か何かかと心配していたけれど、ビートに異常がないのはすぐ分かったようで、それでますます気になった様子だった。

　付き合っていた女を殺されて、その相手と戦ってついた傷。

　馬鹿正直にそう言っても良かったが、我ながら信じがたい妄言だ。

　転んだ、とまた、医師に言った言葉を繰り返すしかなかった。オークションでも何でもかかった費用は払うから、とだけ約束して、凛汰に鍵を返す。多分、もう借りたりしない。俺は凛汰とは違う場所に行ってしまった。

　凛汰は家族や女を殺されたりしないし、田舎の町の権力構造や利権に食い込もうとはしていない。毎日コツコツ働いて、いつかポルシェを買うことを夢見ているだけのいい人だ。そんな人の大切な車は使えない。

　洗面所で包帯を外して、落ち着いた、赤黒い傷を鏡で見る。額の傷もなかなかえぐい。

「……あらあ、深いねえ」

　いきなり横からドビーの婆さんがコメントしてくる。突然すぎてびっくりした。

「何してんすかドっ飛井さん」

　うっかり渾名で呼ぶところだった。何してんすかも何も、ドビーの婆さんはたまに寮の掃除に来る。仕事のうちという事で日当も払って貰えるらしいのだが、週のこの日、とか決まっている訳ではなくて、本当に突然来て掃除をしている。邪悪な妖精が現れたみたいで毎回、ビックリする。

「……いや、その……転んじゃって」

「今ね、美容整形で傷治せるよ、結構キレイに」

「男が、美容整形っすか」

「女しか利用しちゃ駄目ってもんでもなかろ。俺の死んだ亭主、やくざもんから足洗ったときに入れ墨、消したからね。美容整形で」

結婚していた。やくざもんと。

ドビーの婆さんの人生遍歴を聞かされるとは思わなかった。この傷で。

「下から上に斬られとるね。アッパーフェイスやね」

「……そんな事まで分かるの?」

「顎から入って額近くで抜けとる。そういう傷が、アッパーフェイス」

それもそうか。いや「斬られた」と言う言い方は普通しない訳で、この婆さんもなかなかそれなりに因果な人生を送ってきたと思える。そういう生き方をして、今ここで、俺にドビーなんて勝手な渾名を付けられて、寮の掃除などやらされている。

この婆さんは、人生を手じまいにしようという段階の年齢だろう。

色々やって、色々あって、ここにいる。勝ったり負けたり、成功したり失敗したりを繰り返して、ここで若造の俺が汚した寮を掃除している。その年まで生きてきて、この婆さんは、自分にしか出来ないのだという立場を持てずじまいだ。

他人事じゃなかった。こうなるのが嫌か、と言われれば無礼を承知で言うが、嫌だ。どんな仕事でもいいしどんな安月給でも構わないが、俺は俺である事を必要とされたい。少なくとも個性を認めて貰いたかった。

黒曜がいて、あの要という男がいて、揃って胡散臭く、どちらも俺を利用しているんだろうが、少なくとも個性は認めてくれている。

それは結構、居心地のいい扱いだ。利用されているから損だ、等とは思えない。他人が利用しようとするだけの物が俺にあると言われているのなら、結構な話だ。

傷に消毒液を吹きかけ、ガーゼを当てて包帯を適当に巻く。ドビーの婆さんは掃除が落ち着いたのか、近くに座ってお菓子を食べている。

「……ねえ、飛井さん？」

「何だね？」

「やくざもんから足洗った旦那さん、どうしてんの？」

「死んじまったよ、とっくの昔に。悪い仲間が縁切ってくれんでね。一回だけの悪さに付き合って、しくじって揉めて、殺されちまったねえ。もう随分、前だよ」

「……悪い事訊きました？」

「別に。でも面白い話じゃあ、ないね」

何かすみません、と謝ってしまった。ドビーの婆さんは特に気にした風もなく、ただ黙々とお菓子を食べ続けていた。俺は適当に頭を下げて、そそくさとこの場から、離れていく。何だか縁起の悪い話を聞いてしまった。つい、自分に、重ね合わせてしまう。

今日は現場が元々少なかったらしく、寮に残っているのがちらほらいる。

黒曜は現場に行っていたし凛汰もいない。

部屋にも戻らず、廊下のベンチに置きっぱなしで共用財産みたいになっている中古車雑誌など読んでみるが、どうも今ひとつ、何がいいのかピンと来ない。安いのもあれば高いのもある。そのぐらいで、何が欲しいというのは、本で眺めていても、見付からない。

予算は、百万前後か。凛汰にそう言ったら、それだけあればまずおかしなのは摑まされないとの事だった。車を買うための貯金ではないのだが、別に目標があって貯めていた金でもない。

何で車を買うかと言えば、借りた車を汚してしまったり、そもそも頻繁に借りていたのが申し訳なくなったからだが、それもこれも黒曜に関わって、ただの日雇い仕事だけではなくなったからだ。

あの、墓参りの一件でけりをつけて、もう何もしないと決めてもいい。

ドビー婆さんの旦那さんみたいに足を洗ってしまえばいい。車を買うより、傷跡が残ったりするようなら美容整形に金をかけて物騒な傷跡など、消してしまえばいい。

免許を取ったのも、何となく、流れだった。取っておくものだ、ぐらいの。

確かに免許の有無は仕事の有無に直結するので、それはいい。同級生などは何を買うかではしゃいでいた。親の名前でローンを組む奴が殆どで、たまに自腹で買うと言っても十何万円ほどのポンコツばかりだった。

俺が付き合っていた女も免許を取っていたし、車が欲しいと言っていた。

神座市は東京と違って、戸建てにもマンションにも駐車場は当たり前のようにあったし、こんなに渋滞も起きないから、気楽に買えたというのもある。

俺はその時も、何か車を買おう、とは思わなかった。あったら便利だなとは思っていたし、周囲の空気もそんなだったから、事件が起きなければ何かしらは買っていたかも知れない。

ビートも見つけた。とても安い。古いし、廃版車だ。凛汰は気に入っていたし俺も乗っていて、操りやすいと思った。何なら、汚したお詫びに同じのを買い直してあげてもいいと思う程度には安かったけれど、凛汰はこの安値で買ったであろうビートにそれなりの金をかけているっぽかった。同じ物を、同じ程度で、となるとちょっと高くつく。

ピンと来ない。

あの網代木要とかいうのが乗っていたマスタングも見つけたが、バカじゃないかと思うほど高かった。もう何十年も前の車で、フルレストア前提だが、とにかく高い。俺にとってはだが、その金を出すのなら他に何だってあるだろうと思ってしまう。

それを言ったら凛汰のポルシェも同じ話だ。要するに拘りがあり目標がある。何でもいい他でもいいという価値観で、あの人たちは車を欲しがったり買ったりしていない。

やはり雑誌など眺めていてもピンと来ない。もう全部同じに見えてしまう。

本を棚に戻し、溜息を吐いた。

車が欲しいなんてのは、別に特別なことでもない、ごく普通の趣味だ。実用にしたってそうだ。それなのに、俺はそういう普通の事すらさっと出て来ない。換えの利かない人間になりたいくせに肝心の個性という物がない。車には興味ありません、と言い切れるのなら、また別なのだが。

趣味といえば体を鍛える事くらいか。特技といえば、無明拳か。人を殺せたり女を悦ばせたりする、あれか。学生だった頃はそんな事はなかった。車一つにしたって具体的にこれを買うぞというのはなくても、何か買うぞ、という意欲と、未来への期待があった。

昔付き合っていた女は何か買うと言っていたが思い出せない。

歌織が、あの車カッコイイ、と言っていた記憶なら、思い出せる。あれは、何だったか。もう一度起き上がって、ぱらぱらと雑誌をめくり、朧気な記憶を掘り起こしていく。自分にないのなら、他人の感性を借りるとする。

特徴的な形をしていたから見れば分かるのだが、何分、名前も製造メーカーも知らない。雑誌だけでなく、携帯で特徴などを打ちこんで検索してみるのだが「黒い」とか「かっこいい」とか歌織が言っていた事をそのまま打ちこんでもバカみたいなので、もっと考える。何か他にも言っていた気がする。

何か、昔のドラマのタイトルだ。歌織はそういうマニアックな、古い映画やドラマを好んで見るような、何というかサブカル趣味な所があって、初めて店で会った時に見た印象そのままの所があった。タイトルを打ちこむと使用された車両一覧などが出てくる。

見つけた。雑誌なんかには載ってないくらい古い車だ。新型の方なら同じ名前で載っているがとても高いし形も違う。何となく面影は残っている程度だ。もっとよく探すと専門店なども見つかる。

値段は全部、応相談。何だこの車は。俄然興味が湧いてきた。

一通り情報など当たってみたが、やっぱり分からない。国産車らしからぬフォルムをしていて、まず歌織がカッコイイと言っていた車に間違いないのは、色んな角度から見て確信したが、そもそも型式だのなんだのがたくさんあって少しずつ形状もエンジンも違っていてややこしい。

凛汰や黒曜が帰ってくるまで調べていたが、まあ、何一つ理解はしていなかったけれど、結構、その気になっていた。寮に戻ってきた凛汰がシャワーを浴びて酒を呑んで、後は寝るだけという所に押しかけて、欲しい車があるんですけど、どうですかと訊いてみた。

俺の部屋内で、珍しく黒曜と呑んでいる。二人とも既に大分酔いが回っていた。

「……フェアレディZ？　って現行のじゃなくて？」

「はい、これです、これ」

携帯の画面で見せた車体を見て、凛太が顔をしかめた。

「何、どうしたの突然。漫画でも読んだの、ミッドナイトな奴？」

「えっ何ですかそれ。俺はただ、カッコイイと思って」

「ドラマだろ、警察が放水車とか使う奴」

居合わせた黒曜が混ぜっ返してくる。俺は漫画もドラマも知らない。街でたまたま見かけただけで、その時もカッコイイと言っていたのは歌織だったが、その辺まで素直に言わなくてもいいだろう。

「俺は好きだよ、俺の年代の車だし。若干憧れはあるよ、ポルシェより好きだね」

「ポルシェはまあ別として」

凛太はそういう話題で熱くなったりしない。人は人。自分は自分。そもそも死ぬほど考え抜いて出た結論なので、他人にちょっと比較されたくらいでは聞き流す。

「……ちなみに筧くん予算、幾ら？」

「百〜頑張って百五十」

「無理」

即答された。そんな事はないだろう。よく探したらその価格帯でもたまに売っている。地方のショップだったりするが。

「いや物の値段って理由があってついてるのよ、分かるでしょ？　その店の人がエイヤっこのぐらい金くれ！　って言ってプライスボードに数字書いてる訳じゃないの」

「分かるような気がしますけど」

「まあ二倍は必要だね」

無情な事を言われた。それでもあと一年頑張って貯金すれば、買えなくもないのか。

「十万二十万ってんならエイヤって感じだろうけどな」

黒曜も酒を呑みながら俺の予算にケチを付けてきた。

「中古車なんての、値段があってないようなもんだからな。新車時の価格と比べるって手もあるけど、それだけ古いと物価そのものが変わってるし比較にならない。もっと言うとプレミア価格の厄介なところは、値段がそのまま保証に繋がらないところだ」

「？　どういう事ですか」

「百五十万で売ってる現行車が突然壊れました。となりゃ店もメーカーも責任を持つ。それが保証。安心。ところがスクラップになってるような車に付いている値段は、それが幾らだろうと勝手に出した価格になっちまうんだな、ハズレ引いたら誰も責任取ってくれねえから、博打だな、博打」

「車欲しいとか言ってたけど、いきなりZのイチサンマルはないでしょ」

欲しいくせに、俺はそのイチサンマルとかいう単語の意味が分かってない。

「ま〜車買うなんていうと分不相応なの、最初は欲しがったりするからな〜俺のポルシェみたいに。筧くんが一生賭けても欲しいってんなら別だけど」

「確かに、何となくですけど」

「だろ、あるじゃん、適当な車、幾らでも」

「……じゃあビートを売ってくださいよ、百万でいいです」

「いやです。二百なら考える」

俺の貯金のほぼ全部。そこまでは払いたくない。もうちょい考え直したまえよ青少年、などと言い残して、凛太は部屋を出て行った。部屋には、俺と黒曜が残っている。黒曜はのんびり缶ビールを呑み続けている。

「……んで、イチサンマルのZはともかく、怪我の具合は？」

「昨日の今日ですけど、まあ痛いぐらいです。病院でも顔の神経とか筋肉までは異常ないって言われましたし。傷は、残っちゃうっぽいですけど」

「漫画みてえな傷になっちゃいそうだな。いいんじゃねえの、いかにも修羅場抜けてきましたって感じになるし」

「実際、修羅場でしたよ。刃物持った殺し屋っぽいのが襲ってきたんですから」

「あのスーツ良かったろ？」

「ああいうの想定して仕立ててくれたんですか、防刃繊維とか」

「いや、俺の趣味。……まあ結果的に役立ったんだから、いいだろ」

その趣味がなかったら、最初の不意打ちで、俺は背中から心臓を貫かれて即死していた。気配を感じなかったのは豪雨と、要に気を取られていた事を差し引いても、俺の至らなさと言ってしまって構わない。

つまり俺は殺される予定だった。

「……何で、俺なんですかね、わざわざ一人になるの狙って」

「さあ。お前が一番、付け入り易そうだったんじゃねえの？　どっちにしろ、ある程度把握されているのは間違いないけど、参ったな」

黒曜は目立つ心算でいただろう。元春や不知火はどうか知らないが、少なくとも俺の事はあくまで伏せていたかった筈だ。

その俺に直接、使いが来た。殺しにすらかかってきた。

「御子神のとこからって言ったんだよな？　羅紋は様子見、南雲の出鼻をちょいとくじいておきたいと」

「まあ、そんな感じです。で、俺に長谷川さんの動きをスパイしろ的な事を」

「有り体に言って裏切れと？」

「長谷川さんは、俺の家族を殺すよう仕向けたそーですから」

「どの程度信じてるんだ、それ？」

「頭に入れておく程度に。どのみち、俺には違うともそうだとも分からないんですし、仮に何か証拠とか見せられても、まあ、面倒臭いだけですしね、考えるのが」

「寝返り要員として仕込むのに一番向いてないな、お前。逆に言うと、使いっ走りとしちゃ優秀なんだが。自分で考えないでそのまんま全部言う」

「そりゃ、どうも」

「ここの会社に揺さぶりかけたのが利いてんのか、もっと先の話をしてんのか、或(ある)いはまた別か。見極めが難しいが、南雲蓮(なぐもれん)を追い落としたのはそれなりに効果あったみてえだな、そこまで動きが出てきたって事は」

俺もバカなりに考えている事はある。俺を取り込みやすいと見て、誘いをかけてきた。それも一理あるとは思うが、そもそもそっちがおまけだったんじゃないかという、疑い。理由は、それだけなら何もあんな殺人鬼みたいなのを用意する必要はない。

歌織(かおり)だ。

歌織には殺されるだけの理由があった。なければ、殺されない。ないのに殺されたのでは堪(たま)ったものではない。それは南雲蓮の覚醒剤(かくせいざい)関連に関する情報以外の、何かを、知っていたか持っていたかしたからだと思う。

それを俺が聞いたか、受け取ったかしている可能性を危惧(きぐ)したとすれば、まずは仲間に取り込み、拒絶するようなら殺す、という流れでも俺は納得する。するが、俺は何も聞いていないし、特に何かを預けられた、贈られた、という覚えもない。

勘ぐりあいの真っ只中だ。そのぐらいの誤解があってもおかしくない。

歌織さえ誤解で殺された可能性だってあるのだ。それは余り、考えたくなかったが。

「長谷川さんはどう思う？　歌織は何か知ってるか、持ってるかしたと思う？」

「殺された理由か。網代木の言う通り、御三家子飼いの殺し屋ってのはいるし、手際も手口もそいつを使ったには違いねえよ。お前が叩きのめしたのがそいつかどうかまでは、見てないから何とも言えん。俺が最後に見た時は、爺様だったが、若かったんだよな？」

具体的な年齢は勿論分からなかったが、爺様、という年ではなかった。

「その爺様が動いたとなると、大事だ。だが例えば弟子みたいなもんが動いたとすれば、どっかの野郎のスタンドプレーって可能性もある。どっちが、歌織ちゃんをやったのかまではっきり言えないんだよな、筧くん？」

「感覚でしか言えないけど、俺が叩きのめした奴は、違うと思う」

「お前の家族は皆殺しにされたが、お前は見逃された。恐らくはだが父親くらいなもんだろう、死んで貰わなきゃいけなかったのは。なのに妹まで殺されて、何故かお前は、見逃されている。というか相手にもされていない」

「たまたま、居合わせたからだと思ってたけど」

「群衆の中で気配も感じさせずに標的を殺せる腕を持っている奴が、居合わせただけの家族を殺すか？　俺の知っている爺様なら、標的だけをいつの間にか殺してる」

「話が、こんがらがってきた」

「いや簡単だよ。俺の仮定だが。実行犯が何人もいる、で終わりだ」

「……やっぱりそうですか」

「何だ、驚くかと思った」

「いやね、俺とやり合ったのが変な音楽聴いてたんですけど……まあそれはともかく、あの網代木っての、ずっと複数形で言ってましたからね、『そいつら』って。何人かいるんだろうなとは、思いましたよ、そりゃ」

ベルベットスピリット。

そんなバンドだという。神座市でしか活動していないインディーズ。では俺は、警察になど任せずに、そんなバンドがあるという事から、まだあの街にいるうちに、調べておくべきだったのかも知れないが、仕方ない。

「インディーズの、ハードコアロックバンドねえ。あの爺様の趣味とは思えねえが」

確かに老人が好んで聴くとも思えない。

かといって若い俺だって、あんなノイジーな曲は好きじゃない。要するに人を選ぶ。

「網代木は、殺し屋が組んだバンドだなんて言ってましたけど」

「遊びじゃねえんだぞ」

「いや、俺も本気にはしてねえですけど、殺す時に流すって。俺の家族が殺されたときも大音量で流されてて、それが狼煙だって」

「狼煙ね。……狼煙なんか上げる必要もねえとは思うが、あの爺様なら。何にしても、下の人間が動いたんだろうな、お前の家族の時は」

音楽で狼煙を上げ、音楽を聴きながら俺を襲ってきたあの男は強敵ではあったが、手際が優れているという印象がない。戦うのではなく、本来の暗殺術としてだ。歌織を殺した人間にそんな外連味ある演出は必要ないように思える。

俺の家族を殺したのは、音楽好きの殺し屋。

歌織を殺したのは、凄腕の爺様。

それで大分、分かりやすくなる。全て黒曜の話を受け入れてだが。

「……長谷川さんの話が当たっているとすると、俺の家族は、御三家にとっては小さな存在だったって事になるな、歌織よりも」

「不満か？　どうせならもっと重大な秘密でも握っていて欲しかったか？　あの爺様を動かせるほど」

「その爺様って名前とか分からないの？」

「知らん。が、実はお前の師匠、とかではない」

当たり前だ。おれはあの夜、師匠に会って稽古を付けて貰っていたのだからアリバイはある。考えるだけ馬鹿馬鹿しい。俺が叩きのめした奴も、動きは無明拳の物とは違っていた。そもそも刃物を併用しているのだから、違って当たり前だが。

刃物で刺すなら誰でも人を殺せる。

素手で瞬時に倒せる所に無明拳の意味がある。何せ、身体検査をされたら刃物などすぐ取り上げられてしまう。暗殺術たり得ない。

「一区切りついた。そう考えた方が楽になると思うがね、俺は」

「勝手に一区切り付けさせられた。そんな気分ですよ、俺は」

「その辺は自分でどうにか折り合い付けろ。家族の仇は討てたかも知れないけど、歌織ちゃんの仇は討ててる気がしねえんだしな、話の流れが全部本当で、尚且つ俺を信用するってんならよ。じゃあもう酔ってきたし、寝るわ」

つまみのさきいかとピーナッツを片付けて、黒曜はさっさとベッドに潜り込む。酔っているからか、電気を消せとは言われなかったけれど、消してやった。暗くなっても、俺は支障なく部屋を歩ける。

「……おっそうだ、寝る前に言っておくわ」

寝床から黒曜の声がする。

「車、欲しいんならそれこそ網代木に頼めよ。あいつなら多少無茶な注文でも何とかしちまうと思う」

「頼めよって、あいつと接触していいんですか」

「構わねえよ、むしろどんどん接触しろ。あいつは別に何処の所属でもねえんだ。頼まれりゃ何でもやるってだけでよ。むしろ情報が手に入るかも知れねえしな。情報が手に入らなくても、車は多分手に入る」

「敵なんじゃないんですか、あいつ」

「網代木は誰の敵にも味方にもならねえ奴なんだよ」

身勝手な事を言って、黒曜はさっさと眠ったようだった。俺の方はというと、考えが纏まらなくてどうしようもない。気持ちの区切りも全く付かない。挙げ句、顔が痛い。痛み止めを飲んだが、痒みを伴った痛みが定期的に襲ってくる。眠りにつけそうにない。

仕方ないから、外に出て冷たい空気を吸った。

ベンチに座り込んで、溜息を吐いた。

家族の仇は討てていても、歌織の仇は討てていない。黒曜の言うことが本当だとして、だが。あの時、殺意を込めて放ったあの一打に、俺は家族の顔より先に歌織を思い出していたというのに。

だったら本当に殺してしまえば良かったと後悔する。

どうせ俺に出来る弔いなどその程度の事しかないのだし。

夜空を見上げる。星を見る。無明拳（むめいけん）の経穴は、暗い夜空に見える星に喩（たと）えられる。閉ざされた視界の中で小さな光が見える。そこを撃てば相手は死ぬ。術理ではなく哲学に近いが、意外と実戦では理屈よりも腑（ふ）に落ちる。

見えるのだ、星が。相手の経穴が、ここを撃てと言わんばかりに輝いて見える。目を閉じていてもその経穴は星座のように形を為（な）して網膜に浮かびすらする。

相手がいなければ、何も見えない。ここには俺しかいないし、誰を相手にしていいのかも、よく、分からない。ここで一区切りだと言われても、納得出来る訳がなかった。せめてあの男と話でもするべきだった。顎（あご）を砕いてしまったから、しばらく話せないだろう。

結局の所、俺はまだ、どっちに向かっていいのか分からない暗闇（くらやみ）の中にいる。

撃つべき場所など、何一つ、輝いては見えなかった。

三

一か月ほどで包帯を取っても良くなった。抜糸もした。

傷は薄く黒く縦線となって残っている。意外にも、投擲（とうてき）を強引に受け止めた額の傷の方が目立たなくなっていたが、縦傷が目立ちすぎているからかも知れない。現場に行くと、ちょっと驚かれる。

色々弄られるが、まあ仕方ないと思って、笑って受け流した。俺だって顔面にこんな傷のある奴がいたらギョッとする。顔を斜めに切られていなくて本当に良かった。それじゃ漫画だ。

大分、冷たい風が吹く季節になってしまっていた。まだストーブはいらないが、来月には使い始めるだろう。それまでは着る服で調整するしかないが、あまり厚着をしても作業に差し障るし、第一どうせ汗を掻いて暑くなるし、かといって薄着じゃ風邪をひきかねないという労働者泣かせの季節。完全に暑いか完全に寒いかに振り切ってくれると助かる。

「納車、今日だっけ？　今日行くの？」

凛汰は休み時間どころか作業中でもこんな感じだ。俺の車だというのに、自分が買うみたいにはしゃいでいる。一緒に何処かに走りに行こうと頻繁に誘ってきては予定を立てている。俺は現物すら見ていないというのに。

要に訊いたら、一週間くらいで見つけてきた。俺に、見てから決めるかと言ってきたが、忙しかったし、要が見て良いと思ったらそれでいいと投げっぱなしにしてしまった。そう言われると手抜きも出来ない、と要はボヤいていたが、俺に恩を売る心算らしく、程度のいいものを見つけたと連絡してきた。

黒曜は、俺が要と連絡を取り合っても、何も言わない。

あれは利用するものだから利用すればいいとだけしか、言って来ない。確かに、相場より安く程度のいい車を探して欲しい、なんて頼み事を引き受けてくれるのだから、俺は要を便利に

「利用」しているのだろうし、俺が気付かないうちに、俺も要（かなめ）に巧（うま）く使われているのかも知れないが、たかが車の話だ。

フェアレディのイチサンマルを、百万円、現金一括で。

破格の安さらしいが、ネットオークションレベルの安さだとは言われた。そんな半世紀近くも前の中古車に、俺は百万円でも払いすぎだと思うのだが、世の中には需要と供給の不思議なバランスがあるらしい。

住民票を神座（かむくら）市に残したままだったので、書類が結構、面倒だった。車庫証明やら何やらで、印鑑まで作り直す羽目になったから車を買うのも大変だなとは思った。それが漸（ようや）く、今日、手に入るのだが、凛汰（りんた）ほど俺は興奮していない。

拘（こだわ）りは、特にないのだ。

なんなら形だけ同じで、中身は適当な普通車でもいい。単に歌織（かおり）のセンスを頼っただけの話なのだ。自分の足も欲しいと思っていたし、金も貯まっていた。かなりの部分を持っていかれるが残っている。働けばいいし、維持費や整備費としては充分だろうという金がまだある。というかその辺まで考えての、百万という数字だった。

ないよ、と言われればそうですかと引き下がったのだが、要は見つけてきた。

一緒に行くよ、車で送るよと凛汰はしつこかったが、何とか巧く引き下がらせた。ただの中古車売買なら別についてきてもいいのだけれど、何となく、要と引き合わせたくない。凛汰は神座市のもめごと云々に、首を突っ込みたくないだろう。

仕事が終わり、書類を確認して、荷物をバンに突っ込んで服を着替えた。

例の喪服は、黒いスーツとしてまあまあ、使えるのでクリーニングから戻ってきてからちょくちょく袖を通している。というか作業着以外の私服はこればかりになっていた。何せ動きやすい。ワイシャツは捨てるしかなかったが、本体は血を弾いてくれていたらしく、ぱっと見、目立たない。

以前、歌織と会っていた時のように、そのままみんなと別れて電車に乗った。

大田区の方にある、カーディーラーで要と待ち合わせている。壊れたときも、そこに持ち込めとの話だった。別に工賃は安くはないが、古い車なので分かっている店にやって貰わないと直しても直しても故障が続くという話になってしまうとの事だ。

俺が電話した時、要はまずびっくりしていた。連絡してこないと思ったらしい。

更に、車が欲しいんだけど心当たりがないかと言ったらまたびっくりしていた。

黒曜が相談しろと言ったから、と告げると、何となく納得していたので、意味が分からない。誰の使いっ走りにでもなり、そして誰からでも利益を取る。そういう男が要だと、黒曜からは聞いている。

ともあれ、利益も出ず、結果も芳しくないと分かっているなら引き受けないとの事だった。で、あれば、俺に車を売ることで利益が出て、俺も満足するという事になったんだろう。

乗り慣れない電車を乗り継いで、指定された駅で降り、懐の金を確認する。一万円が百枚もあると財布に入れるという訳にもいかず、銀行に備え付けてあった封筒に無理に押し込んで、ジャケットの内ポケットに入れた。自分の金だというのに、何だか少し落ち着かない。

「アイアンハンズ」という店だ。日が暮れるのが早い季節になったお陰で、辿り着いたときにはもう辺りは暗くなっていたし、店も閉まっていた。ただ整備用のガレージだけが開いていて、明かりが点いている。要が立っていて、煙草を吸って俺を待っている。

その傍に、黒いフェアレディが蹲っていた。

そばに寄ると、要が俺に挨拶してくる。適当に応えて、俺は車を凝視していた。歌織が見て、カッコイイと言った車とうりふたつに思えるのは、細かい違いが分からない素人目だからだろうか。

「めちゃくちゃ、苦労した」

「すんません。これお金です」

封筒を渡そうとすると、戸惑った顔をする。

「少しは、モノ見てからにしろよ」

「お任せしましたから。信用してますよ。俺、信用するの大好きですから」

「そこまで言われるとちょっとプレッシャーなんだが、まあ筋はいいよ。整備なしでも一年は持つだろ、多分」

一年ごとに整備に出せという意味なんだろうか。

とは言え、要に封筒を押しつけてしまうと、このフェアレディが自分のモノだという実感がかなり強くなる。

ツーシーターな所はビートと同じなのだが、普通車と軽ではやはり存在感が違う。その上、やる気十分なこの佇まい。何となくポルシェっぽくもありフォードっぽくもあり、国産車とはちょっと思えない。

「よく走るったって古い車だからな。そんな無茶苦茶、速くはないしストレス溜まる部分はあると思う。その代わりブレーキなんかはキッチリ効くようにイジってある。試乗してみたけど、まあそんなに困った車じゃない。エアコンやＥＴＣなんてのも一応やってあるしカーステとナビならスマホで何とかなるだろ」

古いフォードに乗っている要がそう太鼓判を押すんなら、それでいい。俺も速く走りたい訳じゃない。

書類を渡して、いいように面倒な事はやって貰って判子もついた。

車検証から何から、一式揃っている。

「任意保険はケチらねえで思い切ったの入った方がいいぜ、特にこの手の中古は何が原因で止まるか分からない。そのたんびにレッカー代払うのあほらしいだろ？　事故なんぞじゃなく、そっちの心配しなきゃならない車だ。俺は好きだけど、お前もいい趣味してんな、筧くん」

「俺じゃねえよ。歌織がな」

「ちょっと付き合っただけの女だろ」

「何だっていい。俺は車が欲しかったし、かといって何買っていいか、何が欲しいかの基準がなくて、どうしたもんかと思ってただけだ。網代木さんが思うほど、感傷的な理由じゃねえよ」

そういう事なんだと自分に言い聞かせるようにしていた。

歌織の仇討ちも家族の復讐も、あの墓参りの時に終わらせたんだと最近は考えている。

そうじゃないと俺は先に進めない。しがらみが増えていく一方だ。

「……俺が顎砕いてやったあいつ、どうなった？」

「まだ病院だよ。今年中はベッドの上かもなあ」

「役に立たなくなったら、殺されたりするのか？」

「役には立つんだよ、どんな奴でも、どんな形でも。殺さなきゃいけないのは誰かの役に立ちすぎてる奴だけだ。他人の利益を侵害したり、邪魔になるぐらいの存在になって初めて潰される。病院で寝てるだけの殺し屋なんかどうでもいいんだ」

「あいつ、名前は？」

「名前なんか知ってどうする？」

「そいつで、手打ちにしておきたい、網代木さんが今適当に考えた、偽名でもいい。そういう奴を叩きのめしたから、取りあえずいいだろって自分を納得させたい。だからって戦国武将だの芸能人だのの名前出されても、困るけど」

要は何もいわなかった。俺は受け取った書類とキーを持って、車内に滑り込む。優しく包み込むような快適さではなく、常に緊張を強いられるような、ストイックなコクピット周り。こういうのは、馴れてしまうと逆に緊張を補佐してくれる。凛汰のビートに弁償で付けた新しいシート周りが、こんな感じだった。それと今の能書きも、受け売りだ。

キーを回して、フェアレディを始動させる。

ガレージの中だと排気音が反響して、大袈裟に感じた。

アイドリング音の中で要が、ウィンドウ越しに言葉を突っ込んでくる。

「鏑木、翔馬。本名かどうかは、知らんがそう名乗っていたしそれで通っていた」

「何で偽名を？」

「戸籍を汚したくないから。俺だって、偽名だ。不意の入院やなんかで、本名が出てきて、それを報道でもされた日にゃ困る」

「じゃあ今あいつは本名がバレてるのか」

「その名前に戻るんなら、引退って事だ。また鏑木翔馬になるなら、こっちの世界に戻ってくるって事になる。本名を隠すってのは勿論、後ろめたい事をしているからでもあるが、万が一、引退したくなった、真っ当に生きたくなったって時の保険でもある」

因果な世界だ。俺には、冗談じゃないとしか言えない。

それで得られるものが、そんなにたくさんあるのだろうか。

　俺はマイナスだったからこそ、人一人を殺しかけるところまで押せた。

「……入院してる鏑木が、その名前で復帰するのなら、筧くん、お前の意思にかかわらず向こうは恐らく悪意を持って、お前さんに絡みついてくる。お前さんの方は勝手に一区切りと思っていても、狙われる立場になる」

「向こうから殺しかけておいて？」

「こういうのは理屈じゃねえからな。お前さんだって、あの男を殺しかけたりしたのは理屈じゃねえだろう。これまでの生き方だって。誰かの終わりが、誰かの始まりになる。博打と同じだ。誰かの勝った金は、誰かの負けた金。博打はチャラで勝ちにするのが二番目にいい」

「一番は？」

「やらない事だ」

　例えば、ある程度纏まった、遊んだ金があるとして。あの時、あそこにこれを置いておけば数十倍になっていた。後からなら、幾らでもそう言える。全てが終わってからなら、あそこでここに賭けていればなどと言える。

　俺はずっと、そういう未練を抱えていたのかも知れない。

「分かるだろ、そう考えると。始末されるのは役立たずじゃない。誰かに取っては価値があり、誰かに取っては負債になる。そういう相手だ」

「俺の家族や、歌織（かおり）がそうか」

「そしてお前は、特にとってもそこまで目障りでも利用価値があるでもないから、鉄火場で生きている。そのまま適当に普通に生きていってもいいが、いつか刃物を持ったのがやってきて殺すかも知れん。逆に言えば、それくらいだがな、リスクといえば」

自分がいつか刺されるかも知れないなんて思った事もなかった。

誰を虐げたり、誰に損を負わせたりという自覚もなかった。常に、被害者だと思っていた。俺が刺すことはあっても、逆はない。そう生きてきた心算（つもり）だった。これだけの負債を抱えてきて、何でまた、俺が不条理に殺されなければならないのか。

「負けが込みすぎると、人間ってな無意識に居丈高になるもんだ。負けてるから、こう思っていい。負けてるから勝っている人間にちょっと過剰に敵対的なアプローチしたって構わない。典型的な負け犬思考だ。引きこもるよりタチが悪い。勝つ気がねえから何だって無茶、やっちまう。その上で刺されりゃ何で俺がって思う」

「俺が、そうだっていうのか？」

「そこまでは落ちてねえと思うから、手を組まないかって誘ってんのさ」

いかにもな事を言って、俺を鉄火場に引きずり出そうとしている。

俺の消極性を、本気で惜しいと思っている。

どうとでも、解釈出来る。問題は俺が、どうするかだ。俺がどんな鉄火場にいつ足を踏み入れてどう立ち回るか。最後の最後は、俺の意思に委ねられている。

「……俺はさ、網代木さん。利用出来るものは増やさない。信用出来るものだけ、増やしていく。ちょっとずつな。取りあえずこのフェアレディの分だけでも、あんたを信用したんだ。そうやって、これからの事を考えるよ」

「いつまでもガキじゃねえんだ、使える時間は、限られてるぜ」

「焦って気張ったところで早く年食う訳でもねえだろう？」

話は終わった。実のところ、ポルシェのアテはないかと訊きたかったのだが、何となく、余計な世話を凛汰に焼くような気がして、それは黙っていた。他人の大きな目標、長い時間をかけた夢、そういうものを、おせっかいでショートカットさせても、本人は有り難いと思わないかも知れない。

俺が流れで、本当にそんな気もなしに鏑木翔馬という男を殺しかけたように。

フェアレディをそっと走らせる。エンジンの調子は悪くなさそうだった。アイドリングが安定しているし、走らせても、音に乱れがない。同じ速度域でも、ビートと比べて下のトルクが上へ上へと押し上げてくる力強さがある。

俺の車だ、という実感はまだ薄かった。借り物の車のような他人行儀な感じがある。

付き合い始めた頃の歌織みたいだ。結局、いつまでも、最後まで借り物のような他人行儀感は抜けなかった。このフェアレディもいつまで、乗り続けるんだろうと思うが、今はこの車を知っていく時期だったし、別れを考えながら付き合い続ける心算はない。

東名高速に入る。そういえば、ＥＴＣカードを作らなきゃなと思った。

二〜三時間走って、静岡辺りで降りた。

富士で降りたが、富士山は暗くてもう見えない。車を降りて一休みしながら、このまま神座市に帰ろうかとふと思った。何もかも捨てて。辞めますとさえ伝えずに、このまま。あの寮に大した私物も残っていない。

多分、それが本当に一区切りなんだろう。

そうしてしまえば、後は知らぬ存ぜぬで通せる。実家に帰って平凡に生きられる。あの鏑木翔馬というのだって、仮に復帰したとして、ただの私怨で、もう関係なくなった俺を執拗には狙わないだろう。

もう少しだ。

もう少しで、俺は自分を納得させられる。

自分を騙せる。

もういいだろうと、これで間違っていないと、鉄火場から降りる事が出来る。

何もかも終わりに出来る。

それなのに、自分の中に、何かの未練がある。どうしても捨てられない拘りが燻っている。

人一人を殴り倒して、終わりでいいのか。金が欲しい訳じゃない。神座の権力闘争になど興味もない。

　車体に触れる。フェアレディのイチサンマル。別に、車なんか何でも良かった。

　この車にしていなければ、終わりにしてもいいと思っていただろう。

　歌織にこの車を見せられない。もうカッコイイと褒めて貰えない。何でそうなったのかを知らないまま、この車に乗り続ける自信がない。どうして歌織は死ななければならなかったのか。俺の家族は、妹まで含めて皆殺しにされなければならなかったのか。

　仇討ちなんかじゃない。誰を殴って誰を殺しても、俺は納得しない。

　事実は、鉄火場の中にある。

　俺はそれを手に入れるために、火の中に手を突き入れなければならない。誰かが口先で説明する事情や背景を聞いただけで、名前も知らないような奴を殴り倒しただけで、納得出来るはずがない。

　もう少しが、下がりきらない。我慢が、出来ない。

　自分を欺しきれない。

　フェアレディに乗ってエンジンをかける。まっすぐに、都内に戻った。結局俺は、そうするしかなかった。そこから更に北上し、青梅の山奥へ。渋滞はしていなかった。戻るという俺を肯定しているみたいに、あっさり、山奥の寮へ戻れた。

　戻った時には、もう深夜だった。

仕事用の車からちょっと離れた所に、ビートが止めてある。その隣にフェアレディをつけた。駐車場代はタダで、好きに使っていいというのがこの寮の決まり事で、車庫証明もここで取ってある。住民票も書き換えた。

フェアレディを買った時から、俺はこの寮に楔を打ちこんでしまっているのだ。神座市に戻るなど、今更だ。ただちょっとだけ、嫌気が差した。この馬鹿げた人生を本当に区切って終わりにしてしまえた気がした。

降りて部屋に戻ろうとすると、表のベンチに黒曜がいて、酒を呑んでいた。

一人だった。

「調子よさげだな、フェアレディ」

「一通り走らせましたけど、気になる事はなかったですよ」

「あの年代の車、あんな値段で買って気になる所がねえのが幸運だよ」

「網代木さんにお礼言った方がいいですかね？」

「放っておけよ。あいつはそういう時ちゃんと自分の得になるようにしてる」

そう言ってから、酔った目で、俺の喪服姿を見ている。

「サマになってきたな、その黒スーツ。自然に見えてきた」

「服にあんな高い金払ったの初めてですから、せめてそうなって貰わないと」

「どうだ？　作業着じゃなく、ずっとそういう服着る仕事に鞍替えってのは？」

黒曜の言っている事が分からなかった。仕事を辞めろとか、そういう話だろうか。ここを出て行けというなら、俺はとんだピエロだ。やっぱりここにいようと思って戻ってきたのに追い出されるとは。

「話は、大体、詰め終わった。来年度から給料、上がるぜ」

俺が歌織と付き合うと、みんなの給料が上がる。そういう話だった。色々あったが、本当に上がるのなら、黒曜の言うことは信用して良かったという事になる。

「そして俺はこの会社の社長になる」

「は？」

「何きょとんとしてんだ、こんなちっさい会社、社長なんかコロコロ変わるぞ」

「いや、そう言ったって、そんな急に……」

「急じゃねえの。ずっと詰めてたの、お前が暢気にデートとかしてる時も」

この会社、つまり株式会社フリドスキャルブが黒曜の会社になる。株式は公開していないから、自分の会社と言って構わないだろう。ちょっと前に出る、とは言っていたが、少し、出過ぎではないだろうか。

「給与形態をちょっとまともにしてやりゃいいだけの話だ。元から抜きすぎだったんだからよ」

「に、したって、社長ですか」

「本当は役職付きでとか、本社役員待遇での派遣社員とか、その辺で落ち着くとこだったんだが、強く出てやったよ。何せ南雲蓮のやらかしは公になってない事まで握ってやってんだ。南雲家が折れりゃ、こんなちっぽけな会社、誰がてっぺんだろうとどうだっていい訳だ。それでなあ、筧くん、お前、上の会社の社員にならねえか？」

突然言われても、困る。

デスクワークなどやった事がないし、それをする為の資格も知識もない。確かに上の会社の連中はスーツ姿でいい給料を貰っていただろうが、そう出来るだけの資格も知識もきちんと持っているのだ。

黒曜が社長になっていないフリドスキャルブに、履歴書を持って雇ってくださいなんて申し出ても採用されないに決まっている。そして社長が黒曜になったからといって、採用基準が変わる訳でもない。

「……俺に何が出来るっつうんですか」

「んなもの、ボチボチ覚えていきゃあいい。それなりに回せるようになったら、そうだな、年収で五百から七百ぐらいは保証するぜ」

夢のような金額だ。俺たちが寝ないで一年働き詰めでもその年収には届かない。

「いい話ですね」

「いい話だろ？　やるか？」

「瀬川さんを誘ってあげてくださいよ、その年収ならポルシェにも現実味出そうだし」

「おい、俺は色々便利だからそう言ってるだけで善意じゃねえんだぞ」
「まあ、じゃあ尚更（なおさら）、お断りしますよ」
「俺の事は信用するんじゃなかったのか？」
「善意の申し出なんだろうなって信用して、代わりに瀬川（せがわ）さんをオススメしてる訳で」
「まだこの仕事続ける気か？」
「しばらくはその方が身軽そうだし、突然会社勤めなんてね。長谷川（はせがわ）さんはそっちの方が馴（な）れてんでしょうけど」

　馴れの問題だけではなかった。それは口実に過ぎない。

　黒曜（こくよう）は口を滑らせた。どこまで意図的か分からないが、確実に、俺には言わないでおいた方がいい事を言ってしまっていた。

　公になっていない南雲蓮（なぐもれん）のあれこれ。

　それを握って交渉し、会社社長の椅子（いす）に納まった。公になっていない事を握っているかも知れないという疑いだけで、歌織（かおり）は殺されたのかも知れないのに、黒曜は生きているどころか利益を得ている。

　歌織と黒曜に何か違いがあるというのか。

　黒曜も殺してしまった方がよっぽどいいという気がする。

　それは口にしなかった。代わりに、凜汰（りんた）を推薦した。自然な流れだし、疑われはしないだろう。信用したいが、したくない時もある。凛汰が頷くかどうかも分からないが、代わりに名前を出してみる。これは、利用だろうか。

少なくとも、この仕事を続けていても給料は上がる。世間的にまともになる程度だが。

「……まあ、好きにしろよ。俺が社長やっているウチならいつだって引き上げてやる」

「いつまでも社長やってる心算はないって話ですか？」

「この会社を手に入れた。神座市と直通のトンネルを幾つも持っている、東京に作られた前哨基地みたいな会社だぜ？　俺はここから攻めに行く」

「長谷川さんにとっちゃ復讐の第一歩ですか」

「宝探しはまだ続く。復讐も仇討ちも、その過程に過ぎない」

「俺は生憎、一区切りしちまったもんでしてね」

「納得してるのか、本当に？」

「してませんけど、すぐしなきゃならねえ事もないでしょう？」

それどころか、今は少し黒曜を疑っている自分がいる。

「まあ社長就任おめでとうございますって事で。俺もあの部屋一人で使えて助かりますよ。どうせなら給料も上げて個室にしてくださいよ、社長。そしたら多分、人ももっと増えるんじゃないですか？」

適当な事を言ってあしらった。全員に個室というのは、給料が上がるよりも実現して欲しい提案ではあった。

「……筧くんよ、俺ァお前とは仲良くしたいと思ってんだがな」

「俺が無明拳なんて訳分からんのを身に付けてるからですか？」

「それもあるけどな。お前の背景が魅力的なんだよ。人を殺すのなんか多少、雑でも、鮫島や鱶田にやれる。俺にだってやれる。だがよ、お前は神座市で家族を皆殺しにされている。こいつに比べたら、鮫島や鱶田の背景なんざ薄っぺらい」

「息子を殺されているってのよりも？」

「俺はその背景だけで、社長までのし上がって、盛り返したんだぜ？　そしてここからも攻める気でいる。そういう執念みてえなのがな、どういう理由で出てくるかったら、やっぱり人生の背景からなんだよ」

「つまり俺が、家族を殺されているから利用しがいが、ある？」

「どんな特技持ってるかより、抱えている背景だね、人を使うときに一番大切なのは」

同じ理由で、黒曜は実績よりも、その人間の背景を理由に切り捨てるのかも知れない。要には、そう言われている。いつか、黒曜は俺を切る。俺の家族を殺すよう差配したからだというが、もしそうであっても、それが事実であっても、黒曜は俺が使い物になるうちは使うような気がする。

その結果、俺に殺されたとしても、仕方がないみたいな顔をするのだ。

何となく、分かる。見えてくる。やがて明確に浮かんでくる。暗い夜空で見える星の一つのように。

寮に戻ろうとして、中から出て来た凛汰と鉢合わせした。車の話を矢継ぎ早にしてくる。俺は困ってしまってつい黒曜を見たが、黒曜は一人酒に戻っていた。一人で酒を呑むのが、嫌そうではなくて、むしろ好きで呑んでいるみたいに見える。

凛汰に車を見せるために、黒曜から離れていく。黒曜は去り際に、座ったまま軽く右手を挙げていた。俺を口説き落とすのを取りあえず諦めたような仕草。

俺は凛汰にフェアレディを見せて説明しながら、黒曜の誘いに乗れば、こんな百万ばかりのいかがわしい車なんかじゃなくて、正規代理店から新車のポルシェが買えますよと言いたいのを堪えていた。

平日は仕事をし、週末に車に乗る。たまに凛汰も一緒に来る。

そういう生活をしているうちにすっかり冬になっていた。寮の辺りは山奥なので、かなり冷える。都内では降らない雪も、ここには降ったりする。薄くだが積もったりもするのは経験済みで、スタッドレスタイヤが必要になる前になるべく、乗っておきたかった。

メーター読みだが千キロ前後は乗った頃には、雪が降った。積もらなかったが、覚悟を決めてタイヤを換えに都内に降りた。タイヤ交換など何処でもいいのだが、千キロ乗った事だし点検もして貰いたくて、店に持っていく事にした。

アイアンハンズはシャッターが閉まっている時に、車を受け取りに行ったきりなので、実際に店に行くというのは初めてで、少し緊張する。汚い倉庫を改装したり、マンションの一階部分で、さもマンションオーナーが趣味でやっていますという感じは、しなかった。

営業時間中に行くと、ガラス張りのショールームの中に何台か、旧車に属すると思われる代物が並んでいて、表に出されているのは修理を終えたか、購入されたか、とにかく客の車のようで、引き取りを待っている風でもある。

駐車スペースにフェアレディを滑り込ませたが、居並ぶ旧車たちに引けを取らない佇まいがあって多少満足した。ここに、凛汰のビートで乗り付けたら多分、萎縮する。同じ古い車には違いないし、威厳だの存在感だの感じ取る方が考え過ぎと言われればそうだが、そういうオーラみたいな物は間違いなくある。

それは街で見かけてパッと分かってしまうような、そういう存在感だ。

性能やら値段やらではなく、気付かせる、振り向かせる、そういう車。知らなかった俺が何となくカッコイイよねと言われて、脳裏に刻んでしまうような車の一つがこのフェアレディで、この店にはその手の車がずらりと並んでいる。

負けてない。負けているとしたら、オーナーの俺ぐらいか。何せ若い。黒スーツも格好付けで着ていると思われかねない。

まあ、こっちは客だし気後れする事もないのだが、俺も自分の車にそもそも詳しい訳ではないから、話しかけられたりしたらどうしようとは思う。さっさと店内に逃げ込んで、店員と話すことにした。

点検整備と、スタッドレスタイヤへの交換を受付でお願いした。別に気取ったり威圧したりしてくる店員ではなかったので、ホッとする。ただ車を確認された時だけ、表のフェアレディで良いですか、との言葉に妙に力があって、何だよ、と訝しんだりしたが、キーを預けてしまうと後は整備待ちになった。

何であんなに、フェアレディZが気になるんだよ、と首を傾げながら、無料のコーヒーなど飲み、ラックに並んだ旧車専門誌を読んだりして時間を過ごす。色んな旧車が雑誌に並んでいたが、何となく読んでいて面白くなくなったので、携帯をいじり出す。何というか、古い車に過剰な幻想を抱きすぎなのではという記事ばかりだった。

俺のフェアレディなどもいわゆるスポーツカーでマニュアル操作だから、面倒くささはある。クラッチを何回かガリガリ言わせた事もある。その辺は馴れで何とかなるが、ビックリするほど性能が高い訳でも、そんなに言うほど速い訳でもない。俺は法定速度をなるべく守る方なので、尚更、現行車との違いが分からなくなる。

ビートよりは「乗ってる感じ」や「操っている感じ」は高い。それだけだし、俺はそれだけで別に構わなかった。あとは燃費が悪いというぐらいか。

そんな訳で専門誌のポエムじみた能書きには付き合いきれず、携帯でゲームなどやって時間を過ごす。これは話しかけてくるなよ、という威嚇でもある。何というか、最近、適当に走っていて話しかけられることが何度かあって、旧車大好きおじさんのトークに付き合わされた事から学んだ自己防衛だ。

「……すみません、お時間いいですか？」

それなのに話しかけられてゲームを即座に消し、顔を上げて「あっはい」などと言ってしまったのは、別に相手が女性だったからではない。俺より幾つか年上らしいパンツスーツの美人だったからではない。物腰が丁寧だったからだ。鬱陶しい奴は初手から馴れ馴れしいのだ。

というか顔を上げたら、女の顔より先に胸が目に入ってきて、それがやたら大きいとかそういう話ではなくて、そこに名札があり「店長」と書かれていたのが俺をぎょっとさせた訳で胸が大きいのはあんまり関係ない。

慌てて携帯をしまう俺の前に、名刺が差し出されてくる。受け取っていいのか迷ってしまった。

「アイアンハンズ東京支店の店長をしております、羅紋と申します」

差し出された名刺には、羅紋六花と書かれている。

羅紋。

もう一度、胸ではなくて、顔を見た。歌織よりは年上そうだが、二十代半ばくらいか。長い髪を束ねている。

「……何か」

「いや、羅紋さんですか、と思っただけでして」

「そう構えなくとも。お話は網代木から伺っております。……座っても？」

俺の向かいの席を差している。俺が許可を出すのかと慌てたが、適当に座ってくれと受け流す。何か嫌な圧力を感じるのは気のせいか。胸がでかいからか。いや胸は関係ない。

「お客様のフェアレディは、兄のコレクションからでして」

「……お兄さんの？」

「ええ。本店を任されております、父から」

「で、あなたは東京支店を？」

「ご存じかと思いますが、神座市の三家から東京に向かわされるのは、左遷でして」

「……その割りには繁盛してそうですけどね」

店を見渡しても、貧乏くさい感じはまるでしない。清潔だし、オイルやガソリンとは無関係な印象があって、むしろ高級店という感じがする。

に、しても俺のフェアレディを、まさか要が、羅紋家経由で調達してきたとは思わなかった。何というか、嫌な紐付けを連想してしまう。

「……結構買い叩いたと思うんですけど、大丈夫なんですかね？」

「元々、乗りもしないのに買うだけ買って寝ていたような車ですよ。欲しいと言う方がいればむしろ差し上げてもいいぐらいの。というか、そもそも、そういう形で網代木が手配した筈ですが……？」

あの野郎、ほぼタダみたいな形で仕入れて俺から百万円丸ごと持っていきやがった。

知らなければ良かった。完全に騙し取られた気分だ。まあ物はいいし俺は元から払うつもりでいたんだから幾ら抜こうと構いはしないが、まさかそんな伝手で仕入れたとは。ちょっと安かったかなと引け目を感じていた俺がバカみたいだ。

受付の男がやたら緊張した言い方をしていたのも、店長が関わっている車だと知っていたからだろう。

「……羅紋家の皆さんは車がお好きで？」

「いえ、一つ上の兄と、それと私だけが」

「まあ、どう伝わってるかは知りませんけど、よく走ってますよ、あのフェアレディ。快調そのものです。俺が乗りこなせるかは分かりませんけど」

「車など走らせていれば、それでいいんです。兄のように走らせもせずに死蔵させる方が失礼ですよ」

それで、と俺はなかなか切り出せない。

神座市を支配する御三家の一つ、羅紋家のご息女が、わざわざ車談義をしに、俺に挨拶に来たとは思えない。とは言え六花はフェアレディの話ばかりしてくる。気になる所はありませんか？　乗っていて違和感は？　とそればかりだ。

「何か思い入れがあって、あの車を探されていたとかで、兄も渋っておりましたが、最後は納得させられたようで」

そう言われるとプレッシャーになる。特に思い入れの内容を聞かれなくて良かった。余りこういう熱心な相手に話したい理由で、手に入れた訳ではないのだ。

「もし、お知り合いでこの手の車がご入り用なら是非、当店を」

営業までされてしまった。凛汰がいるが、あの人は「新車のポルシェ」が欲しい訳であって、いかつい旧車が欲しい訳ではなさそうだし、あとは長谷川のおっさんや元春ぐらいか。でも二人とも、買わない気がする。

「……ところで、長谷川氏がフリドスキャルブの代表に就任されるとか」

向こうから来た。そうならざるを得ない。俺はわざわざ羅紋家との因果を含まされたようなものなのだ。百万円も払って。しかしあの額では、他でフェアレディのイチサンマルなどとても手に入らない。ましてや整備工場の紹介付きで。

「ええ。何をどうしたもんだか、いきなりね。俺よりご存じでしょうけど」

「機会があれば是非、当店へご一緒にと思いまして」

「……あの人は古い車とか興味なさそうだけどな」

「当店はパーツやグッズの販売もしておりまして。それに伴うアフターサービスからメンテナンスまで。お持ちでしょう、長谷川氏は。当店経由の商品を」

あの、消音器付き四十五口径を思い出した。

何処から手に入れたのかと思ったら、ここか。羅紋六花からか。

俺は思わず手を挙げる。降参の意思表示だ。

「……俺があのおっさんと絡み始めたのは今年に入ってからでな。残年ながらそんな事を匂わされても、勝手にやってくれとしか言えないんだよ、分かるか？　メッセンジャーを探しているんならお誂え向きのがいるだろうし、気に入らないんならブレーキに細工でもしてくれ。

帰り道で俺は死ぬ」

六花は興味深そうに俺を観察している。勘弁して欲しい。ちょっと可愛い。

「あまり正面から、我々が関わっていると思われたくないので」

「だからって俺を緩衝材にされてもな。羅紋家は何、長谷川のおっさん推しなの？」

「いえ、私個人が。兄たちにも関係ないですし、家なら尚更」

「ふうん、まあ動機は聞かないよ、俺はこれ以上、面倒抱え込みたくないんでね」

あの街はどうかしている。出身者がみんな何かしらの事情を抱えているなんてただ事じゃない。御三家の南雲蓮や羅紋六花でさえ東京に左遷されると鬱屈を溜め込み始めて何か企み始める。

「ここだけの話、あの街の支配体系はもっと乱れるべきだと思っています、私は。それが別に長谷川氏でなくてもいいのですが、今のところ一番手ですので」

「羅紋家のアンタがそれを言う理由は？」

「簡単ですよ、下の人間が育たない。野心ある無名の人間が。ただ御三家に生まれたというだけで死ぬまで支配層で居続けられる、そんなものは健全とは言えない。だから無意味な悲劇がたくさん生まれる、あなたの家族が殺されたように」

「……無意味だと？」

今のは聞き捨てならなかった。

「言っていい事と悪い事があるぜ、店長さんよ」

「ですが、あの事件はほぼ無意味でしかありません」

「俺は何でもいいから事実を言えなんて言ってねえ。客観的にどう見えたからって、素直に俺にそう言われると、幾ら女でもしばらく気を失って貰うぞ」

「あなたが怒る言い方をすれば、分かって貰えるかと」

「俺はバカだから考えるより先に手が出るんだ」

無意味に殺された。その言い方は本当に堪える。人の命を何だと思っているんだと、ひねりもない感想しか出てこない。

俺が無造作に、テーブルに置いていた右手に、縋るように六花の手が重ねられる。柔らかくてちょっと体温の低い、冷たくてここちよい感触の左手。

「お願いします、協力していただけませんか?」

俺は何も答えない。答えられない。俺の右手にそっと添えられているだけの、六花の左手から見えない釘が突き出して俺の掌を貫通しているような激痛が走っている。そのくせ、全身は動かせず、声も出せない。脂汗が噴き出してきて空調など無視して俺の体温を上昇させていた。

六花がこちらに身をせり出してくる。

「……無明拳ではありませんが、私も古武術を少々。喧嘩をしているとかでは流石に押せませんが、こうして向かい合っている時に不意打ちで、なら、このように。幸い、あなたの気が散漫になっていましたから」

ずっと胸に気を取られていたのが隙になった。だってデカいから、つい。好きとか嫌いとかではなくつい、見てしまう。

「私は思うんですがね、このムダに容量の大きい胸は、武器ですよ」

「……それで殴ってくれんのか? 割りと興味がある」

「みんな、見ますから。性癖は関係なく、ないよりあった方が、見ます。規格外なら尚更。巨乳は戦うのに有利では」

「そうかもな、こんないいように固められちまってるしな、実際」

何ちゅう理屈だと思わないでもないが、事実には違いない。大きさの好みとかは関係ない。何だそれ、どうなってんだ、とつい、見てしまう。巨乳は個人差こそあれ、確かに、ないよりも人の意識を強引にもぎ取ってしまう。好みの問題ではなくアピールの力だ。

人の意識を逸（そ）らすものを持っているというのは、戦うのに有利かも知れない。

六花（りっか）のような、そっと忍び寄って押さえ込むというなら、うってつけかも知れない。何せ、これは美醜や年齢は関係なかろうからだ。何なら女だって気を取られる。

不可思議な拘束がすっと弱まり、全身が自由になった。

汗が引いていく。

俺は今度は自分の意思で黙った。無明拳（むめいけん）ではない古武術。そんなものまで、神座（かむくら）市にはあるのか。正確には、無明拳は古武術ではなく暗殺術だが、六花はそれを理解して違うと前置きした。あの、俺を拘束した左手の動きが経穴を撃つのに似ていたからだが、無明拳では体幹と頭部以外は狙（ねら）わない。無明拳が暗殺術なら、六花のは拘束術か。

「……ただ長谷川（はせがわ）氏を私に会わせて欲しいと。お願いごとはそれだけです」

「俺の、見返りは？」

「整備工賃無料」

黒曜（こくよう）をこの六花と合わせるだけで工賃無料。悪い話じゃない。頻繁（ひんぱん）な点検が欠かせない車だ。逆を言うと、それだけ楔（くさび）として太い、という事でもあるが。

「……毎度毎度連れて来いって話じゃねえよな？」

「勿論。向こうも頻繁には会いたくないでしょうし」

「俺には難しい事は分からない。だけど整備工賃無料ってのは魅力的だ」

「金をくれなんて言わないところがあなたのいい所かも知れません」

別に無欲な訳じゃない。金を貰ったって一回きりだが、整備はあの車じゃなくたって乗っていれば発生する必要経費なのだ。

外からスタッフが来た。俺のフェアレディの整備とタイヤ交換が終わったらしい。ノーマルタイヤは預かっておくから、春に取り替えればいいと六花に言われた。まだそんなに減っていないし劣化もしていない。

会計は無料だった。今後ともよろしくなどというセールストークでお見送りされた。

黒曜を、ここに連れてくる。帰りの車中でそれを考えていた。

そもそも黒曜が来たがらないかも知れない。アイアンハンズが羅紋家の商売である事は当然話すからだ。その上でいいというなら、そりゃあ、連れていったっていい。整備工賃無料と引き換えの使いっ走り。報酬としては、悪くない。

それより、俺は、俺の動きを完全に止めた、六花の技が気になった。

そういう技が必要なのは下っ端だけだ。何の役にも立たない術を必死で身に付けるより、既に身に付けている者を雇い、やらせるか、自分の護衛として使う。

六花も六花で何か抱えているものがある。あの拘束術は一朝一夕では身につかない。

整備を終えたフェアレディは心なしか快調な気がした。走らせていて、気持ちがいい。つい法定速度を超えてしまうし、コーナーリングなどスパッと決まる。今まで値段相応のポンコツだろうと遠慮していたが、きちんと保管されていたと知ったのも大きい。

若干遠回りして、寮に向かった。快調そのものだった。

名刺を思い出す。要と、六花。おかしな名刺が増えた。要は、取りあえず御子神の使いだったし、六花は羅紋そのもの。そして俺がいる会社はどうも南雲の影響がでかい。社長がクビになって黒曜がその椅子に座ったとしても、それは大して変わらないだろう。

俺は図らずも、神座市の御三家と関わり合いがある立場になってしまっている。

俺は、歌織や、俺の家族が何故殺されなければならなかったのかを知りたい。それがたとえ、六花のいうように無意味であったとしてもだ。そう考えれば今の立場は有利とも言えるが、単に誰もが俺を利用したがっているとしか受け取れない。

俺に利用価値なんかあるのか。

俺は、何かの役に立つのか。家族も歌織も守れなかった、俺が。

考えながら車を操る。やや、速度超過気味だったが、操り切れていた。コーナーリングなどいつもよりきれいなライン取りで抜けられている。情緒不安定がもたらすヤケクソブーストが効いているのかも知れない。

思ったより早く、寮に辿り着いた。

お決まりの、ビートの隣に入れようとして、違う車が停まっているのに気がついた。ナンバーは同じ軽だが、あからさまに目立つ骨組みだけで作られたような、ストイックさ。サーキット走行車を想わせるようなデザイン。

これぱかりは俺も知っている。

ケーターハムのスーパーセブン、軽自動車バージョン。

こんな物好きな車に誰が乗るんだろう。凛汰が、俺のフェアレディに対する嫉妬を抑えきれなくて、買ってしまったのだろうか。フェアレディを停めて降り、もう一度セブンを見て、顔をしかめた。

ナンバープレートは神座ナンバーだった。

しばらく眺めていたが、眺めていても仕方がない。寮に戻って、何事かを誰かに訊かなければならない。そう思って寮に向かったら、黒曜が出てきてこっちに向かってくる。黒曜に、六花のことを言わなければなんて事は今やどうでも良かった。

「客が来てるぜ、筧くん」

その黒曜の背後に、見覚えのある人物がしわくちゃの貌で立っている。背筋はぴんとしていて全身が太さを失っておらず、貌以外は老人とは思えない。

俺の師匠だ。司時貞がそこにいる。

「……何で師匠が、ここに」

「いや何、頼まれてな。送ってくれと。しばらく走らせておらんかったしな、俺の車も」

「あれ、師匠の車だったんすか」

「見せてなかったか？　年甲斐もなくあれが好きでな」

　年甲斐もなくというか、何というか。普通あの車を買う人間はいない。車としての利便性をほぼ削り落としたストイックさはバイクにでも乗った方が間違いない。あとは、拘りだけだ。本当に強い拘りがなければまずあれは買わない。師匠にそういう拘りがあるとは思いもしなかった。

「色々、聞こえてくるぞ、白夜。鏑木翔馬を病院送りにしたとかな」

「それでここに来たんですか？」

「いや。だから運んでくれと頼まれたんで来たと言っている。ついでに何かと言いたい事やらはあるが、まあそっちはオマケだ」

　そして師匠は寮の入り口を指し示す。

そこに、師匠よりも見覚えのある奴が立っていた。

汚い割りに高い、ブランド物のフライトジャケット。ヘビーオンスの男向けジーンズ。胸の膨らみがなかったら、衣服だけなら男にしか見えない。ショートカットだから、尚更だ。

完全に酔っているという目でこちらを睨んでいる。俺はとても怖い。

久遠鳴海。
そういう名前だ。
そして俺が神座市を出る少し前まで、久遠鳴海は俺が付き合っていた、女だった。

（続く）

ガガガ文庫12月刊

妹さえいればいい。11
著／平坂 読

イラスト／カントク

あの衝撃の展開の続きがついに明らかになる!! 大人気青春ラブコメ群像劇、待望の11弾登場!!

ISBN978-4-09-451765-1 (ガひ4-11) 定価:本体574円+税

妹さえいればいい。11（カードゲーム付き特装版）
著／平坂 読

イラスト／カントク

あの衝撃の展開の続きがついに明らかになる!! 大人気青春ラブコメ群像劇待望の11弾、作中に登場するカードゲーム『妹が多すぎる。』付き特装版が登場!!!!!!!!!!!!!!!!!!!!!!!!!!!!!!!!

ISBN978-4-09-451764-4 (ガひ4-11) 定価:本体2,593円+税

空飛ぶ卵の右舷砲2
著／喜多川 信

イラスト／こずみっく

〈女王号〉を修理するため伊勢湾海上都市へ戻る途中、ヤドリギの弟を誘拐されたという少女と出会う。ヤブサメは他人事とは思えず、そして自分の探し求めていた情報とつながるのではと依頼を受けるのだが……。

ISBN978-4-09-451767-5 (ガき3-2) 定価:本体593円+税

デスペラード ブルース
著／江波光則

イラスト／霜月えいと

神座市という町で起きた一家殺害事件。その生き残りである篁白夜はその記憶から逃れるように地元を離れ、東京でその日暮らしを送っていた。だが、その日常は突然壊される。同郷を名乗る男の登場によって——。

ISBN978-4-09-451766-8 (ガえ1-9) 定価:本体630円+税

ハル遠カラジ2
著／遍 柳一

イラスト／白味噌

医工師を求めてチベットを訪れたテスター行は、とある廃校で何者かの遺書を発見する。そこに書かれていたのは、十一年前に起きた人類消失を予見する内容だった——。終末を生き抜くAIと少女の物語、第2巻。

ISBN978-4-09-451768-2 (ガあ15-3) 定価:本体630円+税

編集長殺し4
著／川岸殴魚

イラスト／クロ

ラノベ制作の裏の主役、デザイナー海老沢さんが登場！ オシャデザ魔にとりつかれた川田は正気を取り戻せるのか……？ じんわりした笑いがとまらない、ゆるくてブラックな編集部るぽラノベ第4弾！

ISBN978-4-09-451769-9 (ガか5-29) 定価:本体574円+税

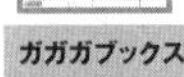

ガガガブックス

抗いのヒストリア
著／三丘 洋

イラスト／しゅがお

『我が操る七十二種の権能。それをくれてやる。その権能をその身に宿して今一度、そなたは過去へと遡り蘇る。そして新たな歴史を刻むがいい』。死を前に聞こえてきた声。気がつくと男は三十年もの時を遡っていた。

ISBN978-4-09-461116-8 定価:本体1,200円+税

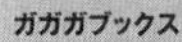

ガガガブックス

北海道の現役ハンターが異世界に放り込まれてみた
著／ジュピタースタジオ

イラスト／夕薙

手負いの凶暴化したヒグマから子供を守って、命を落としたハンターのシン。女神に招かれ降り立ったのは地球とは別の異世界。目覚めた彼の手には一丁の散弾銃だけ……果たして異世界でも猟銃は通用するのだろうか？

ISBN978-4-09-461117-5 定価:本体1,200円+税

GAGAGA

ガガガ文庫

デスペラード ブルース

江波光則

発行　2018年12月23日　初版第1刷発行

発行人　立川義剛

編集人　星野博規

編集　小山玲央

発行所　株式会社小学館
〒101-8001 東京都千代田区一ツ橋2-3-1
[編集]03-3230-9343　[販売]03-5281-3556

カバー印刷　株式会社美松堂

印刷・製本　図書印刷株式会社

Printed in Japan　ISBN978-4-09-451766-8